El destino de una bruja

ANTONIA J. CORRALES

El destino de una bruja

HISTORIA DE UNA BRUJA CONTEMPORÁNEA

amazon publishing

Los hechos y/o personajes de este libro son ficticios. Cualquier parecido con la realidad es mera coincidencia.

Publicado por:
Amazon Publishing, Amazon Media EU Sàrl
38, avenue John F. Kennedy, L-1855 Luxembourg
Junio, 2019

Diseño de cubierta por lookatcia.com
Imagen de cubierta © Jag_cz / Shutterstock; © PeopleImages © Westend61
© Dulin © Julian Kreler-EyeEm © Haitong Yu / Getty Images
Producción editorial: Wider Words

Impreso por: Ver última página

Primera edición digital 2019

ISBN Edición tapa blanda: 9782919805242

www.apub.com

SOBRE LA AUTORA

Antonia J. Corrales es una escritora española nacida en Madrid en 1959. Después de varios años trabajando en el mundo de la administración y dirección de empresas, decidió dedicarse de lleno a la escritura. Comenzó a adentrarse en el mundo de la edición en 1989 como correctora, y desde entonces ha trabajado como lectora editorial, columnista, articulista, entrevistadora en publicaciones científicas, jurado en certámenes literarios y coordinadora radiofónica. Ha sido galardonada con una veintena de premios en certámenes internacionales. Es autora de las novelas *La décima clave*, *La levedad del ser*, *As de corazones*, *Epitafio de un asesino*, *En un rincón del alma* y su segunda parte: *Mujeres de agua*. Con *En un rincón del alma*, lleva más de cinco años en el top de ventas en España, EE. UU. y América Latina. Traducida al inglés, griego e italiano, su última novela publicada de forma independiente es *Y si fuera cierto*. Se estrenó en el sello Amazon Publishing con *Una bruja sin escoba* y *La mirada de una bruja*, los dos primeros volúmenes de la trilogía *Historia de una bruja contemporánea*.

¿Sabes cuál es el problema de este mundo? Todos quieren solucio-
nes mágicas, pero se niegan a creer en la magia.
LEWIS CARROLL, *Alicia en el país de las maravillas*

Para volar a cualquier lugar tan rápido como el pensamiento, debes
comenzar sabiendo que ya has llegado.
RICHARD BACH, *Juan Salvador Gaviota*

Del amanecer de los tiempos venimos, hemos ido apareciendo silenciosamente a través de los siglos hasta completar el número elegido, hemos vivido en secreto luchando entre nosotros por llegar a
la hora del duelo final, cuando los últimos que queden lucharán por
el premio. Nadie jamás ha sabido que estábamos entre vosotros…
… hasta ahora.
Los inmortales

En la segunda parte de la trilogía...

Diana vuelve al edificio de Claudia junto a Alán y se reencuentra con sus amigos. Siente que el vínculo que la unía a ellos ya no es el mismo, aunque poco a poco irá retomando el afecto y la confianza que sintió en el pasado. Al tiempo que su relación con Alán se deteriora una vez más, Desmond va haciéndose un hueco aún más grande en sus pensamientos y su corazón. Claudia sigue apareciendo para darle las pautas que necesita, pero sus visitas son cada vez menos frecuentes y sus explicaciones, ambiguas.

Su vida da un giro de ciento ochenta grados cuando la despiden de su trabajo. Es entonces cuando se propone regentar El desván de Aradia, pieza clave para que resuelva, más adelante, parte del enigma que la conducirá a saber quién es realmente y cuál es su destino. A medida que pasan los días, su mirada de bruja, esa visión que le permite ver más allá de la realidad convencional, va mostrándole quiénes son y qué pretenden Salomón, Endora y Claudia. También descubre realidades paralelas que aún no sabe encajar del todo, pero que presiente parte de sí misma. La desaparición de Duncan propicia la inesperada irrupción de Farid, cosa que la lleva a plantearse más de un interrogante y a temer por la vida de Desmond. Los acontecimientos se precipitan sin dar lugar a las respuestas que necesita y que tantos años lleva persiguiendo. Unas respuestas que no tardará en hallar.

Capítulo 1

Después de haber confesado a Claudia que estaba enamorada de Desmond, debería haber aceptado la invitación de mi encantador, intrigante e irresistible vecino y haber subido en el DeLorean en busca de cientos, miles de estrellas que contar a su lado. O no: tendría que haberlo hecho antes, mucho antes, la primera vez que me lo pidió, pensé mirando a Claudia. Pero no lo hice. En otro momento de mi vida no habría dudado en saltar al vacío junto a él. Me habría abandonado en sus brazos sin plantearme cómo ni cuándo, ni siquiera por qué lo hacía. Pero en ese momento, en esa noche de agosto calurosa, seca y extraña, bajo un cielo sin estrellas, me sentía agotada, desorientada y aturdida por los acontecimientos. Necesitaba un receso, que el tiempo se detuviera para recopilar instantes del pasado sin que estos me hiciesen daño, sin que el hecho de recordar suscitara en mí nuevas preguntas. Precisaba poner en orden mi vida. Cerrar ventanas y abrir nuevas puertas; cambiar de hábitat. Anhelaba un horizonte nuevo en el que perderme para siempre, en el que volver a crear un presente y un futuro más sólidos y, sobre todo, humanos. Porque la magia, en aquellos momentos, me estorbaba.

Todo se había enturbiado a mi alrededor. Los acontecimientos extraordinarios que sucedían en mi entorno no me allanaban el camino, no me ayudaban a continuar, sino que complicaban mi vida, embarraban cada uno de mis pasos introduciendo mis pies continuamente en un aguazal. El agua sucia que salía de él borraba el rastro que yo había dejado para no perderme si tenía que desandar lo andado. No podía retroceder porque el pasado, el que yo había vivido, había dejado de existir. De haber podido hacerlo, en ese momento, esa noche en la que mis amigos habían mostrado sus claroscuros ante mí, habría vuelto al comienzo, a aquellos días en los que Alán y yo éramos una pareja humana e imperfecta, maravillosamente imperfecta y humana, pensé con una pizca de nostalgia salpicando mis pensamientos. Y, aunque adoraba a mis amigos y me sentía profundamente atraída por Desmond, en aquellos momentos, después de la refriega que Ecles había mantenido con Desmond y conmigo, deseé desandar el camino. Volver al principio, cuando aún no los conocía y nuestra relación era limpia, carente de los subterfugios que me pareció ver durante su discusión. Pero aquella posibilidad era arriesgada e inviable; no podía darse. El tiempo podía retroceder, yo sabía —o creía saber— cómo hacer que sucediera; sin embargo, nada volvería a ser igual a la primera vez; los acontecimientos serían inciertos e imprevisibles. Esa era una máxima que había aprendido al pie de la letra.

No entendí el motivo que había suscitado la aparición de Claudia esa noche, y aún menos su comentario sobre mis sentimientos hacia Desmond. Tampoco me explicaba por qué era tan importante que yo estuviera enamorada de él para poder regentar El desván de Aradia. Ella, que siempre aparentaba ir por delante de mis pasos, en aquellos momentos se diría que renqueaba detrás de mí.

—Sé que estás desorientada, que todo parece haberse desbaratado ante ti. Pero no debes dejarte llevar por la confusión que te ha producido la reacción de Ecles o sus palabras hacia Desmond. El futuro, el destino, que a fin de cuentas son lo mismo, siguen unas pautas —me dijo acercándose a mí—. Nada es azar, ni siquiera las infinitas y aleatorias combinaciones numéricas lo son. Cualquier hecho sigue un orden preciso dentro de un aparente caos, del caos que creemos ver cuando algo no sucede como esperamos. Un orden que, a veces, como ahora te ocurre a ti, nos lacera y extravía. Los acontecimientos nos parecen incoherentes y sin sentido, pero no lo son.

»Debes ser longánima —dijo, cogiéndome las manos y mirándome a los ojos—. Esa virtud te dará la fuerza necesaria para superar todas las adversidades, para entender que todo tiene una razón de ser. Hasta el hecho más insignificante e imprevisto forma parte de un todo que no sería tal sin él.

—¿Me hablas de virtud? —le respondí ofuscada, retirando mis manos de las suyas—. Claudia, soy una bruja, ¿recuerdas? Las brujas no somos virtuosas. Ese término es demasiado eclesiástico para mí… para nosotras —declaré, enfatizando el pronombre con retintín.

Sin esperar respuesta, salí a la terraza. Quería ver a Desmond, pero él ya no se encontraba allí. Las luces del interior de su casa estaban apagadas y los estores a medio bajar. El viento los desplazaba hacia el interior y al regresar a su posición habitual golpeaban el marco del ventanal. «Se avecina tormenta», pensé mirando al cielo encapotado e inspiré el aire, que comenzaba a oler a tierra mojada. Sobre el gran cajón de madera que Ecles había convertido en mesa, permanecían, aún sin abrir, los paquetes de papel con las porciones de tarta de zanahoria que Desmond había comprado hacía unos minutos. En su salón sonaba *Hotel California*, de los Eagles. Al escuchar la música recordé parte las declaraciones que Don Henley hizo en una entrevista para la revista holandesa *ZigZag*, antes de la publicación del álbum, refiriéndose al bicentenario de Estados Unidos: «Hasta ahora hemos estado bien, durante doscientos años, pero si seguimos adelante, vamos a tener que cambiar». Vamos a tener que cambiar. «Voy a tener que cambiar», me dije, e instintivamente me volví buscando a Claudia, pero ella también se había ido. Pensativa, dejando que mis pensamientos fluyeran con la letra y la música de la canción, cerré los ojos durante unos segundos. Al hacerlo, recordé aquella visión en la que Desmond y yo permanecíamos juntos y abrazados compartiendo lecho y lágrimas en un lugar que parecía formar parte de otro tiempo, de un tiempo lejano… muy lejano.

«Claudia tiene razón, nada es aleatorio, nada sucede al azar», pensé escuchando la canción. Ni tan siquiera el CD que Desmond había dejado puesto era una coincidencia. Aquel caos en el que se había convertido mi vida seguía un orden, solo que yo aún no acertaba a interpretarlo.

Me apoyé en la barandilla y miré hacia la calle. Sentados en la acera de la floristería, Desmond y Ecles conversaban. Desmond apoyaba un brazo sobre los hombros del gigantón mientras Ecles se restregaba los ojos como si estuviera llorando, y seguramente lo estuviera haciendo, pensé consternada. La lluvia comenzó a caer. Primero fueron unas gotas que dejaron su rastro sobre la carrocería y los cristales de los coches cubiertos de polvo; después, tras un relámpago que iluminó los tejados y el oscuro cielo, la lluvia arreció, pero Ecles y Desmond no se movieron de donde estaban. Siguieron conversando como si la lluvia no los alcanzase, como si no estuvieran realmente allí. Yo tampoco me puse a resguardo, continué observándolos, empapándome hasta que los maullidos de *Senatón* me sacaron de mi ensimismamiento.

Mi gatuno amigo estaba bajo el dintel de la puertaventana, evitando la lluvia que caía sin piedad y había convertido el suelo de la terraza en una superficie tan brillante como resbaladiza. Me miraba fijamente, como si estuviera aguzando la vista frente a una presa. Entre sus patitas estaba el pentagrama que nos había arrebatado hacía unos minutos, cuando yo intentaba devolvérselo a Ecles.

Desmond me debía una explicación, me dije mientras recogía el pentagrama del suelo y recordaba la discusión que Ecles y él habían mantenido hacía unos minutos, cuando el gigantón, ofuscado, le soltó: «Aún no le has dicho nada a ella, ¿verdad? ¡Qué inocente soy! Claro que no lo has hecho, no necesitas hacerlo. Dame tu péndulo y le haré un nuevo anillo a Amaya con él…».

No sabía a qué se refería Ecles, pero sí tuve claro que sus palabras no eran una carta sin valor que él hubiese dejado caer sobre la mesa de juego, ni un farol producto de su ofuscamiento. Su intención era clara y precisa, llevaban un mensaje concreto que Desmond recogió y silenció clavando su mirada en Ecles y ordenándole callar.

Cogí a *Senatón* entre mis brazos y entré en casa. Sentada en el sofá, mientras la lluvia seguía cayendo con fuerza y la música de los Eagles continuaba sonando en el salón de mis amigos, acompañada por el repiqueteo de los estores contra el marco del ventanal, pensé en todo lo que me había sucedido ese día, en la cantidad de situaciones dispares que había vivido en unas pocas horas. *Senatón* se acurrucó en mi regazo y comenzó a ronronear. En la entrada, junto a la puerta, estaban las bolsas que Alán no se había llevado. Al mirarlas recordé que se había ido sin dejar las llaves de la casa. Regresaría en el momento más inoportuno y sin avisar porque, al tener las llaves, no le hacía falta anunciar su vuelta. Lo haría sorprendiéndome, estaba segura de ello porque le conocía. Sentí temor e inseguridad al sopesar la posibilidad de que nuestro encuentro se produjera en circunstancias parecidas a las que estaba viviendo en aquellos momentos: cuando me sintiese débil y perdida, cuando lo que creía saber y controlar me resultara incomprensible, desordenado, y la necesidad de unos brazos conocidos me pudiera. La necesidad de cariño y el deseo de volver a ser una persona normal sin que la magia rondase alrededor desbaratando todo lo cotidiano, destrozando la seguridad que me daba esa rutina casi predeterminada, invariable, susceptible a mi control.

Me levanté del sofá con *Senatón* en brazos y lo dejé en la gaveta. Si quería retomar el control de mi vida no me quedaba otra opción que intentar poner en orden todo lo acontecido, no dejar cabos sueltos ni ángulos muertos, porque todo aquello, absolutamente todo, como bien me había dicho Claudia, por muy insignificante que me pareciese, tenía un porqué. Debía encontrar el evangelio, hablar con Antonio y concretar el alquiler del local cuanto antes. Tenía que revisar la documentación de Farid. La intuición me decía que en los archivos que contenía ese dispositivo se escondía información entre líneas que el anticuario no había acertado a interpretar. El que me los hubiese entregado tan alegremente era una evidencia clara de ello. Farid no daba puntada sin hilo, estaba segura. Hablaría con Desmond sobre lo que Ecles le había insinuado con aquel sarcasmo que tanto me había incomodado y sorprendido. Pero, sobre todo y ante todo, lo primero que haría sería volver a abrir El desván de Aradia, tal y cómo me había dicho Claudia que debía hacer.

Acaricié a *Senatón*, que seguía ronroneando plácidamente, como si dentro de su cuerpecito hubiese un pequeño motor funcionando al ralentí. Al hacerlo, rocé con la palma de la mano uno de los laterales del cajón. Sentí un ligero pinchazo y me agaché para mirar cuál era la causa. En el lateral había un nuevo grabado. Era reciente, como si lo hubiesen acabado de tallar en la madera. Ni tan siquiera había sido lijado, a eso se había debido esa especie de punzada, supuse. Los caracteres no eran pictos. Me agaché y leí las grafías.

—Endora —dije con voz temblorosa y apagada.

Al pronunciar el nombre, sin saber por qué, recordé las palabras de la anciana enlutada que, esa misma noche, me había reprendido en el metro: «Deberías ocuparte solo de tu vida, cada día pareces más mortal, ¡siempre inmiscuyéndote en asuntos ajenos! ¡Como si no tuvieras bastante con lo tuyo! Porque, dime: ¿cómo has podido perder el libro y el pentagrama? Muy a mi pesar, al final tendré que admitir que Salomón, el nigromante, tiene razón: eres una novata, una bruja torpe y sin escoba, descendiente de un estúpido mortal.

Si sigues con esa obsesión, amando a ese vampiro majadero, al final acabarás aniquilando nuestra Orden».

Di un respingo y me levanté precipitadamente, porque me pareció ver su figura desdibujada frente a mí. Pero en el salón no había nadie. La cortina se movía impulsada por el viento que seguía soplando, mientras los relámpagos, ya más lejanos, iluminaban levemente el cielo aún encapotado. Inquieta, volví a la terraza. Esperaba ver a Ecles y a Desmond aún conversando, sentados en la acera. El mero hecho de que estuvieran allí me ayudaría a recobrar la calma que había perdido al intuir la presencia de aquella extraña y arisca mujer, pensé nerviosa, mirando de soslayo la gaveta y escrutando después, desde la terraza, mi salón envuelto en la penumbra. Pero mis amigos ya no estaban en la acera. Tampoco habían regresado a la casa, que seguía a oscuras y con las ventanas abiertas.

En la calle apenas había tránsito. Algunos viandantes caminaban bajo sus paraguas, esquivando los pequeños charcos que se habían formado después de la tormenta veraniega. El agua de la lluvia corría junto a los bordillos hacia el sumidero, formando riachuelos canijos de vida breve y estéril, enturbiada por la porquería que habían arrastrado de la calzada.

Permanecí apoyada en la barandilla, mirando hacia la acera de la floristería hasta que el sonido de una moto me llamó la atención. Me incliné para mirar hacia abajo, en dirección a la entrada del portal. Era un ruido inconfundible, el que solo el motor de una Harley-Davidson produce. Supe que pertenecía a aquella marca en el mismo instante en que lo oí. Lo habría distinguido aunque a su lado hubiese cientos de motores a todo gas, quemando ruedas.

Alán idolatraba aquella marca americana. Era tal su pasión que me había instruido en su historia y en todos sus modelos, componentes y versiones desde su primera aparición en 1904. Tenía una fotografía antigua y ajada del modelo 7D de 1911, el que llevaba el primer motor que se diseñó en V. La había encontrado durante uno de sus viajes de empresa a Estados Unidos en un garaje convertido temporalmente en mercadillo familiar, entre cientos de objetos sin valor; la había comprado y la guardaba en su cartera como si de una reliquia se tratase. Por eso reconocí el modelo en cuanto vi la moto aparcada bajo mi terraza. La impresión que me causó me hizo cerrar los ojos y restregarme los párpados. No era posible que aquella Harley estuviera allí, me dije. Mi sorpresa e incredulidad no se debían solo al valor y la antigüedad del vehículo que acababa de estacionar junto a la entrada del edificio, sino principalmente a que el sonido del motor no se correspondía con el modelo 7D de 1911 que tenía ante mis ojos. No fue hasta 1998 cuando las Harley Davidson incorporaron el motor Twin Cam, una innovación que dotó a las máquinas de la marca de un sonido característico, patentado posteriormente por la compañía.

No podía creer lo que estaba viendo: que el motor de aquel antiquísimo modelo sonase como uno actual era imposible. Pensé que tal vez el motor no se correspondiese con el chasis. «Quizás esté *customizada*», me dije, aunque aquella posibilidad me resultó improbable por las características del modelo. Seguí mirándola ensimismada, buscando una explicación coherente y lo más lógica posible a lo que estaba viendo, hasta que el individuo que la conducía, alto y delgado, vestido con un traje oscuro y con pose de mayordomo inglés, paró el motor. Se quitó el casco, se atusó el pelo hacia atrás y miró hacia mi terraza. Lo hizo como si hubiese sentido mi mirada puesta en él y en la moto que conducía. Levantó la mano, me dedicó una sonrisa tan fría y estirada como su apariencia de servidor de un lord, y caminó erguido, con el casco en la mano izquierda, en dirección al portal. Era Ígor, el empleado de Farid.

Capítulo 2

Di por hecho que Ígor se dirigía a mi casa. En un primer momento no caí en la cuenta de que, dada la hora, su visita era inadecuada e irregular. Solo acerté a pensar que si Ígor estaba allí era porque seguía una orden de Farid y que al localizar mi domicilio también situaría a Desmond; tarde o temprano lo vería, se encontraría con él. Sentí un escalofrío que me hizo encogerme sobre mí misma. Desmond estaba en peligro y yo no podía hacer nada para evitarlo, para desviar la atención de Ígor, para alejarlo de mi amigo.

Aún apoyada en la barandilla, con la mirada fija en la Harley, oí el ruido de la puerta del edificio al cerrarse tras Ígor. Supuse que la había encontrado abierta, seguramente Desmond la había dejado entornada al salir en busca de Ecles. Entré en el salón y me senté a la espera de que el timbre de mi casa sonase, o que Ígor llamara con los nudillos, insistente pero moderado. Lo imaginé erguido frente a la mirilla, sin bajar la vista, sin ningún gesto de duda o inseguridad, con aquella pose y expresión impertérrita que le caracterizaba. Incluso me figuré que, impaciente, al ver que yo no le abría, se quitaría los guantes de cuero, tocaría el timbre y volvería a golpear sobre la hoja de la puerta al tiempo que me llamaba.

Estaba desorientada, perdida en una situación que ni siquiera me había planteado. No sabía cómo reaccionar, cómo hacer que el empleado de Farid se alejara de allí. Me espantaba la posibilidad de que Ecles y Desmond regresaran cuando Ígor aún estuviera en el portal o en mi casa. Me sentía presa, encadenada a unos acontecimientos que yo misma había desencadenado. Había conducido a Ígor hasta Desmond. Había pasado por alto algo tan sencillo como que Farid me localizaría en cualquier momento o que tal vez ya había dispuesto de toda la información sobre mí antes de mostrarme aquel sótano blindado y repleto de objetos de un valor incalculable.

Había sido una ingenua, me recriminé. El anticuario no había actuado a la ligera. Todo lo que me había revelado, todo lo que me había ofrecido o compartido conmigo, estaba calculado, previsto, medido y ensayado. Le había subestimado. Farid era un mercachifle y, como tal, un embaucador profesional. Un ilusionista que había conseguido desviar mi atención y me había seducido. La magia, me dije, tiene muchas versiones y él había utilizado una de ellas para acallar el miedo que me producían sus intenciones: encontrar a Desmond y mi libro.

Capté el chirrido de las puertas metálicas del ascensor. «Sube, ya está subiendo», pensé intranquila. Apagué la luz del salón y tomé en mi regazo a *Senatón*. Había decidido no abrir la puerta. Pasara lo que pasase, no abriría a Ígor. El ascensor se detuvo, pero no lo hizo en mi planta. Oí el eco de unos pasos firmes y seguros, y luego el golpe de una puerta al cerrarse. Fue un ruido tenue, nada que ver con el típico estruendo que producían aquellas puertas viejas y pesadas que tenían todos los pisos del edificio de Antonio.

Pensé que Ígor había subido con alguien y que su acompañante se habría apeado en el piso de abajo. No sé cuánto tiempo esperé a que la enjuta figura de Ígor proyectase una tenue sombra bajo mi puerta, a que el timbre sonase o a que sus nudillos repiquetearan amenazadores e insistentes sobre la madera. La luz de la escalera se encendió y apagó varias veces sin que Ígor llamase a mi casa, y finalmente el sueño me encontró sentada en el sofá, con *Senatón* entre mis brazos.

Me despertó el chirrido de los ganchos de los toldos de mis vecinos. La luz del sol entraba en el salón iluminando toda la estancia. *Senatón* saltó de mi regazo y corrió hacia la cocina. Me desperecé aún con la angustia agarrada al pecho y a los pensamientos, con la inquietud de no saber si Ígor seguía aún allí, esperando en el portal. Ese hombre era tan extraño, tan impropio de aquella realidad y tan imprevisible que cualquier cosa era posible, pensé mientras me dirigía a la terraza. Necesitaba comprobar si la Harley seguía en el mismo lugar, en la acera delante del edificio. Antes de salir, oí el sonido del motor, su característico rugido en dos tiempos.

Apoyada en la barandilla, aún soñolienta, vi que Ígor levantaba con el pie la pata de cabra. Se ajustó el casco, se ató al cuello el pañuelo de seda que siempre llevaba y emprendió la marcha. Seguí su recorrido hasta que lo perdí de vista.

—Me fascina ese modelo, el Heritage Classic, aunque en realidad todas las Harley son una obra de arte cuidada al milímetro. No solo el ruido de su motor es espectacular y único, cada uno de sus componentes está dotado de una singularidad que te atrapa, hasta el diseño tiene magia. Son los purasangre de los vehículos de dos ruedas, ¿verdad? —me preguntó Ecles, que estaba a mi lado, tras el murete que separaba nuestras terrazas. Permanecía apoyado como yo en la barandilla que daba a la calle.

Me asombró que me hablara de una forma tan normal, como si la noche anterior no hubiese sucedido nada. Pero lo que más me extrañó no fue eso, sino el contenido de sus palabras. El modelo al que se había referido, el Heritage, era actual. Sin embargo, tal como yo lo veía, Ígor llevaba el 7D de 1911, un modelo que no se parecía en nada al que Ecles había mencionado.

—Alán siempre quiso tener una Harley. Estaba tan fascinado por esa marca que llegó a contagiarme su pasión. ¡Ahora soy capaz de reconocer el sonido de su motor a distancia! —comenté.

—Ígor también es un verdadero fanático de ellas —dijo, señalando la calle, aunque el aludido ya no circulaba por ella.

—¿Ígor? —pregunté haciéndome la distraída, como si no supiese de quién me estaba hablando.

—Vive en el segundo. Como hace poco que te has mudado, imagino que aún no os habéis cruzado. Trabaja en una tienda de antigüedades. Es más afortunado que Desmond y yo. Tiene pinta de mayordomo inglés, algo muy adecuado para su oficio. Además, es un poco estirado y parco en palabras, justo lo que ese tipo de negocios requiere. Es el más distante de todos los vecinos. No le gusta hablar mucho ni que nadie le visite. Solo Desmond goza de su favor, pero no porque hagan buenas migas… La verdad es que no tienen mucho en común. La cosa es que ya se conocían antes de vivir aquí, supongo que por eso están un poco más unidos…

Capítulo 3

No detecté en Ecles el menor rastro del resentimiento que había mostrado hacia mí la noche anterior, aunque varias veces miró de soslayo el pentagrama que yo llevaba colgado en el cuello mientras me hablaba de Ígor. Tuve la sensación de que se contenía por algún motivo relacionado con Desmond y, posiblemente, con la conversación que habían mantenido los dos mientras estaban sentados en la acera, bajo la lluvia.

En una de las ocasiones en que sus ojos se fijaron en la piedra, la cogí y se la mostré:

—Como te comenté anoche —dije—, para mí es más importante tu amistad que el pentagrama. Si quieres volver a dárselo a Amaya, por mí no hay problema. Es tuyo. —Giré la cadena buscando el cierre para sacarlo, pero él me detuvo sujetándome la mano.

—Anoche Desmond me contó lo que te dijo la madre de Amaya y que fue ella quien te dio el anillo con el pentagrama. Sé que tú no tienes nada que ver en esto y te pido disculpas por mi reacción desproporcionada. —Hizo una pausa y me miró a los ojos—. Diana, no les gusto. No me quieren junto a su hija —dijo con los ojos húmedos. Calló durante un segundo y tomó aire para poder continuar—: Supe que era tuyo desde el primer momento, cuando cogí tu gaveta, lo vi incrustado en ella y lo rocé con los dedos. Ya sabes, dicen que tengo un don. Para mí no lo es, más bien es una faena ver lo que veo. A veces me aterroriza saber algunas cosas, otras me incomoda y, las menos, me alegra. La gente piensa que tener un don es un regalo del cielo, pero se equivocan. Los dones pueden traerte la felicidad, pero también pueden quitártela en un segundo y arrástrate a la soledad más profunda y oscura. —Inclinó la cabeza e hizo una pequeña pausa. Después me miró fijamente y continuó—: Los dones, Diana, te hacen diferente al resto de personas. Ser distinto siempre acarrea problemas —declaró, restregándose los ojos—. Mira lo que me ha sucedido con los padres de Amaya. —Señaló la floristería al tiempo que volvía momentáneamente la vista hacia el local—. Ellos creen que atraigo a los *yürei*, a los fantasmas japoneses —apuntó, mirándome a los ojos—. Desmond me dijo que están asustados, pero yo creo que no les gusto porque soy feo. Mi aspecto físico les atemoriza, algo en cierto modo comprensible si además tenemos en cuenta que mi trabajo es tan precario como mi cerebro. Soy el yerno que nadie querría tener.

—¡Ecles! —exclamé—. No te hagas daño a ti mismo. A tu cerebro no le pasa nada malo. Eres inteligente y tienes habilidades extraordinarias. No me gusta que no te valores, no está bien. No solo debemos querer a los demás, también a nosotros mismos, querernos y respetarnos.

—Diana, he sido un egoísta. Utilicé mi don en mi propio beneficio. Eso no está permitido y lo he pagado caro. Ahora Amaya se alejará más de mí. Es posible que por mi irresponsabilidad, por mi egoísmo, su destino y el mío se alejen para siempre. He transgredido una ley suprema. Claudia me explicó que las facultades especiales solo se pueden utilizar con uno mismo cuando se está en una situación en la que no podemos resolver las cosas por las vías normales, como lo hace el resto de personas. Y yo lo hice. No supe dominar mis sentimientos. Amaya me gusta tanto que quise atraerla utilizando los conocimientos que tenía sobre tu pentagrama y sus poderes. Por eso te lo robé, para dárselo a ella y así tenerla siempre a mi lado.

—Ecles, tú no me has robado nada. Lo encontraste en el altillo y yo ni siquiera había llegado aún a esta casa. Además, el amor que sientes por Amaya excusa lo que has hecho.

—No, Diana, nada excusa el egoísmo. Como dice Desmond, el fin jamás justifica los medios. Y sí —afirmó tajante y alzando levemente la voz, con expresión de resentimiento, como si estuviese enfadado consigo mismo—, te lo robé, porque sabía que era tuyo, que te pertenecía, igual que el libro de cubiertas rojas y la gaveta. El libro lo escondí para protegeros a ti y a Desmond, pero el pentagrama me lo quedé para regalárselo a Amaya y así retenerla a mi lado. Sabía que la piedra no haría que se enamorase de mí, pero al menos uniría su destino al mío. Quizás nunca llegaría a ser mi pareja, pero siempre la tendría cerca. Podría verla, sentirla y conversar con ella. Donde yo estuviera, estaría ella. Lo que siento por Amaya es tan fuerte y especial que solo deseo verla todos los días, oír su voz y su risa, despedirla desde la terraza en silencio, contemplarla camino del metro, abriendo la tienda o bajando la persiana al final de la jornada. Me basta con eso, con estar cerca de ella, para ser feliz.

—Eres un romántico —le dije sonriendo enternecida y preocupada al tiempo.

El deseo de tener a Amaya siempre a su lado, aunque no estuviera enamorada de él, aquella especie de amor platónico que Ecles sentía, se estaba convirtiendo en una obsesión, pensé con inquietud. Ecles sentía tal atracción hacia Amaya que, sin pretenderlo, podía esclavizarla. Si yo no hubiera recuperado el pentagrama, este habría condicionado la vida de la florista. Habría destruido la maravillosa posibilidad de un futuro no condicionado por nada ni por nadie. Eso que nos hace ser quienes somos, lo que nos convierte en seres libres. Y no solo eso: Ecles se convertiría en su sombra, una sombra cosida con un hilo negro más emparentado con Salomón que con lo que él era. De pronto me aterrorizó la idea de que Ecles perdiera su inocencia y se uniera a seres como el nigromante. Porque, aunque no fuese consciente de ello, mientras el anillo con el pentagrama estuvo en el dedo anular de Amaya, él, el inocente de Ecles, había estado con un pie dentro de la oscuridad.

—Sé que estoy enamorado de alguien muy diferente a mí y que eso es una gran piedra en el camino, pero no pienso rendirme así como así. No dejaré de luchar por ella —dijo, pasándose la mano por las cicatrices de la frente.

—Nuestro vampiro particular te dio un sabio consejo —le dije guiñándole un ojo, y sonreí intentando aliviar el tono entristecido que habían tomado sus palabras.

—En cuanto a lo que has dicho sobre que tú no habías llegado a este edificio, tú y yo sabemos que eso no es cierto. Diana, vi lo que sucedió en ese otro tiempo. Seré corto de miras para algunos temas, pero sé que existen muchos tiempos, otras realidades. Es posible que yo venga de una de ellas, que regresara de otro lugar después de morir en el accidente. Siempre he creído que fue así y que por eso mi identidad es tan peculiar y mi memoria está vacía. Tal vez tú vengas del mismo sitio y por eso no me veas tan feo como me ven los demás. O quizás seas una bruja, porque solo ellas pueden vivir en varios tiempos a la vez. Tienen otra mirada. Ven la auténtica realidad. —Sonrió—. No te extrañes, solo repito lo que me dijo Claudia. Aunque te cueste creerlo, ella era bruja. Una bruja humana y buena, como tú.

—Bueno, bueno, no vayamos a fantasear más de lo necesario —respondí un tanto incómoda y desvié la vista hacia la calle, porque su forma de mirarme me incomodó como no lo había hecho hasta entonces.

—No te hagas la loca. Recuerda que el contacto con tu libro rojo me hizo ver más de lo que puedas imaginar. Todo lo que el libro ha vivido está impreso en él, como lo está en el pentagrama. Entre otras muchas cosas, vi que te elevabas sobre la terraza, arropada por la vela de tu ala delta, y que después, asustada, dejabas caer la tela en el suelo y entrabas en tu casa de nuevo. Me recriminas que no me valoro, pero tú no terminas de aceptarte, de tomar conciencia de quién eres... Eso es aún peor que lo que yo hago. Ese libro es un evangelio, un doctrinario, y tú lo sabes tan bien como yo. Cuando lo recuperes debes tener mucho cuidado. He intentado apartarte de él, pero sé que solo conseguiré alejarlo de ti durante un tiempo, porque al final, de una forma u otra, volverá a tu lado.

—Dime el sitio exacto donde lo dejaste. No creo que consiga encontrarlo en la Biblioteca Nacional. Tratar de dar con él allí es como buscar una aguja en un pajar. Aún no me explico cómo conseguiste dejarlo.

—Él te encontrará a ti, como siempre ha hecho. Incluso en el caso de que yo no te hubiese dicho dónde lo puse, tarde o temprano habrías llegado a él. Además, no creo que esté en el mismo sitio donde lo dejé. —Chasqueó la lengua y me señaló con el dedo en un gesto de complicidad, pero su mirada triste y preocupada lo traicionó—. Llevamos mucho tiempo hablando y se me hace tarde —dijo cambiando el gesto y el tono de voz—, tengo que dormir. Si no descanso, esta noche no podré hacer mi turno de vigilancia en condiciones, y debo estar más alerta de lo habitual. De un tiempo a esta parte, hay un tipo raro rondando por la obra. Debe de estar vigilando para llevarse material en cuanto nos descuidemos. Se oculta bajo un sombrero de ala ancha, como los que usan los gánsteres, y lleva guantes de cuero y gabardina. ¡Con el calor que hace! La gente está fatal. He intentado abordarle en varias ocasiones, pero sin éxito. El primer día que lo vi, lo llamé, pero se alejó rápido sin responderme. Anteayer corrí tras él, pero desapareció ante mis ojos como si fuese un escapista profesional. Lo más curioso es que mi suplente no lo ha visto nunca. Solo va cuando yo estoy en turno; debe de pensar que soy tonto o algo así.

—Perdona que vuelva sobre lo mismo —lo interrumpí—. ¿Llevaste el libro, mi libro, a la obra?

—Sí, sí, lo tuve allí hasta anteayer, pero ya te he dicho que ahora está en la Biblioteca Nacional. ¿Es que no me crees?

—No es eso, no. Te lo pregunto porque es posible que ese individuo estuviera buscando el libro. Tenerlo no solo puede ser peligroso para mí, lo más seguro es que lo sea para cualquiera. Si estoy en lo cierto, ese tipo ya no volverá por la obra. Lo más probable es que ahora ronde la biblioteca. Aunque, si es quien creo, no podrá acceder a él.

—Si ese sujeto tuviera algo que ver con tu libro, yo lo habría visto antes, cuando tuve el libro en mis manos, pero no fue así. Te puedo asegurar que no lo conozco de nada. De todas formas, ahora que el libro ya no está en la obra, veremos si tienes razón y vuelve por allí. Ya te diré qué sucede esta noche. Tendré en cuenta lo que me has comentado y estaré más alerta de lo habitual.

»Nos vemos mañana. Cuando vayas a por tu libro, no te sorprendas si ya no está allí. En ese caso, si no lo encuentras o él no te encuentra a ti, no pienses que es mi culpa. Tu libro tiene vida propia. Imagino que recuerdas que tiempo atrás, en la otra realidad, me pediste que raspara las cubiertas, y que sabes lo que sucedió después —comentó. Yo asentí—. Pues no lo olvides. Creo que es un ser vivo. En la obra iba cambiando constantemente de sitio. Ni un solo día estaba donde lo había dejado la noche anterior, por eso lo llevé lejos, a un lugar donde pudiera moverse entre sus semejantes y tuviese la posibilidad de esconderse, porque pensé que eso era precisamente lo que quería: ocultarse. Creo que es el lugar más adecuado para él. Allí, tal vez, su soledad sea más llevadera y se encuentre a salvo.

Al oír sus palabras no pude reprimir una risita.

—¡Qué cosas se te ocurren, Ecles! —exclamé—. Me encanta eso de «sus semejantes».

—Pues yo no le encuentro la gracia. Vamos, que no sé a qué viene tu risa. Es algo lógico, muy similar a lo que nos sucede a los habitantes de este edificio. Aquí no somos diferentes, tan distintos al resto; aquí todos, de una forma u otra, nos asemejamos. Eso hace que nos sintamos bien y protegidos por las peculiaridades de los otros. Todos los objetos tienen alma, aunque tú no la veas, y los libros más que cualquier otra cosa. El tuyo es un receptor de almas, de deseos y de una historia que no terminará de escribirse jamás. Es infinito, como el firmamento y el tiempo. El tiempo nunca muere, no termina, es indestructible..., como tu libro. Ya te he dicho que no es de esta realidad.

—¿Cómo puedes decir que tu cerebro es precario? —le pregunté, impresionada por sus palabras.

—Como dice la canción: «Todo lo que sé me lo enseñó una bruja» —dijo, entonando esa estrofa de *La casa por el tejado* de Fito y los Fitipaldis. Y, mientras lo hacía, señaló la terraza de Claudia—. «Raro... No digo diferente, ¡digo raro!» —siguió cantando mientras caminaba hacia su casa.

—Cantas fatal —le dije sonriendo, aunque no era verdad, entonaba a la perfección.

—Y tú eres muy fea —me respondió guiñándome un ojo al tiempo que levantaba la mano y se despedía siguiendo con la canción—. «... A coser mi alma rota, a perder el miedo a quedar como un idiota...».

Seguí durante unos minutos más apoyada en la barandilla, contemplando el ir y venir de los viandantes, sus pasos apresurados, ese querer llegar antes de tiempo a todas partes... La prisa cosida a Madrid como un pespunte prieto e imposible de desprender, como una seña de identidad de la capital. Me quedé abstraída en el trasiego de la gente que entraba y salía de los bares, en la apertura de las tiendas, en la vida que se abría paso por las calles de mi ciudad. Me gustaba aquel ir y venir constante, la mezcla de razas, culturas y condiciones que sus gentes le daban a las calles y avenidas, aquel todo que recogía millones de vidas al tiempo y las integraba en una colmena gigantesca donde los sueños viajaban por las aceras, en metro o en autobús. Arrastrada por esa sensación tan gratificante e íntima que, a veces, producen los pensamientos peregrinos, esos que van de un lado a otro, enlacé momentos, circunstancias, pasado y presente, y comencé a tararear *Pongamos que hablo de Madrid*, de Joaquín Sabina, en la versión de Antonio Flores, que tanto me gustaba.

—Tú sí que cantas mal —dijo Ecles antes de cerrar la persiana de su dormitorio que daba a la terraza—, pero, aunque no entonas, tienes una voz preciosa, como tus ojos de miel, como nuestra ciudad.

Le sonreí. Ecles, nuestro gigantón, estaba en lo cierto. En aquel edificio me sentía protegida, parte de su todo y de su nada, arropada por nuestras peculiaridades, las de él y las de Desmond y Elda. Y, aunque aún no le conocía lo suficiente y no tenía claro si debía tenderle la mano o echar a correr, también con las de Ígor, pensé recordando el sonido de su Harley, aquel modelo de 1911 que solo yo parecía ver.

Capítulo 4

Antonio me llamó cuando estaba preparando el desayuno y me disponía a establecer los planes del día. Era prioritario recuperar mi libro. Debía hacerlo cuanto antes, pensé recordando la puntualización que Ecles me hizo sobre su movilidad. No sabía cómo había conseguido Ecles dejar el libro en la Biblioteca Nacional, pero si él lo había hecho, yo también podría acceder donde estuviese y recuperarlo. Solo debía dejar que mi sexto sentido encaminara mis pasos.

Me disponía a concertar la cita para visitar la biblioteca cuando sonó el teléfono.

—Diana, buenos días. Soy Antonio, tu casero —dijo y esperó mi respuesta. De fondo, el ruido del tráfico era como una interferencia—. ¿Me oyes? —preguntó al ver que yo no respondía.

—Sí, sí, perdona. Te escucho perfectamente. Dime.

—Tengo que ir al edificio; si te viene bien, podemos aprovechar para vernos y así concretar el tema de la tienda de mi madre. Desmond me dijo que te corría prisa saber si tenías posibilidad de alquilarlo porque te has quedado sin trabajo y estás buscando una alternativa por tu cuenta. Deberías haberme comentado que tu situación económica atraviesa un momento delicado —puntualizó en un tono que me pareció un regaño.

No me gustó que Desmond hubiese intervenido de aquella forma en mi vida, que le hubiese dado detalles de mi situación laboral y económica a Antonio. Aunque lo hubiese hecho con buena intención, algo que no dudaba, aquello podía perjudicarme a la hora de negociar con él. ¡Y además no era de su incumbencia!, pensé molesta.

—¿Cuánto tardarás en llegar, más o menos? —le pregunté caminando hacia el salón, en busca del sobre con dinero que Farid me había entregado.

Levanté la mano e hice un gesto de alegría al tiempo que exclamaba bajito: «¡Bien!».

—Pues depende del tráfico —respondió—. Creo que poco, pero ya sabes, en Madrid no se puede prever cuándo se llegará a un sitio a no ser que tomes el metro, pero a mí me da angustia. No soporto estar bajo tierra. Te doy un toque en cuanto esté en el local, ¿te parece?

—Me parece —respondí.

—Entonces nos vemos en breve. Hasta ahora.

Miré hacia la terraza y pensé que debería haberme enfadado con Alán después de que instalase los toldos, no antes. Si hubiera dejado pasar un tiempo, si hubiese hecho caso a Samanta, en ese momento estaría sentada a la sombra de los toldos, en el exterior, en vez de tener que quedarme en el salón pasando calor. Tal vez debería haber dejado que él siguiera flirteando con Jessica Rabbit y, mientras tanto, continuar con mi vida poniendo todo en orden de una forma más cómoda y beneficiosa para mí. Pero mi estómago era pequeño y delicado. Era incapaz de tragarme la porquería y digerirla sin que se me notase, sin sufrir arcadas o un corte de digestión. «Ser auténtico, tener principios, también conlleva sus desventajas, sus inconvenientes», pensé recordando las palabras de Ecles sobre los dones. Porque aquello, el ser consecuente y honesto, también era un don dentro de una sociedad con los cimientos carcomidos por la doble moral, la mentira y los intereses económicos.

De pronto sonó un repiqueteo en la puerta.

—Soy Elda, ábreme —oí al otro lado.

Mi amiga iba ataviada con su mono blanco de trabajo. La tela estaba tan tiesa y lisa que parecía como si le hubiese aplicado almidón o acabase de estrenarlo.

—¿No deberías estar trabajando? ¿Te encuentras bien? —le pregunté mirando mi reloj de pulsera.

—Sí, sí, estoy perfectamente. Tendría que estar dándole a la brocha desde hace treinta minutos. Llegaré tarde. Tendré que recuperar las horas o, como ahora dice la gente joven, haré un *time for time*. Me encantaría tener días de asuntos propios, como ocurre en el sector administrativo, pero mi convenio no recoge ese tipo de beneficios. Lo cierto es que no recoge nada —dijo molesta—, más bien parece un tratado para el ganado que un convenio colectivo.

»Tengo que pedirte un favor, además de decirte que he oído la conversación que Ecles y tú habéis mantenido hace un rato. Ya sabes —puntualizó llevándose las manos a las orejas y tapándoselas—, no puedo evitarlo. Mira que me empeño, pero no hay manera, quiera o no quiera, lo oigo todo.

—¿Lo oyes o lo escuchas? —le pregunte irónica—. Es que no es lo mismo —puntualicé con una sonrisa.

—Mira que eres… —me respondió divertida—. A lo que iba, que me alegro muchísimo de que ya no estéis enfadados, quiero decir que Ecles no lo esté contigo, porque sé que tú no lo estabas con él. —Me miró el cuello, fijándose en el pentagrama, y volvió a sonreír.

—Anda, pasa y tomemos un café —le ofrecí, echándome a un lado—. He quedado con Antonio. A ver si tengo suerte y, al fin, me alquila El desván. Pero no sé para qué te lo cuento, si seguro que has escuchado mi conversación —puntualicé, sonriendo de nuevo.

—Ojalá pudiera, Diana, pero no quiero retrasarme más.

—Entonces, dime, ¿qué necesitas?

—Que le des esto a Ígor —dijo, tendiéndome una bolsa de papel con asas de cuerda—. Él tenía que ir a casa de Antonio para recogerlo y de paso darle esta bolsa, pero se la dejó olvidada en el portal, así que han tenido que cambiar de planes y han quedado aquí. Como suele decirse, ¡quien no tiene cabeza ha de tener pies! Supongo que por eso Antonio ha aprovechado para verse contigo. Ígor ha recurrido a mí porque Desmond está durmiendo y no era cuestión de despertarle, pero no puedo esperarlo más, que ya llevo un retraso de mil demonios.

Capítulo 5

Antonio tardó menos de lo que yo había supuesto en llegar a la tienda. Me llamó apenas unos minutos después de que Elda se marchase de casa.

Tuve que vestirme a toda prisa. Busqué algo informal para ponerme, pero solo encontré una camiseta de algodón roja y unos vaqueros viejos y rotos en las rodillas. Hacía varios días que no ponía una lavadora y no me preocupaba del estado de la casa más que lo estrictamente necesario. Ni siquiera hacía la cama. Mis horarios milimetrados habían pasado a la historia el día que me despidieron. Desde aquel momento todo se desbarató y, entre otras cosas, olvidé la constancia que exigen las tareas domésticas. La casa era el reflejo de mi estado anímico y de que lo prioritario para mí había cambiado. Lo primero era conseguir ingresos, un sueldo con el que poder vivir, o al menos sobrevivir. Ya me daba lo mismo una cosa que la otra, solo quería seguir adelante, una oportunidad. Colgué la bolsa que Elda me había dado para Ígor en el perchero de la entrada. Tuve la tentación de mirar en su interior, pero no lo hice. Si ella no me había dicho lo que contenía era porque no debía saberlo, pensé.

Apresurada, me recogí el pelo en un moño alto y al hacerlo comprobé que la camiseta tenía varios agujeritos diseminados por el delantero, las mangas y la espalda. Sonreí pensando que aquellos rotos eran idénticos a los de las camisetas que lucen muchos jóvenes, esas que parecen comidas por las polillas. En mi caso, el diseño me había salido gratis, igual que el de mis vaqueros viejos. «Quien no se consuela es porque no quiere», pensé sonriendo. Me calcé las deportivas frente al espejo del recibidor. Tenía un marco sencillo de madera de pino sin tapaporos ni barniz. Alán lo había comprado junto a los muebles de la terraza en una gran superficie y, aunque a mí jamás me habían gustado los espejos en la entrada de casa, él se empeñó en colgarlo allí. La imagen que se reflejó no tenía nada que ver con la de la mujer que, casi siempre vestida con un traje de chaqueta de apariencia seria y responsable, todos los días se daba un retoque frente a él para después salir camino del trabajo. En aquel momento parecía como si una tribu de salvajes me hubiese zarandeado hasta desbaratarme ligeramente el moño, del que caían varios mechones sueltos. Sin embargo, en vez de sentirme incómoda con mi aspecto, me reconocí en él. Aquella era yo, la misma que, tiempo atrás, volaba en ala delta, pensé volviéndome y mirando con nostalgia hacia la terraza. Me gustaba llevar el pelo limpio pero algo desordenado, no usar sujetador ni maquillaje, ir en vaqueros y deportivas. Si Antonio me arrendaba el local, aquella imagen de mujer libre y segura de sí misma seguiría reflejándose en el espejo todas las mañanas. A no ser que Alán se lo llevase para que las curvas de comarcal de Jessica Rabbit apareciesen en su superficie mientras él la sujetaba por la cintura y le besaba el cuello, como solía hacer conmigo en los comienzos de nuestra relación.

Aquellos pensamientos me llevaron a recordar las bolsas que aún estaban en el vestíbulo y recé para que Alán no apareciese aquella mañana. Tenía el presentimiento de que no tardaría en volver, porque las deportivas que había dejado en casa eran parte de su tesoro particular, una extensión de su persona. Cerré la puerta pensando en que debería haber cambiado la cerradura. Miré el polvo de ladrillo que recorría en línea recta el suelo de la puerta de entrada y, como si este pudiese escucharme y obedecer mi mandato, dije: «Si viene Alán, impide que entre».

Antonio me recibió con una sonrisa ancha. Vestía un traje de color rosa chillón, combinado con una camisa blanca y una corbata roja. Llevaba sus característicos zapatos, semejantes a los de claqué, a dos colores, negro y blanco.

—Estás estupenda con este *look* —me dijo y se acercó tendiéndome la mano. Yo no respondí a su gesto, sino que me acerqué más a él y le di un beso en la mejilla—. Me gusta tu aspecto. Va más con tus facciones escocesas y tu carácter inconformista. Sin embargo, si me permites un consejo, déjate el pelo suelto. El moño no te favorece y, además, está ligeramente deshecho —apuntó, señalando los mechones que caían por mi cuello.

—Vaya, muchas gracias, Antonio. Lo tendré en cuenta. La próxima vez que nos veamos me soltaré el pelo —le respondí guiñándole un ojo y él sonrió—. Y en cuanto a ti… tu traje rosa es tan original como el de color pistacho, y qué decir de la corbata. Es un puntazo. —Él se llevó la mano a la corbata y la estiró orgulloso—. Sí, sí, el rojo y el rosa casan a la perfección —apunté en tono irónico—. No creo que pases desapercibido en ningún sitio —le dije sin mala intención, porque su imagen seguía resultándome peculiar y divertida. Siempre que lo veía me venía a la cabeza la imagen del actor americano Danny DeVito.

—Esta apariencia es un escudo. Un juego de ilusionismo, la tapadera de mi verdadera identidad. Aunque no me incomoda vestir así, me agradan los colores chillones, están llenos de alegría y vida. Pero creo que ya te lo comenté en su momento, ¿verdad, preciosa? Me viene muy bien que nadie me tome en serio, que piensen que soy un excéntrico.

—Lo recuerdo, claro que sí, pero ahora que sé que eres hijo de una bruja, tu apariencia me parece justamente eso: la del hijo de una bruja —le dije sonriendo divertida—. Antonio, nadie más que tú podría vestir así, en serio —apostillé dejando escapar una risita.

—Pues déjame que te diga que tú, así, también pareces una bruja, una bruja sin escoba —se rio él también—. Bueno, vamos al grano, que por desgracia voy mal de tiempo —dijo cambiando de tema. Abrió la puerta de la tienda y se apartó un poco para cederme el paso.

—¡Me encanta! —exclamé emocionada al entrar—. ¡Este lugar me sobrecoge tanto! Aunque me lo propusiera, creo que no podría explicar lo que me hace sentir.

—Lo sé. Por eso lo vas a regentar, porque percibes su alma, sus duendes, sus fantasmas y los hechizos que se hicieron aquí. Formas parte de él.

—¡Vaya!, muchas gracias, hoy estás que lo tiras.

—Yo no tengo nada que ver en esto, no tienes por qué darme las gracias, querida. Nadie llega a mi edificio de forma circunstancial, a excepción de Alán, claro está. Él no es como nosotros, por eso tiene que marcharse. Su destino era traerte aquí, junto a tus iguales. Perdiste el pentagrama que hace tiempo mi madre le dio para ti. La piedra te condujo aquí. La extraviaste y él tuvo que volver en busca de otra igual. Algo imposible, ya que esa piedra es única. Sin embargo, Alán volvió, y su regreso te condujo de nuevo aquí porque tu destino es regentar la tienda de mi madre. Nada queda al azar. Si algún eslabón se suelta de la cadena, tarde o temprano volverá a ella. Sea como fuere, sucederá.

Mientras le escuchaba evoqué el día que Alán me había regalado el pentagrama y el momento en que, tiempo después, cuando ya me había instalado en el ático después de separarme de Alán por primera vez, lo coloqué en el hueco del lateral de la gaveta. Recordé que, al insertarlo, había regresado a aquel tiempo ya vivido con Alán, al piso de Manuel Becerra, y que él, atendiendo a mi petición de regalarle uno igual a Samanta, había buscado la tienda donde había comprado el pentagrama para mí. Aunque, en realidad, le estaba mintiendo, porque lo que yo pretendía era suplir el pentagrama que él me había regalado con otro igual. Y así regresé de nuevo al ático, cuando él conoció a Antonio y este le ofreció alquilárselo.

—No perdí el pentagrama —le dije—, más bien lo puse donde no debía y en vez de acercarme a mi destino, como tú dices, me alejó de él.

—Bueno, la cuestión es que lo perdiste, porque cuando Alán me localizó preguntando por El desván no lo tenías —dijo mirando mi cuello, la cadena y la piedra—. Aunque ya lo has recuperado, y eso es lo que cuenta.

—Supiste quién era yo desde el principio, cuando vine con la agente inmobiliaria. No sé cómo, pero apostaría a que tú también recuerdas la primera vez que estuve aquí, ¿verdad? —le pregunté mirándolo fijamente a los ojos.

—Y tú, Diana, ¿sabes ya quién eres? —me respondió con ironía.

—Pues no, Antonio, no lo tengo nada claro. Sigo igual de perdida que el día que llegué a tu edificio. Y muchas veces me pregunto qué pinto aquí, qué hago dando tumbos de un lado a otro.

—La vida es un cruce de caminos. Sigue los mandatos de tu sexto sentido. El resto sucederá, con o sin tu intervención. A eso se le llama destino. Es probable que cuando regentes El desván todo comience a ser más fácil para ti. Me alegraría que así fuese.

»Las pautas que debes seguir son sencillas. Solo tienes que mantener el negocio tal y como era —explicó—. Quiero decir que no podrás explotarlo con otro tipo de actividad. Encontrarás las directrices en aquel libro. Es el que utilizaba mi madre.

Señaló el mostrador, sobre el que descansaba un grueso volumen encuadernado en piel.

—No debes olvidar renovar el polvo de ladrillo del escaparate, el de la puerta de la entrada y el de aquella —añadió, señalando una puerta que había en el lateral derecho y encaminándose hacia ella. Yo le seguí—. No conduce a ningún sitio, está cegada —me explicó al tiempo que la abría para mostrarme la pared de cemento que había tras ella—, pero igualmente debes ponerle el polvo de ladrillo para prevenir presencias indeseadas, porque una puerta, esté donde esté, siempre conduce a algún lugar y puede cerrar el paso a otro. Recuérdalo, las puertas se abren y se cierran, por lo tanto dejan salir y entrar, pero también pueden impedir el paso.

Se volvió en dirección a la calle y señaló la acera de la floristería.

Salomón estaba allí, delante de una farola. A su lado se iban arremolinando algunos viandantes atraídos por la actuación que el nigromante realizaba como si fuese un autómata: giraba la cabeza de derecha a izquierda al tiempo que movía los brazos y echaba el tronco hacia delante sin que sus pies se separasen del suelo. Los movimientos eran tan mecánicos y perfectos que sentí un escalofrío. La actuación se parecía mucho a la de los mimos callejeros y me evocó a la de algunos artistas que exhibían aquel arte en la Puerta del Sol. Al finalizar su breve coreografía, inclinaba la cabeza, se quitaba el sombrero y lo acercaba a la gente que había estado contemplándolo ensimismada. Algunos dejaban caer unas monedas. Salomón, entonces, sin retirar las monedas, se volvía a colocar el sombrero de gánster en la cabeza. Todos esperaban que las monedas cayesen, pero no lo hacían. Ante el asombro de los espectadores, retiraba el sombrero vacío. Una de aquellas veces, tras repetir lo que a simple vista parecía un truco de magia, me miró fijamente. A pesar de la distancia distinguí sus ojos, su mirada desafiante clavada en mí. Sentí su maldad y la rabia que le provocaba verme dentro de El desván de Aradia, junto a Antonio. Intenté retirar la vista, pero no pude. Por más que lo intentaba no conseguía apartar mi atención de él.

—¡Diana! —exclamó Antonio, y apoyó la mano sobre mi hombro para zarandearme ligeramente—. No dejes que sus malas artes te aturdan. Ha conseguido embaucarte. No creas en él. La fe puede mover montañas, pero también derrumbarlas sobre ti. ¡No creas en su existencia! —gritó enfadado, en un tono imperativo—. ¡No le permitas existir!

Las palabras de Antonio, «no le permitas existir», se repitieron como un eco una y otra vez. Confusa, cerré los ojos durante unos segundos y, al abrirlos de nuevo, Salomón ya no estaba allí, frente a nosotros, en la acera de la floristería. Su lugar lo ocupaba un mimo vestido de arlequín. Pero él no recibía la misma atención que la gente le había dedicado a Salomón. Los viandantes pasaban a su lado, le sonreían y seguían sus caminos, indiferentes.

—El arlequín apenas tiene público. Su figura no cautiva como la del nigromante. Es la consecuencia de la atracción que el mal ejerce sobre el ser humano —dijo Antonio—. Aterrador, ¿no crees?

Capítulo 6

Capté el sonido del motor de la Harley antes de que Antonio me dijese que Ígor le esperaba, y desde luego antes de que la moto aparcase en la acera de la tienda. Primero fue un murmullo lejano que destacaba entre los típicos sonidos de la ciudad a esa hora; luego se fue aproximando hasta hacerse constante y cercano.

—Deberíamos habernos encontrado en su trabajo, pero Ígor se dejó la bolsa en el portal. Las prisas son malas compañeras de viaje —dijo Antonio mirando a Ígor, que estaba estacionando la moto—. Me gusta ver a Margaret Fischer cada vez que puedo, aunque siempre tengo que esperar a que su sobrino no esté en la tienda, porque no soy santo de su devoción. Había quedado con Ígor en el anticuario. No es la primera vez que propiciamos el encuentro entre los dos. Ígor tiene información privilegiada, sabe cuándo el sobrinito no está en Madrid; cuándo puedo acercarme a la tienda sin que él se meta por medio para atenderme y así alejar a su tía de mí. Tendrías que conocerla, ¡es tan sofisticada, tan inteligente! Hace tiempo que mi corazón y la mayor parte de mis pensamientos le pertenecen.

Por unos segundos pensé en decirle a Antonio que conocía a Margaret Fischer, que yo ya había estado en su establecimiento, que su sobrino me había encargado un trabajo que podía poner en peligro a Desmond y que Ígor se había mostrado desagradable y descortés conmigo, así que no debía confiar en él…, pero callé.

Me convenía ser cauta, me dije. Preferí escuchar, no interferir en el presente de Antonio para evitar cambiarlo y no crear una paradoja innecesaria, como me había sucedido con Alán. Si Antonio no sabía que yo conocía a la mujer que, según acababa de decirme, le había robado el corazón y la mayor parte de sus pensamientos, si Ígor no le había dicho que yo había estado en aquel anticuario y lo que había sucedido, lo más prudente era guardar silencio y ver cómo se desarrollaban los acontecimientos. Precipitarme siempre me había traído problemas. Debía ser sensata, me dije, aunque no entendiese qué hacía Ígor trabajando para Farid, teniendo en cuenta que este quería encontrar a Desmond y que Desmond, según me había dicho Elda, era su amigo.

Vi que Ígor sacaba su teléfono móvil del bolsillo de la cazadora. Miró hacia la tienda y levantó la mano saludando a Antonio, que le respondió de igual forma. Después se apoyó en la moto sin apartar la vista de la pantalla del teléfono móvil. Supuse que Antonio le había dicho que le esperase, que tardaría porque tenía algún asunto que tratar conmigo. Mientras Antonio me hablaba, no pude evitar mirarlo de arriba abajo y recordar el estilo, la idiosincrasia de la señora Fischer y lo engreída que se había mostrado ante mí. Pensé que Antonio no tenía ni la más mínima posibilidad de un acercamiento que no fuese meramente comercial y, en cierto modo, eso me apenó.

Instintivamente me acerqué a él y le enderecé el nudo de la corbata. Lo hice como si fuese su madre o su hermana y le diera el último retoque para asistir a aquella cita tan importante para él.

—Si vas a ver a una dama tan interesante, debes cuidar hasta el último detalle —le expliqué, pasando las manos por sus hombros, como si sobre su chaqueta hubiese polvo—. Las mujeres nos fijamos en todos y cada uno de los detalles, sobre todo en los más pequeños. —Le guiñé un ojo.

—No creas que no soy objetivo, Diana. Cuando voy al anticuario, no visto así. Me cambio de traje, de zapatos y hasta de colonia. Si fuese con esta facha, estoy seguro de que Margaret jamás me habría dirigido la palabra, pero no sabes cuánto te agradezco que te preocupes por mí. Eres un encanto.

—Aunque eres un poco rarito, he de reconocer que me caes bien —le respondí—, y espero que ella se porte bien contigo, porque si no soy capaz de acercarme y cantarle las cuarenta.

—Creo que no te lo he dicho. Es la dueña de una tienda de antigüedades, bueno, junto con su sobrino. Ígor trabaja allí hace años. La conocí por él en una subasta. Desde entonces intento verla siempre que puedo. Aún no he tenido ningún encuentro que no sea comercial, pero todo llegará. Soy muy paciente para estas cosas. Sé que ella no tiene pareja, que no está con nadie y creo que eso es un punto a mi favor, ¿no crees? —me preguntó.

—Pues sí, imagino que sí —le respondí nada convencida.

—Voy a invitarla a la fiesta del equinoccio de este otoño. Y si hace falta, para que venga, también invitaré al rancio de su sobrino. Ígor me ha dicho que sería conveniente que lo hiciese. He pensado en montar una pequeña subasta, así les atraería la idea de asistir. Espero que Ecles me deje hacerlo, que no le moleste. Si el árabe viene, ella le acompañará. Luego, ya sabes, una cosa puede llevar a la otra, más aún en una noche tan mágica como la del equinoccio de otoño.

—No creo que sea buena idea —le dije, aterrada por la mera idea de que Farid o Margaret asistieran a la fiesta y coincidieran con Desmond.

Miré a Ígor y pensé que, probablemente, el empleado de Farid era aún más inteligente y frío de lo que aparentaba.

—Pues yo creo que sí lo es —declaró, rebatiendo mis palabras—. Es una máxima del comercio: al cliente hay que darle lo que pide, al menos que piense que se lo estás dando. El resto ya se irá viendo sobre la marcha. Pero me temo que te estoy haciendo perder el tiempo además de aburrirte con mis pretensiones de Romeo fuera de estereotipos. Vayamos a lo que hemos venido.

—¿Cuál va a ser el precio del alquiler y las condiciones? —le pregunté mientras observaba inquieta a Ígor, que, de vez en cuando, miraba hacia la tienda.

Imaginé que lo hacía a la espera de que Antonio terminase con la charla que ambos manteníamos.

—Tu destino, Diana, es regentar este local. ¡En qué cabeza cabe que vaya a cobrarte por ello! —dijo encogiéndose de hombros—. Aunque quisiera, que ni se me ha pasado por la cabeza, no podría hacerlo.

—Pero… si sabías que terminaría regentando la tienda de tu madre, que ese es mi destino, como tú mismo has dicho, no entiendo por qué no me lo has hecho saber antes. ¿Por qué me has tenido esperando tu respuesta? Es ilógico.

—Podría haber provocado una paradoja. Todo acto tiene sus consecuencias y estas podrían haber sido terribles. Pero eso tú ya lo sabes. Lo comprobaste con Alán y ahora, sabiendo lo que sabes, has guardado silencio, cuando podrías haberte adelantado a sus actos. Los dos hemos callado por el mismo motivo. Permanecer en la retaguardia es importante, porque la mayoría de las veces ahí es donde se ganan las guerras.

—Mi relación con Alán es otro asunto. Igual que lo es la tuya con esa tal Fischer.

—No creas, Diana. Alán es una pieza más de este engranaje, distinta a las otras, pero forma parte de la misma maquinaria —dijo, omitiendo mi comparación con su ansiado idilio—. Yo debía esperar a que tú, al fin, me pidieses que te alquilase el local. Tú, como todos mis inquilinos, necesitas este edificio. Mi madre fue la pionera de estos lugares y yo prosigo su trabajo, que no es otro que el de protección. El asilo se pide y hay que necesitarlo para tenerlo.

»Mi madre prometió protegerte. ¡Me recuerdas tanto a ella!, tan rebelde y preguntona. Ella era una disidente, siempre discrepante. Fue tan inconformista que se enamoró de quien no debía, de quien le estaba prohibido. Eso la hizo vagar de tiempo en tiempo solo por amor. Pero al final, por unos motivos u otros, a veces solo por cansancio existencial, acabamos claudicando. Fue entonces cuando me engendró. Eso la convirtió en mortal —dijo con los ojos húmedos y la voz trémula—. Si no hubiese procreado, ahora estaría viva. Seguiría aquí. Una vida da paso a otra, así sucede en esta o en cualquier otra realidad. Es una de las leyes máximas que rigen este universo tan infinito como incomprensible para todos nosotros.

»No espero que lo entiendas ahora, pero con el tiempo lo harás, como has entendido y aceptado otras cosas. Toma —dijo tendiéndome dos llaves—. Esta abre la puerta de la entrada, la otra es la de la puerta cegada. Jamás la he visto abierta, sin ese muro de hormigón. Mi madre me dijo más de una vez que algún día, si era necesario, esta llave la abriría. Antes de que se me olvide: tal vez las páginas del libro —volvió a señalar el viejo tomo que estaba sobre el mostrador— estén en blanco. Si eso sucede, no pierdas la esperanza ni la paciencia. Se necesita tiempo para poder leerlo. Yo nunca he podido hacerlo, pero claro, yo no soy exactamente como tú, ni como era mi madre. Solo soy el hijo de una bruja.

—Tengo mis dudas de que solo seas el hijo de una bruja, Antonio —le dije—. Sabes más de lo que hubiera podido imaginar. Realmente, tras tu apariencia excéntrica se esconde una persona totalmente diferente. Nadie, ni por asomo, imaginaría cómo y quién eres.

—Pues me alegra saber eso. Si he conseguido confundirte a ti, tengo el camino más que allanado. Eso es lo único importante: que nadie sepa quién soy. La gente sin dones suele intentar destruir a los que tienen cualidades especiales; los arrinconan porque no son como ellos y les tienen miedo. Si me viesen tal y como soy, si hablase de todo lo que sé, estaría ingresado en un psiquiátrico y en otro tiempo me habrían quemado en una hoguera en el monte Abantos, ahí, junto al imponente y majestuoso monasterio de El Escorial.

»Mientras mi gestor se encarga del papeleo, tú ve adecentando el local, que lo necesita. No olvides abrir el libro diariamente, hasta que sus páginas dejen de estar en blanco y puedas leer su contenido —concluyó. Me tomó la mano y depositó en la palma las llaves de acceso al local, antes de cerrar mis dedos sobre ellas. Se dio la vuelta para dirigirse a la salida.

—¡Antonio! —exclamé antes de que cruzase el umbral.

Mi intención era preguntarle cuándo volveríamos a vernos, pero él se adelantó y me respondió sin que yo alcanzase a expresar la cuestión.

—Pronto, en cuanto el papeleo esté resuelto. Mientras tanto estaré disponible para cualquier duda que te surja —dijo, levantando su teléfono móvil y mostrándomelo.

Vi que se acercaba a Ígor y que este señalaba la tienda. Antonio no tardó en entrar de nuevo. Pensé que Ígor le había dicho que me conocía, que yo había estado en el anticuario y que, posiblemente, mi presencia, mi colaboración con Farid, estaba poniendo en peligro a Desmond. Aquello fue lo primero que se me ocurrió, porque Ígor tenía todas las papeletas para ser un farsante. Daba igual si había llegado al edificio pidiendo esa especie de asilo del que me había hablado Antonio. Si hubiese sido un hombre cabal, después del altercado que tuve con él y con su jefa Margaret Fischer, le habría bastado con ponerse en contacto conmigo y explicarme que había tenido que disimular ante ella…, porque estaba convencida de que él sabía que éramos vecinos antes de que lo descubriese yo. Lo más probable, dada su actitud, era que estuviese vigilando a Desmond desde hacía años, desde que se habían establecido en el edificio, me dije. Quizás solo esperaba que yo recuperase el evangelio para matar dos pájaros de un tiro. En ese caso, intentaría confundir a Antonio, nadar y guardar la ropa. Pero yo no iba a consentírselo, me dije, dedicándole una mirada desafiante.

—¿Tienes la bolsa que se olvidó Ígor en el portal? —me preguntó Antonio—. Elda le ha dicho a Ígor que te la dejaba a ti.

—Ah, sí, la bolsa... —contesté visiblemente nerviosa y confusa, porque no esperaba aquella pregunta—. Lo siento, lo había olvidado.

»Antonio, ¿qué modelo de moto lleva Ígor? —quise saber mientras nos dirigíamos hacia la puerta de El desván. Yo seguía viendo aquel modelo antiguo, el 7D de 1911, y quería saber si Antonio veía el mismo o, como le sucedía a Ecles, el actual, con el que se correspondía el ruido del motor—. Soy una fanática de las Harley, pero ese modelo no lo conozco.

—Creo que es una Heritage Classic. De todas formas, ahora mismo te presento a Ígor y se lo preguntas a él.

CAPÍTULO 7

Allí, junto a Antonio, Ígor me pareció diferente. Lo vi un poco más alto, quizás por la suela de las botas que calzaba, unas Touring de alta gama, pensé, recordando los zapatos negros de tafilete y suela de piel fina que llevaba en la tienda, cuando lo conocí. A pesar de vestir la camisa del uniforme, que quedó al descubierto al quitarse la cazadora de cuero con protecciones especiales, su apariencia era más desenfadada, menos encorsetada. Incluso los pantalones de traje negros, ajustados y tobilleros, le sentaban especialmente bien combinados con aquel vestuario adecuado para la conducción de una moto de carretera. Por unos momentos me resultó atractivo, muy atractivo.

—Diana vive en el ático y es una fanática de las Harley —le dijo Antonio—. Regentará la tienda de mi madre, por lo que te pido que me la cuides —le expuso sonriente y con cierto retintín que, tras mirarme, se convirtió en un gesto de complicidad que selló con un guiño.

Creo que la actitud de Antonio se debió a que yo no le quitaba la vista de encima a Ígor, de modo que nuestro casero seguramente pensó que mi vecino me atraía. Y, desde luego, no intentó disimular que le divertía la idea.

Ígor me sonrió. Se pasó los dedos por el pelo ordenando los cabellos que el casco le había despeinado ligeramente, dejó la cazadora de cuero sobre el sillín de la moto y, tras quitarse los guantes, me tendió la mano.

—Encantado, señorita. Será un placer seguir las indicaciones de nuestro casero y cuidar a una dama tan bella. Firmaría por tener este tipo de responsabilidades todos los días —concluyó, apretando mis dedos con fuerza al terminar la frase—. Pero... —Hizo una pequeña pausa y me miró fijamente, sin soltarme la mano—. Diría que ya nos conocemos... ¿No nos hemos visto antes?

—¡Pues claro! —lo interrumpió Antonio—. Qué cabeza la mía, si sois vecinos.

Ígor seguía apretándome la mano con fuerza, como si con aquel agarrón intentara asegurarse de que yo no abriera la boca frente a Antonio, como si su presión fuera a impedirme que me adelantara a él.

Cuando Ígor comentó que le parecía haberme visto antes, recordé el segundo encuentro que había tenido con él en el anticuario de Farid, su actitud altiva e indiferente al negar conocerme, y cómo se quitó de en medio llamando a Margaret Fischer para que fuese ella quien me despachase del local sin el menor miramiento. No podía olvidar su despedida fría e irónica cuando yo había afirmado, segura de lo que decía, que ellos, la señora Fischer y él, habían retirado el cuadro del vampiro de la tienda. «*Peut être*», había dicho en un francés tan perfecto como sarcástico.

Mientras me estrechaba la mano sin dejar de mirarme a los ojos, sentí que había caído en sus redes. Me creí presa de su voluntad. No sabía por dónde iba a salir Ígor. Probablemente estaba tocada y en unos segundos me hundiría, pensé sopesando la posibilidad de que le contase a Antonio que yo ya había estado en el anticuario y se lo había ocultado. La aparente amistad que ambos mantenían sería suficiente para que Antonio creyera en sus palabras antes que en las mías y se dejase llevar por sus consejos, que podían ser nefastos para mí... o también favorables.

—¿No lo recuerdas? Nos vimos esta mañana, cuando yo marchaba a trabajar. Estabas en la terraza, junto a Ecles —dijo tuteándome, y señaló la azotea—. Os saludé —concluyó, y me soltó la mano.

—Cierto —respondí aliviada—. Lo siento, solo me fijé en la Harley. Como ha dicho Antonio, soy una fanática de esta marca. Incluso le pregunté a Ecles sobre el modelo que conduces —expliqué, mirando la moto, que a mis ojos seguía siendo una 7D de 1911.

—El modelo es Heritage Classic, ¿verdad? —le preguntó Antonio, y se dirigió hacia donde estaba estacionada—. Diana me lo ha preguntado, pero no estaba seguro. Ya sabes que yo, en esto, soy muy ignorante. Me gustan más los vehículos de cuatro ruedas.

—Sí, es una Heritage —le respondió Ígor.

Antonio tenía las manos sobre el manillar de la moto, como si fuese a girarlo para ponerla en marcha. Ígor sonrió al verlo. Me miró y metió la mano en el bolsillo de su pantalón, sacó las llaves de la moto y me las enseñó. Luego hizo un gesto que me dio a entender que Antonio, aunque lo intentase, no la pondría en funcionamiento.

—Si eres fanática de las Harley, seguro que los modelos que más te gustarán, no digo para conducirlos, que también, sino como objetos de admiración, son los más antiguos. Personalmente, mi favorito es el 7D de 1911. —Me guiñó un ojo. Tras aquel gesto y sus palabras citando el modelo, comprendí que Ígor sabía lo que yo veía y que ese era realmente el que él conducía—. Ese modelo fue el primero que se puso a la venta. Con él empezaron a utilizar la admisión por válvulas accionadas mecánicamente, ya que antes era por válvulas atmosféricas, un sistema heredado de los motores de aviación. Aunque su diseño también es extraordinario, ¿no crees? —me preguntó sonriendo.

Pensé que se estaba divirtiendo a mi costa, que estaba jugando conmigo al gato y al ratón.

—Ígor es la persona adecuada para hablar sobre las Harley. Es un erudito —lo interrumpió Antonio—. Pero ya tendréis tiempo de seguir conversando sobre esos temas. Ahora, Diana, si no te importa, ¿puedes subir a por la bolsa? Tenemos que irnos. Aún he de cambiarme de ropa. —Se pasó la mano por la chaqueta del traje y le guiñó un ojo a Ígor, que le respondió con una sonrisa—. En la bolsa hay una antigualla de reloj que Ígor me consiguió en el Rastro. Es el reclamo, la excusa para hablar con Margaret. Espero que se interese por la pieza.

—Ya está interesada, Antonio. Le hablé del reloj anoche. Pero, si me hicieses caso, no te haría falta llevar nada. Te bastaría con simular que estás interesado en alguno de sus cuadros, con eso sería suficiente —le respondió Ígor—. Creo que deberías cambiar un poco la estrategia para llamar la atención de la señora Fischer.

»No será porque no le insisto en ello —añadió, dirigiéndose a mí. Me miró y levantó ligeramente los hombros—. Estoy harto de sugerirle que cambie de táctica, pero él hace oídos sordos a mis consejos.

»Te he dicho cientos de veces que el principal reclamo de la tienda es el retrato del vampiro. El original no está en a la venta ni expuesto, pero el que hay en la tienda es tan perfecto que podría pasar por él, aunque difiera en el tamaño. Bastaría con que te dirigieras al óleo y mostrases un especial interés por la pintura. Yo podría darte pautas de lo que debes decir, la leyenda sobre la inmortalidad del personaje y cientos de detalles más. Así Margaret Fischer te prestaría más atención a ti que a los objetos que le llevas. Dejarías de ser un simple "conseguidor". Ten en cuenta que cada día me resulta más difícil encontrar piezas que puedan llamar la atención de la señora Fischer o de su sobrino. Hace un tiempo que han dejado de escudriñar, de buscar solo el valor material de los objetos que les ofrecen. Ahora van detrás de lo que, según ellos, es el alma de las piezas que adquieren. Por lo visto, lo que más les interesa en estos momentos está relacionado con planos nada terrenales. Persiguen algo más importante que el dinero: la inmortalidad.

—¡El retrato de un vampiro! —exclamé en tono irónico—. Según las leyendas, los vampiros no se reflejan en los espejos ni pueden ser retratados. ¿Cómo es posible que esos anticuarios, con los conocimientos que deben de tener, piensen que poseen el retrato de un vampiro? Eso suponiendo que los vampiros existan, por descontado —dije mirando fijamente a Ígor, intentado saber por dónde iba, qué pretendía dándole aquellas explicaciones a Antonio.

Pero Ígor, en realidad, no estaba hablando para Antonio. Sus palabras iban dirigidas a mí.

Por su parte, nuestro casero apretó los labios y me miró con aire recriminatorio. Por lo visto le había molestado que yo pusiera en duda la existencia de los vampiros, sobre todo después de la conversación que habíamos mantenido en la tienda sobre aspectos y situaciones nada terrenales, como había definido Ígor hacía unos segundos los intereses de los Fischer.

—¡Leyendas, leyendas! —exclamó Ígor, molesto—. La mayoría están desvirtuadas y otras han sido creadas para ocultar la verdad. Como esa que dice que las brujas son feas, tienen verrugas, vuelan en escobas y adoran al Diablo. Se ha asesinado a demasiadas inocentes condenadas por brujería, cuando ni tan siquiera sabían hacer una mísera pócima medicinal. Las auténticas brujas, al igual que los vampiros, no tienen nada que ver con lo que nos han vendido. Esos seres llevan ocultos cientos de años, camuflados entre los *muggles*, sin que estos perciban siquiera su presencia.

»Las brujas, como los vampiros, existen. Son reales. Por supuesto que los vampiros pueden retratarse y se reflejan en los espejos, aunque solo algunos seres privilegiados, como las brujas, pueden ver su verdadero rostro, sus facciones. La mirada de una bruja tiene la facultad de captar varias realidades al tiempo —dijo sonriéndome, y señaló la moto—. Ellas perciben más allá de esta realidad, lo que para la mayoría es invisible, lo que para los *muggles* no existe. Ya sabes, los ojos engañan a la razón y la razón produce monstruos porque no entiende lo que los ojos ven.

—Eh, que aún sigo aquí —dijo Antonio—. ¿Debo posponer mi cita con Margaret? Porque si tenéis la intención de seguir debatiendo tan intensamente sobre lo real y lo irreal, que a fin de cuentas es lo mismo, nos van a dar las uvas. Estoy por encargar el pavo para la cena de Nochebuena y ya puestos nos lo comemos aquí.

—¡Lo siento! —me disculpé.

Ígor calló como si Antonio o mis anteriores palabras, las que habían suscitado su pequeña exposición, le hubiesen herido en su orgullo. Se fue hacia la moto y cogió la cazadora. Yo miré a Antonio, luego a Ígor, y me encogí de hombros para indicar al casero que no entendía la reacción de mi vecino. Antonio hizo un gesto con la mano señalando el portal.

—Ve a por la bolsa, por favor —me pidió.

Cuando bajé Ígor ya se había puesto la cazadora, el casco y tenía la moto en marcha.

—Suerte con la Fischer —le dije a Antonio al tiempo que le entregaba la bolsa.

—Gracias, Diana —me respondió—. ¡Cuídate!

—Nos vemos —se despidió Ígor. Después, de espaldas a mí, tras haber maniobrado con la moto para incorporarse a la calzada, levantó una mano y aceleró.

Permanecí en la acera, casi estática, mirando la moto que se alejaba. Pensaba en lo diferente que se había mostrado Ígor ante mí, tan afable y cercano, tan distinto del dependiente que había conocido en la tienda de antigüedades. ¿Qué hacía allí, trabajando para Margaret Fischer y Farid? ¿Cuáles eran sus propósitos?, me pregunté, porque estaba segura de que los tenía. Reflexioné sobre lo que había dicho, sobre lo apasionado que se había mostrado al defender la existencia de las brujas y los vampiros. Pensé en Desmond, en el cuadro, y volví sobre su rostro. ¿Sería tal y como yo lo veía? ¿Antonio, Elda, y Ecles lo verían con los mismos rasgos que yo?, me cuestioné. ¿O tal vez las facciones de Desmond eran como la moto de Ígor, muy diferentes a las que veían el resto de personas? Si era así, si lo que había afirmado Ígor era cierto, lo más probable era que Desmond estuviera a salvo del anticuario y sus intenciones. Tal vez aquello fue lo que Ígor había intentado decirme: que estuviese tranquila, que el retrato no mostraba la cara de Desmond, su verdadero rostro. Pero cabía la posibilidad de que Ígor tampoco viese el auténtico semblante de Desmond, que, aun teniendo aquella información, él no fuese como yo, como los seres a los que se había referido al hablarme de las cualidades especiales de la mirada de las brujas. Quizás Ígor también buscaba al vampiro del cuadro de Farid y jamás había sido capaz de verlo aun teniéndolo a su lado, frente a él.

Lo único que tenía claro después de aquel encuentro era que Ígor ocultaba algo muy importante y que lo más probable fuese que, a pesar de las apariencias, Ígor solo trabajase única y exclusivamente para sí mismo.

***

La madre de Amaya me saludó desde la acera de la floristería. Estaba colocando un carrito de madera con baldas llenas de plantas en flor al lado de la entrada. Por su sonrisa pensé que estaba al corriente de que yo le había devuelto el anillo a Ecles, o tal vez de que había visto el pentagrama colgado de mi cuello. Le devolví el saludo y, al hacerlo, vi la sombra de Salomón tras ella. En esa ocasión la única emoción que me inspiró fue desdén. Pensé que podía esquivarlo, omitirlo tantas veces como quisiera. No podría hacer que desapareciera de mi vida, pero sí apartarlo y, de ese modo, anular todas sus intenciones. Me di la vuelta para dirigirme a El desván y, cuando me dispuse a introducir la llave en la cerradura, alguien me tocó el hombro. Fue un golpecito suave, como si la persona en cuestión no se atreviese a importunarme o no quisiera sobresaltarme. O quizás era que ella, Endora, no habitaba aquella realidad y por eso no podía agarrarme y zarandearme, como seguramente habría deseado hacer, pensé después de verla tras de mí y escuchar la ira que impregnaba sus palabras:

—Esa bruja divergente y estúpida se ha salido con la suya. Ya tienes las llaves de su maldito desván, ese chiscón refugio de disidentes tan descerebrados y egoístas como lo fue ella. Habrían debido quemarla en la hoguera hace siglos, cuando se descarrió, pero su forma de ser era demasiado humana. La tacharon de loca, de excéntrica, pero nadie dio crédito a los poderes que exhibía sin reparo, ¡la muy inconsciente! Nadie, jamás, creyó que era una bruja. Los *muggles* siguen siendo muy cortos de miras. Solo creen en lo que ven sus ojos de neandertales.

—¡Pero bueno! —exclamé, separándome de ella—. ¿Usted quién se ha creído que es?

—Endora. Una bruja, como tú. La encargada de dirigir tus pasos para que cumplas tu destino, de recordarte cuál es tu máxima aquí. En el momento en que Antonio, esa especie de mutante que no es ni brujo ni humano, decidió darte las llaves y sincerarse contigo, cuando te contó esas patrañas sobre su madre, mi nombre se grabó en tu gaveta. Ese enano regordete y hortera, con su inconsciencia, me convirtió en tu guardiana. Para mí el hecho de tener que encargarme de ti, protegerte e intentar encaminar tus actos es una condena. Aquel día, en el metro, te avisé de lo que debías hacer, pero desoíste mis consejos. Esa parte de mortal que tienes sigue imponiéndose en ti, tejiendo en tu cerebro una tela de araña que te atrapa y te ciega.

»Tienes una responsabilidad. No podemos seguir tras de ti y de ese vampiro majadero más tiempo. Nuestra Orden pierde fuerza. ¡Óyeme bien! —exclamó fuera de sí—, yo no tengo la paciencia que han tenido mis antecesoras: si me haces perder más tiempo de mi existencia, dejaré de protegerte y terminaré contigo. Recupera el evangelio y devuelve a la Orden lo que es suyo. Ese evangelio nos pertenece tanto como nos perteneces tú, tu vida y tu destino. No eres libre, ningún ser vivo lo es. Todos, nos guste o no, tenemos designios que cumplir —concluyó, y se dio la vuelta dejándome con la palabra en la boca.

Caminó renqueando por la acera, apoyándose en un bastón de marfil. Su vestuario enlutado, igual al que llevaba el día que me abordó en el metro, y la acentuada cojera que mostraba le daban un aspecto desvalido, muy diferente a la actitud altiva y agresiva que había mostrado al hablarme. Vi que un hombre la ayudaba a cruzar la calle. Esperé a que se diese la vuelta, a que me dedicase una última mirada, pero no lo hizo.

—Qué de cosas se ocultan bajo la piel —dijo una voz varonil a mi espalda.

Me volví y, al hacerlo, un escalofrío me recorrió de arriba abajo. Era Salomón.

—Ni están todos los que son, ni son todos los que están. Ni los malos son tan malos, ni los buenos tan buenos. Todos tenemos intereses que pueden hacernos cambiar de chaqueta, de ideales, de costumbres y hasta variar el color de nuestra alma. Ensuciarla o limpiarla.

»Me has considerado tu enemigo desde la primera vez que me viste basándote solo en mi apariencia y en las palabras de los que te previnieron sobre mí sin conocerme. Sin embargo, ¡piénsalo bien!, ni una sola vez de las que nos hemos encontrado te he hecho daño. Admito que quizás haya sido desagradable contigo. Si ha sido así, te pido que me disculpes, mis palabras solo eran consecuencia de la desesperación. En el fondo, todos tenemos algo de humanos, aunque no lo seamos, y nos dejamos llevar por la ira en algún momento.

Intenté hablar pero no pude. Estaba paralizada frente a él.

—No te esfuerces —añadió el nigromante—, las palabras no saldrán de tu boca hasta que yo te deje vocalizar. Aún eres débil; aunque creas que has conseguido borrarme de tu cabeza, no es así. Aún piensas en mí, Diana. Yo existo, soy tan real como tú. Por mucho que Antonio, ese aprendiz de no sé qué, te haya dicho que puedes borrarme de tus pensamientos, seguiré en ellos. Pero no temas, solo quiero tu evangelio. Necesito sus conocimientos; luego me ayudarás a destruirlo. Deshacerte de él también te beneficiará a ti, porque es el único medio para librarte de mi presencia. Eso, como habrás comprendido después de escuchar a esa vieja bruja de Endora, te hará libre, libre de ella y de mí. Matarás dos pájaros de un tiro. Tal vez tu enemigo no sea yo —dijo señalando a Endora, que seguía su camino ya en la acera de enfrente, ajena a nosotros—. Quizás tu mirada de bruja te haya jugado una mala pasada y hayas confundido a los buenos con los malos. ¡Piénsalo!

CAPÍTULO 8

Hubo un día en el que creí tener todo controlado. Pensé que iba por delante, que ya volvía del lugar al que otros apenas habían llegado. Me sentí dueña del juego. Incluso atisbé un jaque mate remoto pero real. Fue el día que conocí a Farid, cuando dejé que él expusiera lo que sabía antes de mostrarle mi baza. Aquel día creí jugar con ventaja, pero me equivoqué.

Cuando Salomón comenzó a alejarse de mí como si no hubiese estado hablando conmigo, igual que minutos antes lo había hecho Endora, y después de haber escuchado las palabras de ambos e inconscientemente unirlas a la conversación que había mantenido con Antonio e Ígor, sentí que retrocedía de nuevo. Todos volvían a ser unos desconocidos que al parecer pretendían jugar conmigo. Sabían más que yo. Llevados por unos motivos u otros, me habían vapuleado y conducido a donde cada uno de ellos había querido. Era, de nuevo, un simple peón en manos de un dios menor.

Mi libro, al que denominaban el evangelio de las brujas, parecía ser la piedra angular, el objeto que todos, por unas u otras razones, andaban buscando o querían que yo recuperase.

En aquellos momentos me ocurría lo que a Bastian en *La historia interminable*: iba y venía de un mundo a otro. Necesitaba mantener vivo a Atreju tanto como a Bastian, porque el uno sin el otro no eran nada, porque los dos eran imprescindibles para que Fantasía existiese, pensé. Diana, la bruja, era tan importante como Diana la administrativa, la mujer que luchaba por salir adelante, enamorarse y vivir como cualquier mortal. Debía guardar ese sutil y maravilloso equilibrio entre la realidad y la magia. Para ello tenía que introducirme en un laberinto en el que había más de un minotauro esperándome y donde era evidente que solo existía una salida. El hilo de Ariadna era una madeja hecha de acontecimientos aleatorios, palabras sueltas, pistas verdaderas y falsas, intereses creados que debía desenredar antes de volver a tejerlos y ordenarlos con cautela para entrar en el laberinto de forma que después, si era necesario, pudiera regresar. No quería perderme en un mundo que aún me era desconocido, que cambiaba tanto como lo hace Fantasía en *La historia interminable.*

No sé cuánto tiempo permanecí con la vista perdida tras los pasos del nigromante, inmóvil al lado de la puerta de El desván. De pronto, la voz de una niña me sacó de mi ensimismamiento:

—¿Lo ves? —exclamó, señalándome—. Las brujas existen, ¿a que sí? —me preguntó, tirando de mi camiseta con su manita.

La miré desconcertada. Tenía el pelo liso y negro, su tez era blanca, de un blanco enlechado, y los ojos de color violeta. De su mano iba un niño de su misma edad que me miraba estupefacto. Ambos eran los primeros de una fila de chiquillos uniformados que se paró de golpe tras ellos.

—¡Por supuesto! —le dije sonriendo y levanté la vista buscando a la persona adulta que debía acompañarlos.

—Pero… ¡Anastasia! —la increpó la profesora, que se acercó rápido a nosotros—. Has vuelto a parar la fila. Si lo vuelves a hacer, te pondré la última.

»¡Disculpe! No sé si la habrá importunado —dijo, dirigiéndose a mí.

—Profe, Anastasia dice que esta señora es una bruja —explicó el niño que acompañaba de la mano a la pequeña, al tiempo que me señalaba.

—¡Por Dios! ¿Cómo se te ocurre insultar a la gente? —la reprendió la maestra.

—No, no. No ha dicho que yo fuese una bruja, solo me ha preguntado si existen —le expliqué, intentando aliviar el apuro por el que estaba pasando la profesora ante mí.

—Pero sí que lo es —insistió Anastasia sin miedo ni reparo alguno. Al decirlo soltó la mano de su compañero y puso los brazos en jarras.

—¡Calla! —le ordenó la maestra, ruborizada.

—Se te han caído las bolitas del bolsillo —dijo Anastasia sin hacer caso de la orden de la profesora, contemplando el suelo.

Seguí su mirada y me agaché a coger las cuentas rojas de cristal que había entre las juntas de las baldosas de la acera, junto a mis pies. Eran como las que Claudia vendía en El desván de Aradia, pensé.

—Te las regalo —le dije y, cogiendo su manita, abrí la palma y las deposité en ella. Después cerré sus dedos—. No vayas a perderlas. Son mágicas —le dije con una sonrisa, mientras le apretaba ligeramente el puño.

—¡Gracias! —exclamó, devolviéndome la sonrisa.

—Ahora sí que creerá que usted es una bruja. Quiero decir una bruja buena —puntualizó la profesora, una vez más ruborizada por su desliz—. Los niños son muy crédulos, sobre todo con los temas fantásticos. La infancia es maravillosa, en ella la imaginación es primordial, pero su inocencia a veces nos pone en apuros.

—No se preocupe, no me ha molestado. Anastasia no ha dicho nada que no sea verdad. He de confesarle que, en realidad, la niña tiene razón: soy una bruja —le respondí sonriendo.

Ella sonrió también, pero su expresión fue congelándose poco a poco, a medida que el grupo de niños se alejaba siguiendo sus indicaciones. Me miró varias veces de soslayo, seguramente intentando decidir si le había gastado una broma o si estaba perturbada. Por su gesto un tanto dubitativo, creo que fue la segunda opción la que rondaba en sus pensamientos. Al llegar a la esquina de la calle, antes de doblar para tomar la otra acera, Anastasia volvió a pararse.

—Diana, ¡adiós! —gritó, levantando la mano a modo de despedida, por lo que se llevó una colleja de la profesora. Esta volvió a mirarme, pero ya con recelo y sin sonreírme.

Mi labor en El desván de Aradia acababa de empezar, pensé. Anastasia había sido mi primera clienta, me dije, y le respondí con una sonrisa al tiempo que levantaba la mano diciéndole adiós. Ella era como mis amigos, como yo, como los habitantes de aquel edificio, como la mayoría de las personas que habían frecuentado El desván cuando Claudia lo regentaba y como las que vendrían cuando yo lo abriese, me dije mientras introducía la tija en la cerradura de la puerta.

Cuando entré en la tienda, la recorrí con la mirada observando cada rincón, cada piedra, cada rosario, cada estante. De vez en cuando soplaba el polvo que, acumulado sobre la superficie de los objetos, les robaba el brillo que poseían. Pasé la yema de los dedos por el mostrador y fui deslizándolos hasta que finalmente me detuve junto al libro que me había indicado Antonio, el que según me había dicho contenía las directrices para regentar el local. Antes de abrirlo, pensé en lo que me había comentado sobre sus páginas: que estaban en blanco…, como las de mi evangelio, se me ocurrió en ese momento. En él debería haber un centenar de hechizos, de recetas medicinales, de pócimas, ungüentos y las instrucciones para convertir las lágrimas en cuentas para los rosarios, pensé sonriendo. Qué hermosa era aquella idea, me dije. Todo estaría protegido por algún conjuro desconocido y, tal vez por eso, nadie a excepción de Claudia había podido ver el contenido de sus páginas, cavilé.

Contemplé durante unos minutos el local desde aquella posición privilegiada, detrás del mostrador que se situaba al fondo, frente a la puerta de entrada. Había piedras y cristales de todos los colores.

Las verdes parecían esmeraldas o granates tsavoritas; las azules eran tan bellas como zafiros o tanzanitas; las rojas parecían rubíes; las rosas, turmalinas; las amarillas, citrinas; las de color violeta y púrpura, zafiros o amatistas. Sin embargo, las que más predominaban eran las piedras de luna. Había centenares de rosarios hechos con ellas, móviles y cestillos de esparto repletos.

De vez en cuando, los cristales que componían los móviles oscilaban ligeramente de un lado a otro. Al captar el leve e intermitente movimiento, el sonido tenue que producían, pensé que debía de haber una corriente de aire que recorría el local e impulsaba los cristales de colores tan diversos y bellos. Ese mismo soplo casi imperceptible me rozó ligeramente el pelo, como una caricia, y se deslizó por mi nuca. Con un estremecimiento volví la cabeza, intentando buscar de dónde provenía.

Sobrecogida por la atmósfera, por el extraño equilibrio que se había establecido en el local, abrí el libro. Lo hice de forma mecánica, como si alguien llevara mis manos a él y las dirigiese sobre su cubierta con delicadeza. Lo abrí esperando ver sus páginas en blanco, como me había dicho Antonio, pero no fue así. Las dos primeras estaban repletas de grafías que parecían escritas con pluma. Las cubiertas eran de vitela, un material que conocía bien gracias a que Samanta me había mostrado varias y me había explicado cómo se confeccionaban. Era un pergamino muy fino y pulido y, a pesar de ello, de gran resistencia y duración. Se fabricaba con la piel de los becerros que nacían muertos. Las grafías me recordaron al Manuscrito Voynich, un texto que, para mi amiga Samanta, era una pieza de culto, escrito en un idioma desconocido que aún seguía siendo una incógnita. Debido a ello, muchos afirmaban que aquel texto, custodiado en la Biblioteca Beinecke de libros y manuscritos raros de la Universidad de Yale, podía ser una estafa. Sin embargo, Samanta me había asegurado que era realmente una pieza enigmática y que el manuscrito existía un siglo antes de que Edward Kelley o John Dee lo hubieran podido falsificar. Ellos fueron los que se lo vendieron al emperador Rodolfo II de Habsburgo, estudioso de las ciencias ocultas: la magia, la alquimia, la adivinación e incluso la nigromancia. John Dee decía que se comunicaba con los ángeles mediante unas piedras. Y aquello, la semejanza de las grafías con el Manuscrito Voynich, me llevó a recordar todo lo que Samanta me había dicho sobre aquel texto, incluso la fecha de su primera aparición: 1580. Pero no fue solo eso, su semejanza con el Voynich, lo que más me sobrecogió, sino el hecho de que ese texto estuviera en la tienda y que en El desván de Aradia predominaran las piedras. ¿Tal vez eran el tipo de piedras que según John Dee le permitían comunicarse con lo que él definía como «ángeles»?, me pregunté.

Seguí hojeándolo inquieta, ávida de explorar cada una de sus páginas, todas repletas de dibujos de plantas, figuras de mujeres, series de diagramas circulares zodiacales o astrológicos... Pensé en hacer fotos para enviárselas a Samanta. Ella era la persona adecuada para decirme si aquel texto era original y si era tan similar al Voynich como a mí me parecía, pero no sabía si podría sacar el texto de la tienda o si al activar la cámara las páginas dejarían de mostrar los dibujos y las grafías.

Impresionada por la semejanza con el Voynich conté las páginas: 240, y comprobé si, como le sucedía al Voynich, le faltaban 28. Así era. Aquel texto, pensé, bien podía ser una copia del Voynich. Lo cerré y acaricié su cubierta al tiempo que exclamaba emocionada: «¡Dios!».

La corriente de aire volvió, zarandeó los móviles con más fuerza y arrastró hasta mis oídos un murmullo de voces que me recordó al de un mercadillo callejero abarrotado. Cerré el libro y salí de detrás del mostrador. Seguí la corriente de aire y el rumor, que me llevaron hasta la puerta cegada que Antonio me había mostrado al entregarme las llaves de la tienda. Instintivamente cogí la llave y la abrí. El bloque de cemento había desaparecido. La puerta daba a una calle embarrada y atestada de gente que iba y venía. Llovía. Era una lluvia fina pero constante que empapaba las capas con las que se cubrían todos los viandantes. Eran rojas, de un rojo aterciopelado. Aquel color contrastaba con el gris sucio de todos los comercios que había en la calle, con aquel paisaje turbio cuyo cielo parecía una acuarela a medio pintar.

Las tiendas exhibían carteles que supuse identificaban el negocio. Todos estaban escritos con las mismas grafías que el libro de Claudia. Algunas tenían una especie de escuadra de latón de la que colgaban objetos extraños, que jamás había visto, y que supuse se exponían a modo de reclamo. En una de ellas pendía un libro de metal. La fila para entrar al local parecía no tener fin.

Seguí ensimismada en el ajetreo constante y monótono del público que transitaba aquella calle empinada y angosta, delimitada a izquierda y derecha por tiendas tan extrañas como la gente que las frecuentaba, como el gris sucio de las fachadas de los edificios donde se encontraban los comercios. Observé sus gestos, intenté descifrar el lenguaje en el que hablaban sin conseguirlo y, finalmente, sin entender dónde estaba aquel lugar ni qué era, decidí cruzar el umbral. No di un paso hacia delante, preferí ser cauta y estirar el brazo. Introduje la mano derecha, o al menos eso pretendí. El cemento me dobló los dedos y todo desapareció al tiempo que un dolor agudo me obligó a reclinarme.

Capítulo 9

Elda golpeó la puerta varias veces. Sentí el repiqueteo cada vez más fuerte y constante de sus nudillos sobre la madera, acompañado de sus gritos llamándome, pero no pude responderle ni levantarme, por más que lo intenté. Vi que mi amiga apoyaba la frente en el cristal del escaparate y pegaba la cara para mirar hacia el interior de la tienda. A su lado estaba Ígor, que hacía lo mismo que ella.

—Diana, vamos a llamar a emergencias. No podemos abrir la puerta —gritó—. Haz algún gesto, algo que nos diga que estás consciente —pidió Elda, alzando todo lo que pudo el tono de voz.

Levanté la mano izquierda indicándoles que esperasen. Me incorporé con la mano derecha encogida, apoyada en mi pecho a modo de cabestrillo. Tenía los dedos agarrotados, hinchados y la piel amoratada. Me acerqué a la puerta y, con dificultad, tiré de ella hacia dentro y la abrí.

Anochecía. Calculé que serían las nueve. Debía de haber perdido el conocimiento durante varias horas, pensé. O tal vez había estado más tiempo del que creía observando aquella extraña calle y a sus gentes.

—¡Dios! Vaya susto nos has dado —dijo Elda—. ¿Estás bien? —preguntó angustiada—. ¿Qué demonios te ha pasado en la mano?

—No lo sé. Me parece que me he mareado y me he golpeado. No recuerdo nada. Creo que me he roto los dedos —le expliqué, enseñándoles la mano a ella y a Ígor.

—¿Te duele algo más? La cabeza, la espalda...

—No. Solo los dedos. ¿Cómo habéis sabido que estaba aquí? —pregunté, mirándolos.

—Nos ha avisado Amaya. Vino a darte un recado de parte de su madre, ¿verdad? —inquirió mirando a la florista.

—Sí, sí, así es, Diana. Mi madre me pidió que hablase contigo —dijo Amaya, que salió de detrás de Ígor. Debido a la corta estatura de la florista y la altura de este yo no la había visto—. Me pidió que me disculpase por ella. Espera que sus palabras no te molestasen personalmente porque nada tenían que ver contigo.

»Antes de llamar miré por el escaparate y te vi tendida en el suelo. Intenté abrir la puerta, pero no se movió ni un ápice. Ígor llegó y le pedí ayuda.

—Lo primero que hicimos fue llamar a Antonio, pero ya sabes, siempre está *missing* —continuó Elda—. Mientras yo intentaba localizarlo por si tenía otras llaves, Ígor volvió a intentar abrir la puerta, pero le fue imposible. Esta puerta es tan vieja como pesada —dijo mirándola—, y seguramente tan tozuda como lo era Claudia —comentó, intentando bromear conmigo, pero el dolor pudo hasta con mi intento de sonrisa.

—¿Te ves con fuerzas para subir en la moto? —me preguntó Ígor—. Quiero llevarte al hospital. Cuanto antes te vean esos dedos, mejor. No tienen buen aspecto.

Asentí con un movimiento de cabeza. Él salió y arrancó la Harley, mientras yo le daba indicaciones a Elda para que cerrase la tienda.

—No sé adónde habrán ido a parar las llaves —le dije—. Quizás estén en el suelo, cerca de donde caí. —Señalé el lugar, al lado de la puerta cegada que, para mi sorpresa, permanecía cerrada.

Después de mirar el suelo y no encontrar las llaves, Elda se fue hacia el mostrador.

—¡Aquí están! —Me las enseñó—. Oye, qué libro más curioso, ¿no? Vaya cubiertas más bonitas —comentó con expresión de asombro, pasando la palma de la mano sobre el libro, y seguidamente lo abrió—. Anda, si es un libro de contabilidad. ¡Quién lo diría! Qué ocurrencias tenía Claudia, ¡mira que ponerle estas cubiertas a un libro contable! Aunque, conociéndola, tampoco es de extrañar. Estoy segura de que algún significado oculto tiene esta encuadernación tan especial. Claudia no daba puntada sin hilo.

Me miró como si esperase una respuesta por mi parte a su comentario, que no obtuvo.

—Elda, ¡vamos! ¿No te das cuenta de que Diana está muerta de dolor? —le recriminó Ígor.

—Perdón, perdón, no sé qué me ha pasado —se disculpó.

Su mirada me pareció errante, como si parte de ella estuviera en otro lugar. Caminó hacia la salida mirando de soslayo la puerta cegada. Cuando ya estaba en el umbral, antes de salir del local, se volvió de nuevo como si hubiese captado algún sonido proveniente del interior... y lo más probable era que así fuera, pensé.

—¿Te guardo las llaves? —preguntó bajito, como si su voz hubiese perdido fuerza de repente, como si sus pensamientos estuvieran en otro lugar.

—¡Pues claro! —respondió Ígor por mí—. Estás alelada, ¿qué te pasa? —inquirió molesto, pero Elda no le respondió—. Acércate, voy a ponerte el casco —dijo, dirigiéndose a mí, al tiempo que sacaba uno que llevaba en el baúl de la moto—. Ya está, ahora intenta agarrarte con el brazo izquierdo a mi cintura y pégate a mi espalda todo lo que puedas —me indicó, ya sentado en la moto—. Iré despacio para que no te desplaces mucho hacia atrás y no tengas que hacer fuerza.

Apoyé mi cabeza en su espalda, sobre su chaqueta de cuero negro y, a pesar del dolor que sentía, sonreí pensando que jamás habría imaginado que mi primera vez sobre una Harley se produciría en esas circunstancias, con un dolor tan agudo que me impedía disfrutar del sonido de su motor, de aquella experiencia única para mí. Jamás imaginé que me sentaría en una Harley 7D de 1911, cuyo motor sonaba como una Heritage Classic; el modelo que todos, menos yo, veían.

Ya cerca del hospital, Ígor paró en un paso de peatones. Retiré la cabeza de su espalda y miré. En ese momento cruzaba la calzada una mujer ataviada con una capa de color rojo sangre, igual a las que utilizaban los viandantes que caminaban por aquella calle a la que daba la puerta cegada de El desván. No llevaba la capucha puesta, por lo que su pelo, largo, lacio y negro como el carbón, caía dentro del hueco de la tela. Cuando estuvo frente a nosotros volvió la cabeza y dijo algo que no conseguí oír. Después siguió su camino.

—Vaya, pocas personas dan las gracias —dijo Ígor levantando la mano y devolviéndole el gesto—. ¡Qué hermosa es! La capa es una pasada de bonita, pero no sé cómo puede llevarla, con el calor que hace —comentó.

La mujer se paró al llegar a la acera. Me miró y volvió a pronunciar aquel «gracias» que la primera vez yo no había entendido. Ígor no la oyó, miraba al frente, pero yo había ladeado la cabeza para observarla. Me sonrió y sacó la mano derecha de debajo de la capa que la ocultaba. Vi que tenía los dedos lastimados como yo. En aquel instante comprendí que Ígor tenía razón: la mujer había dado las gracias, pero no a él, me las había dado a mí. Mi mano, pensé volviendo a sentir un dolor agudo, probablemente no había chocado contra el cemento. Había sido el vínculo que ella había utilizado para salir de aquel lugar, de aquella calle extraña a la que conducía la puerta cegada de El desván, pensé al recordar las palabras de advertencia de Antonio cuando me entregó las llaves de la puerta: «Está cegada, pero igualmente debes ponerle el polvo de ladrillo para prevenir presencias indeseadas, porque una puerta, esté donde esté, siempre conduce a algún lugar y puede cerrar el paso a otro. Recuérdalo, las puertas se abren y se cierran, por lo tanto dejan salir y entrar».

***

—Es una suerte que no estén fracturados —me dijo Ígor ya fuera del hospital, mirando mi mano vendada—. ¿Te sigue doliendo?

—No, los calmantes ya me han hecho efecto. Muchas gracias por todo, Ígor —le dije. Me acerqué y le di un beso en la mejilla.

—No hay de qué, Diana. ¿Tienes hambre? Si te apetece podemos parar a comer algo rápido o compramos algo para llevar, y de paso buscamos una farmacia de guardia y pides los antiinflamatorios que te han recetado. Es una pena que nuestro primer encuentro como vecinos —puntualizó, remarcando el sustantivo— se haya producido en estas circunstancias. Elda me dijo que te gusta mucho el jazz y tenía pensado invitarte esta noche a la Sala Clamores o al Café Central y así limar las asperezas surgidas tras nuestro encuentro en el anticuario.

—Bueno, nuestro primer encuentro como vecinos —sonreí— se produjo esta mañana con Antonio. De todas formas, acepto la invitación. No puedo resistirme a un concierto de jazz, y menos si es en el Clamores o en la meca del jazz en Madrid, el Café Central —le respondí sin dejar de sonreír—. Y cómo rechazar una cita para «limar asperezas», como calificas tú el comportamiento tan extraño y distante que tuviste conmigo en el anticuario. Tenemos que hablar sobre ello, por supuesto, pero, como bien dices, cuando esté en mejores condiciones físicas. Me gustaría saber cuál de los dos Ígor es el real; el que conocí en la tienda de antigüedades, estirado, distante y un pelín déspota, o el que me ha llevado al hospital, cercano y considerado. Espero que a esa cita acuda el segundo, porque al primero no le daría ni la hora —concluí guiñándole un ojo.

—Anda, déjame que vuelva a colocarte el casco —dijo sonriendo—. Tú eres igual en todas partes, tajante y directa —apostilló.

»Elda nos está esperando en tu casa. No ha dejado de mandarme mensajes por WhatsApp para saber cómo iba todo. Estaba empeñada en venir al hospital, pero le contesté que ni se le ocurriese, que aquí no hacía nada. Hace un momento le he dicho que te habían dado el alta y que no tenías los dedos rotos, solo contusionados…

Capítulo 10

Durante el trayecto de vuelta, pegada a la espalda de Ígor, pensaba en Desmond. Necesitaba verlo, tenerlo cerca, comprobar que se encontraba bien y sentir su preocupación por mi estado, pero Desmond no estaba allí, recorría las calles como cada noche en su DeLorean, sin más compañía que las estrellas que la contaminación lumínica ocultaba, esas que él decía contar en soledad. Lo imaginé conduciendo su DeLorean, ajeno a que, quizás, tuviese al enemigo en casa, pensé recordando a Ígor prestando sus servicios a Farid.

—¡Lo siento! —exclamó Elda cuando llegamos, y señaló el coche de Alán, que permanecía estacionado en doble fila frente al edificio, con las luces de emergencia conectadas—. No he podido controlarme y le he dicho lo que te había sucedido. Hace apenas unos minutos que ha llegado. Cuando abrió la puerta de tu casa me sobresalté. No le esperaba, pero él tampoco esperaba que yo estuviera allí, y menos sola. Cuando le comenté lo sucedido quiso ir al hospital, pero le dije que ya estabas de vuelta. Le dejé arriba, no estaba cómoda con él. Está esperándote.

Los padecimientos, tanto físicos como emocionales, nos debilitan. Hacen que nos encojamos sobre nosotros mismos, que la sensación de soledad y desamparo sea enorme, que necesitemos unos brazos donde cobijarnos, aunque estos sean impropios, aunque antes no nos dieran calor sino frío y dolor. El sufrimiento, a veces, nos hace olvidar la condición de algunas personas, su anterior comportamiento con nosotros, y nos sube al carro de la esperanza, del deseo de que todo lo anterior, aquello que nos lastimó, que nos deshizo como seres humanos, fuese parte de un mal sueño o tuviese una justificación que exculpara al que nos hizo daño. Pero la realidad siempre vuelve a surgir. Aunque esté hundida en el más profundo pozo y cubierta de cieno, siempre se impone, resurge una y otra vez, nos guste o no; porque lo hecho, hecho está.

La mayoría de las personas no cambian, sobre todo las egoístas y menos aún las que no tienen alma ni corazón. Ellas solo acrecientan su maldad, su vicio a costa de los demás. Pero es difícil dejar de lado el anhelo de que esas personas a las que un día quisimos cambien. Lo es porque la esperanza nace con nosotros y no nos abandona jamás, ni tan siquiera en el lecho de muerte. Incluso ahí, a las puertas de la otra vida, seguimos creyendo que el milagro sucederá. La esperanza es lo que hace que nos mantengamos vivos y dispuestos a seguir luchando en un campo de batalla repleto de cadáveres, lo que nos impulsa a mirar al cielo y no bajar los brazos. Aunque las heridas de la cruzada sean dolorosas y nos derrumben una y otra vez, la esperanza nos permite seguir vivos y en pie frente a todas las adversidades, firmes ante el dolor, ante un futuro siempre incierto.

Alán no tenía maldad, pero era egoísta y seguiría siéndolo siempre. El egoísmo formaba parte de su condición, por eso yo tenía la certeza de que nunca había estado enamorado de mí. Los seres egoístas son incapaces de amar a los demás, solo se aman a sí mismos. Sin embargo, aún me quedaba un rayo de esperanza que me hacía buscar una excusa al engaño de Alán, a su comportamiento, como si en cierto modo necesitase una razón que atenuase mi dolor, que calmase el daño que me habían producido sus mentiras. Por ello, no pude evitar llorar al verlo sentado en el sofá. Él, al verme cruzar el umbral, se levantó rápido. No dijo nada, solo se acercó a mí y me abrazó con cuidado de no apretar mi brazo demasiado. Me apoyó una mano sobre la cabeza y la reclinó en su hombro. No sé qué pensaría sobre mi llanto, sobre los motivos que me llevaban a llorar de aquella forma, como una niña pequeña que se consuela en los brazos de una madre a la que hace años que no ve, a la que tiene infinitas penas que contar. Tampoco supe por qué aquella noche no hubo ni un solo pétalo de rosa sobre el suelo de la casa. Quizás porque yo ya había llorado por aquello mucho antes, pensé. Mis lágrimas eran viejas, recicladas. Con ellas no se podrían hacer bolitas de cristal, sino de plástico, me dije aún más triste al pensar que era reincidente, que mi dolor era idéntico al que había sentido tiempo atrás.

El hombro de Alán, la tela de algodón de su camisa, quedaron empapados con las lágrimas producto de mi tristeza, del sentimiento de desamparo que sentía en aquellos momentos, que había sentido durante toda mi vida. Eran el resultado de la lucha que había mantenido desde niña, de la búsqueda de mis orígenes, de unos padres, de un hogar y de un destino. También lloraba por su infidelidad, por su engaño, por sus mentiras y por aquella historia nuestra que al poco tiempo de nacer entró en coma, en una especie de letargo, como si en cualquier momento pudiese resurgir del limbo en el que parecía estar. Lloraba por haberle querido y por tener que dejar de hacerlo, por todo lo que habíamos compartido y por lo que no legaríamos a vivir juntos.

—Lo siento, lo siento mucho, pequeña —dijo acariciándome el pelo. Me separó de él y me secó las lágrimas con la yema de los dedos, antes de darme un suave beso en los labios—. ¿Te duele? —me preguntó, tomando mi mano entre las suyas.

—No, ahora no —le respondí pensando en lo mucho que le había querido, en lo maravillosamente común que habría podido ser nuestra relación.

—He llenado la bañera, te sentará bien un baño. Y he pedido sushi. —Sonrió—. No he olvidado lo mucho que te gusta. Voy a aparcar el coche. No tardo ni un minuto. Espérame. Ni se te ocurra escaparte —dijo bromeando.

—No estoy en el mejor momento para echar a correr —respondí levantando el brazo—, además me darías caza inmediatamente. No sé cómo lo haces, pero siempre estás a la vuelta de la esquina —le respondí, recordando la frase que siempre me decía cuando aún éramos pareja: «Si me necesitas, sílbame. Ya sabes, estoy a la vuelta de la esquina».

Era evidente que había ido a recoger sus zapatillas y se encontró con Elda preocupada, esperando en mi ático, pero, en aquellos momentos, no me importaba el motivo por el que estaba allí. Al verle recordé que mi mundo, cuando le conocí, era demasiado pequeño, inhóspito y tenía más rincones vacíos que habitados. Alán llegó a mi vida y lo agrandó. Lo llenó de canciones, de guiños y caricias con y sin sexo. Me hizo sentirme única, especial y feliz aunque solo fuese a ratos. A ratos porque la felicidad, pensé, solo dura instantes. Lo otro es alegría. Había compartido tanto con él, que, en cierto modo, una parte de mí habitaba en él tanto como él lo hacía en mí y así sería para siempre, pasara lo que pasase, quisiéramos o no porque en cierto modo, aunque fuese en una porción diminuta, microscópica, nos pertenecíamos.

***

Me despertó el dolor cuando el analgésico dejó de hacerme efecto. Antes de levantarme de la cama para tomar la dosis que me correspondía a esa hora, lo miré. Él solía dormir hacia el lado de la ventana, dándome la espalda. Yo me abrazaba a él, pero aquel día no pude hacerlo porque tenía la mano lastimada. Me incorporé y recordé sus caricias, su forma tan especial de hacer el amor conmigo aquella noche, tan igual a las primeras veces. La manera en que me abandoné; la facilidad con que olvidé todo lo acontecido.

La placidez que me produjo hallarme desnuda entre sus brazos. Mientras lo miraba, pensé en lo extraño, inadecuado y bonito que había sido todo lo ocurrido. Los reencuentros siempre tienen una pátina irreal que lo envuelve todo, que le da a la situación un renacer similar a la primera vez. Tal vez por eso sean tan hermosos y esperanzadores, tan reconfortantes y, al tiempo, peligrosos, me dije pasando la yema de mis dedos por su nuca. Después me levanté y fui a por un calmante porque volvía a tener dolor.

Debí de quedarme dormida en el sofá del salón cuando el analgésico me hizo efecto. Me despertó el ruido de los nudillos de Desmond sobre el cristal de la ventana de la terraza. Aunque estaba abierta, no entró. Esperaba fuera.

—Anoche Ígor me dijo lo que te pasó. ¿Cómo te encuentras? —preguntó sin moverse cuando vio que yo abría los ojos.

—Mejor, pero pasa, ¿qué haces ahí?

—Solo quería saber cómo estabas. Prefiero no entrar, ya he visto que has retomado tu relación —explicó.

—No exactamente —le respondí aún adormilada.

—Me alegra mucho que estés mejor. Nos vemos, escocesa —dijo. Se llevó la mano a los labios y me envió un beso que la brisa que comenzaba a correr arrastró hasta mis mejillas.

Se dio la vuelta y se marchó sin responder a mi comentario. Oí el ruido que produjo al saltar, cuando sus pies aterrizaron sobre el suelo de su terraza. Hubiera corrido tras él. Quizás debería haberlo hecho, pensé, pero, como otras veces, no supe reaccionar a tiempo.

Desmond estaba equivocado: yo no había retomado nada. Lo que había sucedido entre Alán y yo aquella noche había sido un retorno necesario al pasado, un baño imprevisto de recuerdos, de necesidad de volver a sentir, nada más, me dije mirando el teléfono móvil de Alán, que estaba sobre la mesa del salón. Me levanté y, sin pensarlo dos veces, lo cogí y cargué el WhatsApp. Estuve a punto de volver a dejarlo en su sitio. Jamás había hecho aquello; aunque conocía su contraseña, nunca había tenido la necesidad de mirar sus mensajes, pero en aquel momento no pude reprimir la curiosidad y la desconfianza que sentía. Busqué en su lista de contactos a Azucena y pinché sobre su nombre:

> Volveré más tarde, no me esperes levantada. Diana ha tenido un accidente y estoy en el hospital con ella, en urgencias. En cuanto salgamos la llevo a su casa y regreso. Te quiero, pequeña.

Alán no cambiaría jamás, me dije al leer el texto. Seguía siendo igual de mentiroso e igual de infiel. Jessica Rabbit no le había respondido, al menos con otro *whatsapp*, aunque cabía la posibilidad de que lo hubiera llamado. Me disponía a ver el registro de llamadas cuando oí los pasos de Alán. Dejé el teléfono en su sitio y volví rápidamente al sofá.

—¿Cómo no me has despertado? —dijo acercándose a mí—. Te dije que me llamases si te encontrabas mal. Voy a preparar el desayuno y telefonearé a la tienda para avisar de que llego más tarde. —Me acarició la frente y fue a darme un beso en la mejilla, pero yo me retiré.

—Prefiero que no lo hagas —le dije.

—¿El qué? —preguntó desconcertado.

—Te agradezco tu amabilidad, pero no quiero que te quedes a desayunar. Será mejor que recojas tus cosas y te marches con Azucena. Es donde tienes que estar.

—Pero… y lo de anoche, ¿no ha significado nada para ti?

—Sí, claro que sí. Lo mismo que para ti, Alán —respondí mirándolo de frente—. Lo nuestro terminó hace tiempo. Lo de anoche fue solo un resquicio del pasado. Sé que siempre sentiremos algo el uno por el otro, tú también lo sabes, pero eso no es suficiente. Si me quieres, aunque solo sea un poquito, debes marcharte ahora.

No dijo nada. Se vistió y recogió las bolsas que contenían sus deportivas. Antes de salir me miró.

—Te llamaré para ver cómo vas, si te parece bien —dijo. Yo asentí con un movimiento de cabeza. Levantó las llaves del ático, sus llaves. Me las enseñó y las depositó en la mesita de la entrada—. Si me necesitas, ya sabes: sílbame. Estoy a la vuelta de la esquina —dijo ya en el rellano, con la puerta aún abierta.

Aunque me esforcé en sonreírle, la tristeza se resistía a irse de mi corazón, igual que el recuerdo del placer que sus manos me produjeron al acariciar mi cuerpo desnudo; al volver a él y habitarlo una vez más.

Capítulo 11

La percepción que tenemos del tiempo es aleatoria y caprichosa. A veces una hora se nos hace eterna, mientras que en otras ocasiones pasa tan rápido como el aleteo de una mariposa o el brillo que deja el rastro de una estrella fugaz en el cielo de la noche. Aquel verano trascurría lento, como si los días, sus horas, quisieran dar cabida a los acontecimientos que, sin embargo, se sucedían casi atropellados. Estaban ocurriendo demasiadas cosas en muy poco tiempo, pensé sin dejar de mirar la puerta de entrada, mientras escuchaba el sonido del ascensor subiendo después de que Alán hubiera pulsado el botón.

Oí que Elda saludaba a Alán y el «hola» desganado de él. Después sonó el timbre de casa.

—Oíste cómo nos despedíamos, ¿verdad? —le pregunté a Elda nada más abrirle la puerta.

Ella esbozó una sonrisa comedida e hizo un gesto con los labios, dándome a entender que, como siempre, había captado más de lo que yo imaginaba.

—¿Cómo estás? —me preguntó mirando mi mano.

—Pues me duele tanto que he llegado a pensar que el radiólogo se equivocó de placa y tengo los dedos rotos. Las urgencias, sobre todo las de trauma, estaban a reventar y, como siempre, había pocos médicos.

—Si ves que empeoras es tan fácil como volver a que te vean de nuevo. No aguantes el dolor, una rotura es más peligrosa de lo que pensamos.

»Voy a prepararte un café y otro para mí, que aún no he tomado nada y, mientras desayunamos, me cuentas qué te sucedió en realidad, porque me resulta muy extraño el golpe que tienes. Parece como si le hubieses dado un puñetazo a alguien —dijo mirándome fijamente al tiempo que levantaba las cejas y ladeaba la cabeza.

—Si te lo contase, estoy segura de que no lo creerías —respondí y la acompañé a la cocina.

—¡No me digas! ¿Ahora vas a poner en duda mi credulidad? ¿Después de haber visto tus lágrimas convertidas en pétalos de rosa, después de llevar años oyendo las conversaciones de la gente que vive tres o cuatro pisos por encima del mío?

—Oye —le dije, cambiando de tema—. Ígor es un cielo, ¿no?

—Sí que lo es —respondió mientras introducía el café en el filtro de la cafetera—. Tiene dos rasgos que a mí me fascinan en la gente: es discreto y amigo de sus amigos. Aparte, claro está, de que es superatractivo —añadió, guiñándome un ojo—. No vayas a decirme ahora que te gusta, porque en ese caso seríamos dos. Creo que tú a él sí que le gustas —concluyó con una sonrisa.

—No, no, para nada, no me gusta. Es más, ni le conocía. No le había visto hasta ayer por la mañana, cuando oí el ruido del motor de su Harley y salí a la terraza. Luego charlé con él mientras Antonio me daba indicaciones sobre la tienda de su madre. Ígor pasó a buscarlo y a por una bolsa que se dejó en el descansillo.

—Lo sé, ¿no recuerdas que yo te pedí que le dieses la bolsa? Me ha llamado para comentarme que había hablado contigo y que quería invitarnos a escuchar jazz. Bueno, la verdad es que no fue exactamente así. Quería invitarte a ti y me preguntó si sabía tus gustos sobre restaurantes, para convidarte a cenar, pero yo le dije que te gustaría más ir a un concierto de jazz y me apunté. No pude evitarlo, espero que no te moleste que vaya con vosotros.

—Ni mucho menos, ya te he dicho que no me atrae —respondí.

—Pues es evidente que tú a él sí. Ígor es demasiado suyo. Jamás ha invitado a ninguno de nosotros a su casa y tampoco asiste a las reuniones que solemos hacer, solo a la fiesta del equinoccio de otoño, a esa no falta jamás. No se relaciona con nadie, excepto con Desmond… Aunque es lógico que se lleve mejor con él, porque llegaron juntos aquí. Se conocían de antes y creo que le debe un gran favor, aunque no sé de qué puede tratarse.

—No creo que yo le guste. Es solo que estuvo un poco desafortunado conmigo durante la conversación que mantuvimos en la tienda de Antonio y quizás quiera disculparse —le expliqué mintiéndole, porque no quería que supiera que cuando estuvo desagradable conmigo fue en el anticuario, días antes. Tampoco los motivos.

—Bueno, no creas que me preocupa mucho. Sé que es muy poco probable que se fije en mí. Nunca ha dado muestras de que yo le interese más que como una amiga o una vecina simpática —dijo en un tono apagado que me supo a resignación.

—Pues tendrás que hacerte notar más ante él. Cuando vayamos a ese concierto de jazz haremos lo posible para que así sea. ¿Y dices que Desmond y él vinieron juntos? —dije, retomando el tema que a mí me interesaba.

—Sí. Los dos tienen mucho más en común de lo que parece. Son igual de celosos de su intimidad y se relacionan poco con los demás. Bueno, en realidad Desmond es más abierto, pero aun así no lo saques de este edificio ni, ya sabes, de su amistad con la Flor de Loto —dijo, no sin cierta ironía—. Ella siempre está ahí, por unos motivos o por otros, parece que vive aquí. Es como si oyese lo que decimos o supiera lo que pasa sin estar, el caso es que siempre que sucede algo inusual se presenta como por arte de magia. Ya te digo, tiene ojos y oídos en la espalda, y alguna que otra cosa más, porque no me lo explico... —Hizo una pequeña pausa—. Oye, ahora que lo pienso, ¿fue su madre la que te devolvió el anillo con tu pentagrama, el que Ecles le regaló a Amaya? Por eso quería disculparse en su nombre, ¿verdad? —Yo asentí—. A saber qué te dijo la madre de la paliducha para tener que enviar a su hija a disculparse y no tener el valor de hacerlo ella.

—Bueno, ya sabes, las madres a veces se toman demasiadas atribuciones y, llevadas por el instinto de protección, hacen juicios de valor impropios. Pero no tiene importancia. No fue nada relevante, nada que no suceda todos los días cuando a los progenitores no les gustan los novios de sus hijos o hijas; algo que suele ser habitual.

—Si te dijo algo feo de Ecles, no se lo cuentes, le destrozarías. Muchas veces guardar silencio protege a los que queremos más que revelarles lo que sabemos.

—Ni se me había pasado por la cabeza comentarlo con Ecles.

—En fin... Y dime, ¿qué te pasó realmente en El desván? Te diste contra esa puerta que siempre está cerrada, la que conduce al sótano, ¿verdad?

—No sé de qué sótano me hablas.

—Del sótano de El desván. ¿No te ha dicho Antonio que esa puerta conduce a un sótano y que este se comunica con la floristería de Amaya? Cuando Claudia abrió la tienda, guardaba allí la mercancía, sus rosarios y las piedras.

—Elda, esa puerta está cegada. Solo conserva de puerta la hoja de madera, nada más. Tras ella hay un tabique de cemento. Lo he visto. De hecho, estoy por quitarla y pintar sobre el cemento. Ganaría espacio en la pared. Claro que se lo tendré que preguntar antes a Antonio. Si la quitase variaría la estética original del local y él no quiere que eso suceda. Es una de las condiciones que me ha puesto —le expliqué.

Pese a lo que acababa de decir, yo sabía que aquella puerta no podía retirarse de la pared. Además, Antonio jamás me lo permitiría, ya me había explicado que aquella puerta, a pesar de estar tapiada, seguía siendo el paso de un lugar a otro, algo que yo ya había comprobado. Lo que no sabía era que, tiempo atrás, había sido un sótano que a su vez se comunicaba con la floristería de los padres de Amaya.

—Claro que está tapiada —me respondió tajante—, como para no estarlo. Claudia fue quien mandó levantar ese muro de cemento, después de que sucedieran muchos hechos extraños. El sótano se convirtió en un lugar de paso de errantes, como llamaba ella a lo que para los demás eran fantasmas que se desvanecían por el túnel que comunicaba la floristería con El desván. Antes, la floristería era un negocio de libros de segunda mano. Los dueños terminaron cerrándolo, a pesar de que les iba muy bien. Ya sabes, cuando algo se sale de lo habitual, de lo que nos han enseñado que es real, la gente se asusta, no sabe manejar la situación. A veces se vuelven locos y otras veces huyen del lugar, y eso fue lo que hicieron ellos, se marcharon. No solo de la tienda, abandonaron Madrid sin dejar rastro, sin dejar una dirección ni un teléfono de contacto. Poco después, Claudia mandó tapiar la puerta y todo cesó. La normalidad volvió a la calle y al local donde antes estaba la librería que ahora es la floristería.

»Sé que te pasó algo con el muro. Oí voces que provenían de su interior.

—Sí, claro que me pasó —reconocí—. No vi el cemento e intenté introducir la mano. Me golpeé y estuve unos minutos atontada por el dolor, encogida en el suelo y sin poder hablar —le expliqué, omitiendo parte de lo sucedido, porque aún no quería hacerla partícipe de todo lo que me ocurría—. Pero no entiendo por qué Antonio no me contó todo eso, todo lo que pasó.

—Quizás para protegerte de tus miedos —dijo Elda, convencida—. Lo importante es que ya lo sabes. No abras la puerta. Creo que ya has tenido suficiente con lo que te ocurrió anoche. Podría haber sido peor, mucho peor.

»¡Ah, se me olvidaba! Ecles me ha dicho esta mañana, antes de ir a dormir, que si estás en casa antes de que se marche a trabajar se pasará a verte un momento. Te manda un beso. Y esta noche, si te encuentras con ganas, cenamos juntas. No hace falta que hagas ni compres nada, yo me encargo de todo. Le dije a Ecles que si al final organizábamos algo, y si aún estábamos en casa cuando regresara de trabajar, que se pasase a tomar una copa. Hoy trabaja solo media jornada porque le debían horas. Si te parece bien a ti, claro.

—Sí, claro que sí.

—Es una pena que Desmond haya tenido que marcharse, habría sido estupendo que estuviese esta noche con nosotras. Cree que has vuelto con Alán, o al menos eso me ha dicho Ecles. Le gustas, Diana, y mucho, pero me parece que lo vuestro no pinta bien. Cualquiera diría que estáis jugando al gato y al ratón.

—Espero no regresar tarde para cenar porque tengo que ir a la Biblioteca Nacional. Ecles dijo que había dejado mi libro allí y debo recuperarlo. Se niega a decirme dónde lo dejó. No entiendo su actitud. No alcanzo a comprender por qué no me da el lugar exacto, qué motivos puede tener para no hacerlo, de verdad que no lo entiendo.

—Tal vez sus motivos son los mismos que tienes tú para no acabar de sincerarte conmigo, Diana. Ni conmigo ni con ninguno de nosotros, y me atrevería a afirmar que ni siquiera contigo misma —dijo con aplomo.

—En fin, entonces, quedamos para esta noche. Si veo que no me encuentro bien, te aviso con tiempo. Te mando un *whatsapp* —le dije sin responder ni comentar lo que me había dicho.

Ella tampoco dijo nada. Dio el último sorbo de café y se levantó.

—Nos vemos pues —dijo cuando ya estaba en el descansillo.

—Gracias, Elda —le respondí—, gracias por estar siempre ahí, a mi lado…

Capítulo 12

Aquel edificio albergaba a personas diferentes al resto del común de los mortales. Todos, de una forma u otra, éramos divergentes de la realidad convencional; disidentes, como nos apodaba Claudia. Esa peculiaridad no nos permitía acabar de encajar en una sociedad encorsetada que solo reconocía la existencia de una realidad. La lógica imperante repudiaba nuestro mundo, ese que se rodeaba de hechos extraordinarios, de realidad mágica, de sucesos poco comunes y sin explicación científica. Y esa misma lógica destruía, entre otras cosas, la imaginación, un don que Einstein consideraba más importante que el conocimiento; el vientre del saber, donde se gestaban la mayoría de los avances científicos. Nuestras divergencias nos obligaban a desconfiar, a no mostrarnos como éramos realmente por miedo a que nos confundiesen o condenasen por desequilibrados o estafadores. Como los camaleones, debíamos mimetizarnos, adaptarnos a vivir camuflados si queríamos sobrevivir en una sociedad en la que los charlatanes habían mancillado la magia y lo sobrenatural con sus trucos y engaños, con su codicia, prometiendo curas milagrosas, hechizos y pócimas que lo remediaban todo. Muchos se hacían llamar magos, brujos, médiums, curanderos…, y llenaban sus billeteras a costa de mancillar con sus mentiras la verdadera magia, que siempre es silenciosa, que está sujeta a unas leyes máximas, como lo está la realidad y, como ella, tiene barreras infranqueables y a veces incomprensibles.

La magia, a pesar de que los estafadores digan lo contrario, no lo puede todo: solo es parte de otra realidad que también tiene sus límites y sus imposibles.

En nuestro mundo, entre los divergentes, también existen diferencias, destinos opuestos, ambiciones y artes oscuras. El bien, el mal, un principio y un final. Hay seres que, como en la realidad convencional, intentaban dominar el tiempo y el espacio, pensé aquella mañana, mientras hablaba con Elda. Cuando me invitó a que me sincerase con ella recordé las muchas advertencias que había recibido por parte de Claudia y de Antonio. Debía desconfiar para protegerme, dejar que el otro hablase antes, esperar a que pusiese sus cartas boca arriba sobre el tapete. Mis experiencias anteriores me hacían recelar incluso de los que, en apariencia, eran como yo, porque nuestro parecido, que pudiésemos ver más allá, dominar otras realidades y vivir en las dos al tiempo, no era suficiente para confiar. Aquello le ocurría a Elda conmigo: no se sentía segura, albergaba cierto recelo a ir más allá de lo que experimentaba a mi lado. Sus palabras habían dicho todo y nada al mismo tiempo, habían sido ambiguas. Ambas jugábamos al mismo juego, pero las partidas eran diferentes, me dije.

***

No quise preguntarle a Elda dónde y por cuánto tiempo se ausentaría Desmond, aunque, literalmente, me moría por saberlo. Pensé, y me consolé al hacerlo, que su ausencia sería corta. Probablemente solo estuviera fuera aquel día. De no ser así, Elda me lo habría dicho, estaba segura de ello, porque ella sabía que Desmond me atraía cada día más, que su presencia me inquietaba tanto como me cautivaba.

Mientras recogía las tazas de café, analicé la conversación que minutos antes había mantenido con ella, sobre todo su comentario sobre que Desmond e Ígor se conocían antes de vivir en el edificio de Antonio. Aquel dato me revolvió por dentro. Me costaba aceptar que Ígor estuviera traicionando a Desmond, aunque por unos momentos lo pensé. La actitud de Ígor durante la conversación que habíamos mantenido en la puerta de El desván sobre el cuadro del vampiro, en la que él fue explícito y directo, no encajaba con la de un traidor. Pero tampoco me cuadraba que Ígor estuviese mintiendo a Farid, que lo estuviera engañando. Cuando visité el anticuario, me pareció demasiado entregado a las funciones que desempeñaba para sus empleadores. No solo su pose parecía la de un mayordomo inglés, impecable en sus formas y maneras, casi de plástico, sino que su actitud discreta y servicial, así como el comportamiento que tuvo conmigo, protegiendo a su jefa, daban muestras de que era un sirviente devoto.

Cuando regresé al salón miré la estantería y el *pendrive* que contenía la información que debía revisar para Farid. Recordé las conjeturas que había hecho entonces, cuando nos conocimos, sobre si Farid conocía mi domicilio, si sabía quién era yo antes de ponerse en contacto conmigo en el Centro de Acogida San Isidro. Tal vez todo lo que me había contado era una solemne mentira. Quizás no me había visto en el metro por casualidad, ni había estado sentado a mi lado en el banco de la estación mientras yo hablaba con el vigilante. Aunque más tarde, a medida que me fue desvelando sus intenciones, cuando me enseñó el cuadro del vampiro y su ubicación, yo misma había descartado aquellas sospechas. Pensé que aquella conjetura era absurda ya que, de ser así, de haberme engañado, Farid no me habría necesitado para alcanzar su principal objetivo: llegar hasta Desmond y, a través de él, localizar mi evangelio. Una cosa le llevaría a la otra, según él mismo me había manifestado; si tenía al vampiro, conseguiría el evangelio..., y si conocía mi residencia también conocería a Desmond, me había dicho entonces. Pero esa mañana, después de hablar con Elda y de lo acontecido con Ígor la noche anterior, volví a plantearme aquella posibilidad.

Tal vez Farid estuviera jugando conmigo al mentiroso. Quizás sus verdades y sus engaños fuesen a medias, ni una cosa ni la otra. Había menospreciado al anticuario. Farid era un hombre culto e inteligente, sabía muy bien dónde poner el pie y el ritmo que debía imprimir a sus pasos en cada momento. Existía la posibilidad de que ya supiera de mí cuando yo residía en el piso de Alán, en Manuel Becerra. De ser así, podría haber esperado una oportunidad para acercarse a mí sin levantar sospechas. Y aquel día, en la estación de metro, le vino de perlas oír cómo yo preguntaba al vigilante por Virginia, la mujer de Duncan.

Si Farid me había mentido, lo más probable era que estuviera esperando a recuperar el evangelio antes de llegar a Desmond, porque si Ígor sabía quién era realmente Desmond, era evidente que Farid tendría toda la información de la que dispusiera su empleado. O tal vez el rostro de Desmond no fuese como lo veían ellos. Quizás, como me sucedía con la Harley de Ígor, sus verdaderos rasgos solo los viese yo.

Debía moverme con cuidado, aguardar a que poco a poco Ígor fuese revelando sus verdaderas intenciones, quién era realmente y qué pretendía, me dije. Mientras tanto tenía que retomar la búsqueda de mi libro, porque a esas alturas ya no me cabía la menor duda de que era el evangelio de las brujas.

Aunque tenía programada mi visita a la Biblioteca Nacional para ese día, aún sentía bastantes molestias en la mano y decidí aplazarla. Le puse un *whatsapp* a Elda confirmándole la cena y le sugerí hacerla en mi terraza, porque allí la temperatura era más agradable que en el interior de las viviendas. Ella me respondió enseguida:

Genial, pero no se te ocurra meterte en la cocina. Yo subiré todo a tu casa. Ígor me ayudará. Nos vemos esta noche. Cuídate y descansa.

Decidí aprovechar la mañana para consultar la documentación del *pendrive* que Farid me había dado. Aún no lo había revisado con detenimiento ni en su totalidad, y quizás entre sus infinitos datos pudiera encontrar algún detalle que hubiera pasado desapercibido para Farid, tal como él creía que sucedería. Conecté el ordenador dispuesta a cargar el dispositivo para comenzar a leer los archivos de texto y a revisar la documentación gráfica. Cuando la pantalla me mostró el escritorio y sus iconos, vi que la bandeja de entrada del correo electrónico estaba repleta, tan llena que parecía el camarote de los hermanos Marx, pensé. Sonreí al recordar el comentario diario de Samanta cuando en la oficina, nada más llegar por la mañana, conectábamos el correo electrónico de la empresa, las dos al mismo tiempo y entre risitas: «Nena, el día menos pensado de nuestros ordenadores saldrá Harpo con su peluca roja tocando la bocina. Nuestros correos son como el camarote de los hermanos Marx, una auténtica locura; el paso previo a la demencia».

No podía evitar reírme. Aunque lo dijese todos los días, siempre me hacía gracia el símil. Sus palabras y sus gestos escenificando la salida de Harpo por la pantalla del ordenador, el gesto de su cara y sus manos simulando llevar una bocina, siempre me hacían terminar muerta de risa.

Después de mi primera ruptura con Alán decidí abandonar las redes sociales, pero había olvidado que aquello, el cierre de mis páginas, había sucedido en un espacio y un tiempo diferentes. Después de colocar el pentagrama en la gaveta, había regresado a un pasado en el que aquello no había sucedido. Mis páginas y mi Hotmail seguían funcionando y habían acumulado una ingente cantidad de mensajes por responder y notificaciones que visualizar. «Ni aunque tuviera mil vidas me pondría al día», me dije. Cerré el correo electrónico y llamé a Samanta.

—Te echo en falta —le dije sin preámbulos al oír su voz a través de la línea telefónica.

—¿Qué ha sucedido? —me preguntó alarmada.

—Que no estás aquí, a mi lado, ¿te parece poco? —respondí—. Estaba intentando poner al día mi camarote de los hermanos Marx y he recordado nuestras risas mañaneras en la oficina, cuando abríamos el correo. ¿Sabes?, ya no me río tanto como cuando tú estabas en Madrid. A veces estiro un poquito los labios, pero no suelo llegar a más. La sonrisa se me congela.

—Bueno, todo tiene sus ventajas, así tendrás menos arrugas. Pero déjate de atajos y dime, ¿estás bien? Te conozco; si me llamas a estas horas y con esta melancolía es que algo me he perdido.

—Anoche tuve un pequeño contratiempo. Esas cosas que suceden cuando a Murphy y su ley les da por hacer acto de presencia. —Hice una pequeña pausa—. Me acosté con Alán.

—Vaya. ¿Y cómo estuvo?

—Pues eso es lo que me preocupa, que estuvo muy bien.

—Entonces, no entiendo... Yo en tu lugar estaría encantada de conocerme. Pletórica, vamos. El sexo te carga las pilas, nena, es tan necesario como el aire para respirar.

—Ya, pero no fue solo sexo, y ese es el problema. Me siento estúpida, instalada en un quiero y no quiero. Él pensó que aquello era un nuevo comienzo, vamos, que creyó que acostarnos era como haber hecho borrón y cuenta nueva.

—Y, claro, no lo es, ¿me equivoco?

—Pues no. Soy incapaz de retomar la relación. Le quiero, eso no puedo evitarlo. Hemos vivido muchas cosas juntos, pero si volvemos, Jessica Rabbit estará siempre entre nosotros... De hecho, justo antes de vernos le mandó un mensaje disculpando su retraso.

—Se lo has dicho. Le has dicho que lo vuestro no puede ser, ¿verdad?

—Sí. Me sorprendió, porque no se lo tomó muy mal. Incluso dejó sus llaves y no mencionó nada sobre el contrato de alquiler. Me temo que tarde o temprano volverá. Es un presentimiento. ¿Sabes?, a veces me parece que aún vive aquí, que jamás se fue, que no ha sucedido nada. Debe de ser la fuerza de la costumbre.

—Claro que sí. La costumbre es traicionera y mentirosa, nos hace creer que todo es necesario, que no podemos vivir sin la mayoría de las cosas o las personas que tenemos al lado. Pero te habituarás, siempre nos habituamos, aunque cuesta.

»¿Y qué sucedió para que terminaseis enrollados?

Le conté que Antonio me había alquilado la tienda y que me golpeé con el cemento de una puerta interior del local que estaba tapiada, el posterior viaje al hospital en la Harley de Ígor y que cuando regresé Alán estaba esperando en el ático.

—Vino a recoger sus deportivas. Subió a por ellas y se encontró con Elda. Ella esperaba mi regreso y no le quedó otra que contarle lo que había sucedido.

—Oye, ¡qué estupendo que tu casero te haya alquilado el local! —exclamó entusiasmada—. Estarás contenta. Ya sabes que si necesitas piezas de aquí, puedes contar conmigo. Ni te imaginas lo que puedo conseguirte en los mercadillos. Todo lo egipcio tiene una salida estupenda en el mercado.

—Ya me gustaría a mí, ese era uno de mis planes, pero no puedo variar el tipo de negocio. Es una de las condiciones que me ha puesto Antonio. Invariable e innegociable.

—No recuerdo de qué era el local... Refréscame la memoria, porque si es de fajas antiguas de esas llenas de varillas o una ferretería, ¡mal vamos! —dijo sin poder evitar la risa.

—¡Mira que eres! —le respondí, riéndome también—. ¡Qué va! Es una tienda de rosarios.

—¡Ay, Dios! No puedo imaginarte vendiendo rosarios e imágenes religiosas. Con lo decaída que estás, es lo único que te faltaba. Te advierto que los clientes de esos negocios, al menos la mayoría, suelen ser personas muy larrianas, nena. Y no me refiero a que tengan mal de amores, que también, sino a que son más grises que las nubes de invierno. Yo que tú me lo pensaría.

»Y digo yo, ¿no te interesaría más montar un bazar oriental? A él también le daría más beneficios, que es de lo que se trata, ¿o no? No sé, incluso un asador de pollos en esa zona sería una pasada. Aunque yo montaría un pub. Siempre he soñado con tener un pub donde el jazz sea el rey.

—¡Para! —exclamé—. No puedo exigirle nada porque no me cobra alquiler —le desvelé sin darme cuenta de mi desliz.

—Dejando de lado lo rarito que es que no te cobre alquiler, porque nadie regala nada, dime, ¿te interesa llevar un negocio religioso por el simple hecho de no pagar renta? Yo creía que tu idea era comenzar una nueva vida, regentar un negocio que te llenara.

—No es un negocio religioso. Los rosarios, el material con el que están confeccionados, es especial, diferente. También se venden móviles hechos con cristales y piedras semipreciosas. Por otro lado, creo que cuando formalicemos el contrato me pedirá algún porcentaje de las ventas, estoy segura.

»En realidad la tienda parece un mausoleo. Pienso que su prioridad es volver a darle vida, como cuando su madre la regentaba. Por ese motivo no quiere cambiar el tipo de negocio. Cuando la veas sé que te gustará muchísimo. La piedra que te regalé la compré allí.

—No sé..., por si acaso, ten cuidado. Nada suele ser lo que parece, lo que nos parece. Todo esto que me has dicho me ha recordado a *Psicosis* y a Norman Bates, un tipo entrañable, y mira por dónde salió. Él también veneraba a su madre. *Psicosis* está basada en una novela y esta a su vez en un caso real: el de Ed Gein, un asesino en serie de Wisconsin. Ya sabes, la realidad casi siempre supera la ficción.

—¡Samanta! —exclamé alzando el tono de voz—, no me vengas con dramas. Antonio no se parece en nada a un psicópata, por favor. No seas tremendista. Cuando le conozcas me darás la razón.

—Lo mismo se me ha ido la cabeza. Estoy viendo *Bates Motel*, una precuela de *Psicosis*, que por cierto es buenísima, y no he podido evitar relacionarlo todo cuando me has dicho lo del mausoleo. En cualquier caso, nunca está de más tomar precauciones. Mi madre siempre decía: «Mujer precavida vale por dos».

—Tampoco le voy a cambiar el nombre a la tienda: El desván de Aradia. ¿A que suena genial?

—¡Aradia! —exclamó—. Así se llamaba una bruja de la Toscana a la que relacionaron con la Wicca y otras tradiciones neopaganas. Algunos hasta la consideraron una santa en vez de una bruja. El desván de Aradia… ¡me gusta! Sí, no está mal.

—Me alegra —le respondí—. Aparte de querer escuchar tu voz y sentirte cerca, también te he llamado porque quería hablarte sobre algo que encontré en la tienda anoche, antes de sufrir el accidente. Creo que eres la persona indicada para orientarme, mi enciclopedia personal.

»Verás, es un manuscrito que se parece muchísimo al Voynich. En serio, su similitud es espectacular, casi escalofriante. Sus caracteres, sus dibujos y el material en el que está confeccionado son idénticos. Ah, y este también tiene 240 páginas… y le faltan 28, como al Voynich. Pero no solo es eso, su apariencia me ha hecho pensar que tiene la misma antigüedad que el Voynich.

—El auténtico Voynich está en la Biblioteca Beinecke de libros y manuscritos raros de la Universidad de Yale. El que has encontrado en la tienda debe de ser una copia. En la actualidad es fácil falsificar la antigüedad de cualquier objeto.

—A no ser que el ejemplar de la Biblioteca Beinecke no sea el original, sino una copia de un manuscrito anterior. Tal vez por ello sea tan preciso, sin un defecto, ¿qué opinas?

Guardó silencio durante unos segundos.

—No sé, me suena a teoría conspiranoica, la verdad. No te ofendas. El Voynich ha pasado por cientos de pruebas que demuestran su autenticidad, que lo han datado con exactitud.

—Sí, sí, eso lo tengo claro. No digo que el Manuscrito Voynich no sea auténtico, sino que puede ser la copia de otro aún más antiguo. En tal caso, el libro que he encontrado tal vez sea también una copia, pero no del Voynich, sino de ese hipotético original previo. Me refiero a que quizás haya un texto aún más antiguo del que proceden tanto el Voynich como el que hay en la tienda, en El desván de Aradia.

—No sé, Diana —dijo con voz dubitativa—, nada es imposible, pero me resulta un poco fantasioso. Si ese texto, el que has encontrado, es idéntico al Voynich y tan antiguo como él, tiene mucho valor. Por el momento, deberías guardar silencio sobre su hallazgo. Y lo que no entiendo bien es cómo tu casero no lo ha ocultado o lo ha subastado. Hay algo que no encaja... Lo siento si mis conclusiones te decepcionan, pero es lo que pienso.

—Voy a intentar fotografiarlo. Si lo consigo, si consigo que las imágenes sean lo suficientemente nítidas, ¿te importaría echarles un vistazo y contarme qué opinas?

—No, por supuesto que no. Lo idóneo sería analizarlo en físico, pero una fotografía también me serviría para apreciar posibles errores o variaciones. Si veo que hay suficientes evidencias de que es un original, cuando vuelva a España me lo pasas y lo examino con más detenimiento. No olvides tomar todas las precauciones que se te ocurran. La más importante de todas es que no le hables a nadie del texto y menos que lo enseñes. Si tu casero no ha dicho nada de él, ocúltalo hasta que veamos si realmente es lo que tú sospechas.

Lo más probable es que él no se imagine siquiera el valor que puede tener ese manuscrito, de lo contrario lo tendría a buen recaudo. También te digo que, aunque fuese una copia, si es tan antiguo, puede ser muy valioso.

No le comenté a Samanta que el texto se guardaba por sí mismo, que se protegía solo y que nadie a excepción de mí había visto cómo era realmente. Antonio sabía que era el texto que su madre había utilizado para regentar la tienda y para producir aquellas bolas de cristal tan especiales con las que hacía rosarios, aquellas lágrimas que Claudia, según afirmaba ella misma, convertía en cuentas de cristal. Pero él veía sus páginas en blanco y, en apariencia, tampoco apreciaba el material con el que estaban confeccionadas sus cubiertas. Elda se había sorprendido al verlo. Ella sí había identificado la vitela con la que se habían manufacturado las cubiertas, pero en sus páginas había visto asientos contables.

El texto no necesitaba protección alguna, pensé al escuchar a Samanta, él solo se ocultaba. Y aquello fue lo que me hizo dudar de que pudiera fotografiarlo para enviarle una instantánea a mi amiga y que ella me diese su opinión. Por ese motivo le dije que intentaría hacer una fotografía lo suficientemente nítida: porque no sabía qué podía aparecer en ella.

—No tienes de qué preocuparte. Te haré caso. En cuanto resuelva unos temas que tengo pendientes iré a la tienda e intentaré fotografiar algunas páginas. Te las envío esta misma tarde…

Capítulo 13

Pasé la mayor parte del día revisando detenidamente la información que había en el *pendrive* de Farid. Me inquietó comprobar que la descripción física del vampiro que se detallaba en los documentos coincidía exactamente con la de Desmond. Pensé que, tal vez, como me sucedía con el modelo de la Harley de Ígor y más tarde me ocurrió al abrir el manuscrito de Claudia, la realidad que yo veía era diferente a la que captaban los demás. En aquellos momentos estaba casi convencida de que la verdadera apariencia de Desmond solo la percibía yo. Ni tan siquiera Ígor era consciente de que Desmond era el mismo personaje que aparecía en el cuadro de Farid, el vampiro que su jefe llevaba años buscando. Lo que ocurría con los rasgos físicos de Desmond, pensé, era similar al hecho extraordinario que envolvía el péndulo rojo del retrato que poseía el anticuario: Farid podía verlo, yo también, pero nadie más lo había conseguido. Al llegar a aquella conclusión detuve la lectura durante unos minutos y pensé que si Farid podía ver el péndulo, quizás también pudiera reconocer a Desmond. Aquella idea me aterró.

La realidad seguía mostrando ante mí dos caras, dos puntos de vista, una especie de efecto óptico que parecía anular la razón y la interpretación de las imágenes de los que me rodeaban. En efecto, mi mirada, pensé aquella mañana, era la de una bruja capaz de ver más allá, dotada de un don que me permitía apreciar y captar dos dimensiones distintas al mismo tiempo.

Según la documentación recopilada en diferentes archivos del *pendrive*, la cronología de las apariciones del vampiro llamado Desmond se remontaba a muchos cientos de años atrás. De hecho, había documentos que ya hablaban de él y lo describían en las culturas mesopotámica, griega y romana, asociándolo con entidades demoníacas, no muertos y bebedores de sangre. En investigaciones más exhaustivas, se daban todo lujo de detalles sobre su aspecto físico. Se hacía hincapié en que este no mostraba variación alguna con el paso de los años; no envejecía. Se le había visto trabajar como los vivos y comer de sus viandas. Excepto por su intolerancia a la luz del sol y sus conocimientos extraordinarios de muchas artes y disciplinas, podía pasar por un ser normal, como había hecho durante algunas épocas en diferentes lugares del mundo. Sin embargo, sus conocimientos siempre avanzados al siglo en el que vivía fueron lo que realmente le causaron problemas con los seres humanos que le rodeaban, independientemente de la época en la que habitase. Sus sapiencias eran tan extraordinarias como incomprensibles para la mayoría y aquello fue lo que, siglo tras siglo, hizo que lo consideraran unas veces brujo, otras nigromante, incluso diablo, y finalmente fuera catalogado como vampiro. Como el vampiro más atávico y el mejor escapista de la historia.

Su figura desapareció por un tiempo. Su rastro se esfumó y no fue hasta el siglo XVIII cuando volvió a aparecer de nuevo, junto con otros seres similares a él. Fue una época prolífica en apariciones, acontecimientos extraordinarios y avistamientos de seres extraños en ciudades y, sobre todo, en pueblos y aldeas. Nacieron cientos de leyendas que hablaban de vampiros, brujas, magos y nigromantes que profanaban los cementerios y los lugares sagrados en busca de reliquias con las que confeccionar hechizos y pócimas.

Los testimonios de las gentes que lo vieron durante aquel siglo lo relacionaban con la figura del vampiro tradicional que describen las leyendas populares o la literatura, muy parecido en su comportamiento al del personaje que había plasmado Bram Stoker en su obra *Drácula.* Atestiguaban haberlo visto en sitios diferentes al mismo tiempo, como si poseyera el don de la ubicuidad. Lo describían como un personaje desdoblado, dividido entre el bien y el mal, entre el amor y el odio, y contaban que parecía un alma errante y gélida, sin vida. Ese frío que, según los documentos, habitaba en su interior, atraía poderosamente a los que le miraban directamente a los ojos. Algunos informes relataban que no podían dejar de mirarlo. Aquello me recordó a lo que sucedía con los clientes que contemplaban el retrato en el anticuario de Farid.

Ningún testimonio exponía hecho alguno de maldad por parte de aquel vampiro al que llamaban Desmond. Su apariencia física; pálido, delgado y de talla y conocimientos por encima de la media, junto a su intolerancia a la luz solar, parecían ser las causas que le impidieron pasar desapercibido y que establecieron su leyenda en la memoria del populacho, circulando de unos a otros en diferentes épocas y lugares. Finalmente, los estudiosos de la existencia de todo tipo de criaturas extrañas lo catalogaron como uno de los personajes más perseguidos.

Según los documentos que me había aportado Farid, la relación que el vampiro tenía con el tan buscado evangelio de las brujas era una piedra roja con forma de péndulo. Nada más leerlo supe que se trataba de la que colgaba de su cuello en el óleo que Farid y yo identificamos como un autorretrato. Se afirmaba que el péndulo se hizo con parte de las cubiertas del evangelio de las brujas, escrito por Aradia, y que alguien perteneciente a la Orden, contraviniendo una de las leyes supremas de las brujas adoradoras de la Luna, la talló y se la dio al vampiro. Se desconocían los motivos que pudo tener para hacerlo.

Esa bruja había cultivado los cuatro poderes más importantes de la Wicca celta: saber, atreverse, querer y permanecer en silencio. En efecto, aprendió los conocimientos necesarios para la práctica de los ritos mágicos, se atrevió a ponerlos en práctica, deseó la manifestación de ellos y permaneció callada respecto a sus conocimientos para evitar, según indicaban sus creencias, que el resto del común de los mortales interfiriera en su vida y en la de los seres que eran como ella. Dominaba los elementos de la Wicca celta: aire, agua, tierra, fuego y espíritu, y para extraer parte del evangelio utilizó los cinco.

Primero fue el fuego: construyó una daga de metal a la que dio forma en la fragua. Luego enfrió la hoja introduciéndola en agua y la enterró bajo tierra durante cinco lunas. Después, invocó al viento y se la mostró para que el aire la limpiase de impurezas. Acto seguido la dotó de espíritu. Con ese instrumento, creado con la intervención de los cinco elementos, arrancó parte de la cubierta del evangelio y con ese material, sirviéndose de la misma daga, talló el péndulo para el vampiro. Pero cometió un error: no tuvo en cuenta que el evangelio de las brujas estaba confeccionado en su totalidad, incluidas las hojas interiores, con un material dotado de vida, y que el libro, en su conjunto, era un único organismo. Al arrancar aquel pedazo de la cubierta varias de las páginas interiores se fueron con él, desaparecieron. El libro quedó incompleto desde entonces. De las 240 páginas desaparecieron 28. Desde aquel momento su existencia quedó condenada a la restitución de la parte que le faltaba. Para ello, la profanadora debía matar al vampiro para arrebatarle el péndulo y después introducirlo en su corazón. Luego había de devolver el péndulo al evangelio, reparando así el sacrilegio cometido con él. Aquella era la única forma de que el péndulo regresara al evangelio; no bastaba con quitarle el péndulo al vampiro, debía recuperar lo que le había dado: la inmortalidad.

Las cubiertas estaban confeccionadas con piel de becerro muerto antes de nacer, a la que Aradia, conocedora de la alquimia y la magia, dotó de vida propia vertiendo sobre ella cinco gotas de su propia sangre, una por cada elemento. Al absorberla, las tapas se tiñeron de rojo y perdieron el color propio de la vitela. Cumpliendo la principal ley de la Wicca celta, el silencio, Aradia ocultó el contenido del libro bajo una grafía desconocida e indescifrable. Vertió en el evangelio todos sus conocimientos, hechizos, dibujos de constelaciones y su significado, descripciones de plantas con poderes mágicos y sortilegios provenientes de otra dimensión, pero lo hizo de tal forma que solo los descendientes directos de Aradia podrían ver el contenido del evangelio de las brujas y transmitirlo a sus discípulos. El resto de personas, si llegaban a tenerlo ante los ojos, jamás lograrían averiguar su verdadero significado. Incluso podrían confundir su grafía con otras lenguas e interpretar un contenido que, aunque tuviese cierto sentido, no sería el verdadero. Muchos lo considerarían un simple tratado de medicina, botánica, astrología…, pero nadie que no perteneciese a la orden descifraría el verdadero mensaje. Al ser profanado, el evangelio protegió su contenido convirtiendo las páginas en simples hojas en blanco sobre las que era imposible escribir o plasmar ningún tipo de grafía o dibujo.

Almorcé un sándwich sin poder apartar la vista de lo que se iba relatando sobre el evangelio de las brujas. No pude evitar relacionar toda esa información con mi libro, incluso con lo que había ido sucediendo con él: el color de su cubierta, lo que ocurrió cuando Ecles la raspó y lo que sucedió más tarde, cuando devolví los pedazos a donde estuvieron y estos se adaptaron a la tapa como si tuvieran vida propia. También pensé en lo que Ecles me había comentado: que parecía tener vida propia porque cambiaba de sitio a su antojo. Recordé su seguridad al comentarme que mi libro procedía de otro mundo. Por no mencionar las páginas en blanco y la imposibilidad de escribir sobre ellas porque repelían todo tipo de sustancia. Mi libro, aquel libro de cubiertas rojas con el que me encontraron en la gaveta, podía ser el verdadero evangelio de las brujas. Al menos poseía las características que se describían en los documentos de Farid.

Todos aquellos datos me llevaron a relacionar el evangelio de las brujas con el texto de Claudia y, a su vez, con el famoso Manuscrito Voynich.

Volví a sopesar la posibilidad, a barajar la hipótesis, de que el libro de Claudia y el Voynich fuesen una copia del evangelio de las brujas. Alguien más podría haberlo copiado, aparte de aquella bruja que extrajo parte de la cubierta del evangelio para tallar el péndulo y regalar la inmortalidad al vampiro, al que debía de amar por encima de todo para cometer semejante acto. Incluso ella misma podía haberlo hecho. El Voynich tenía 240 páginas y le faltaban 28. Ambos textos, el Voynich y el libro de Claudia, tenían la misma extensión que el evangelio de las brujas y, como a este, les faltaban 28 páginas. Pensé que, dadas las coincidencias, existían muchas posibilidades de que el Voynich fuese una copia del evangelio de las brujas. Si era así, el texto de Claudia también podía ser una copia del evangelio o del mismo Voynich. Pero entre el texto de Claudia y el manuscrito de la Universidad de Yale había una importantísima diferencia. El primero parecía dotado de una de las características que Aradia le dio a su evangelio, la más importante: el silencio o, lo que en cierto modo, refiriéndose al lenguaje escrito, sería la invisibilidad, pensé volviendo a recordar que para Antonio sus páginas estaban en blanco y que Elda solo vio asientos contables. En cambio, cualquiera podía ver los caracteres que aparecían en el Voynich.

Mi sorpresa fue mayúscula al llegar al contenido del último archivo, donde se mostraban varias fotografías del Voynich. El investigador afirmaba que se trataba de un texto de alquimia, brujería, nigromancia y astrología, cuyo lenguaje indescifrable parecía que también contuviese mensajes encriptados, como si el texto guardase otro dentro de él. Afirmaba que tanto su grafía como sus innumerables dibujos y el material con el que fue confeccionado lo asemejaban sobremanera al verdadero evangelio de las brujas, escrito por Aradia, y del que se sabía que faltaban 28 páginas de las 240 que lo componían, cifras que coincidían con el Manuscrito Voynich. El autor de toda aquella información era el doctor Duncan Connor.

Al leer el nombre recordé cuando Andreas, profesor de la facultad de Ciencias Sociales de la Universidad de Glasgow, atendiendo a la petición de mi amiga Samanta, me remitió un dosier con extensa documentación. Toda ella procedía de la investigación que su amigo Duncan, desaparecido misteriosamente durante un verano en Madrid, había desarrollado sobre Aradia y el paradero del verdadero evangelio de las brujas. En aquel momento no puede leer el dosier en su totalidad porque Alán regresó antes de tiempo y tuve que recoger los cientos de folios diseminados por el salón del apartamento, y después asaltaron el piso de Manuel Becerra donde ambos vivíamos. Al regresar a casa encontré el dosier completamente destruido y las paredes del salón cubiertas de pintadas, entre ellas una enorme luna de sangre.

Pensé que, tal vez, los archivos que contenía el *pendrive* eran los documentos correspondientes a la investigación de Duncan escaneados, los mismos que me envió Andreas y que alguien se tomó muchas molestias en destruir. Aquella hipótesis volvía a situar a Farid en mi punto de mira. La desconfianza que me inspiraba el anticuario y, por ende, su vasallo Ígor, me incomodaba en exceso.

Farid nunca había tenido el dosier de las investigaciones de Duncan, al menos los documentos físicos. Alguien los escaneó para él y luego los destruyó, dejando mi salón cubierto de finas tiras de papel, pensé. Ese era el verdadero motivo de que se hubiese negado a darme los originales cuando se lo solicité: porque no los tenía. Estaba segura de que había intentado buscar en ellos el posible paradero del evangelio, pero no encontró más de lo que yo había leído. Sin embargo, por algún motivo que yo desconocía, Farid había llegado hasta mí mucho tiempo atrás y tenía la certeza, tal vez porque alguien se lo había revelado, de que yo podía ver más allá de lo convencional, algo que comprobó al llevarme a su tienda y mostrarme el cuadro de Desmond. Pero había un punto que no encajaba en todo aquello, pensé. Si Farid sabía que yo poseía ciertas facultades extraordinarias, si creía que yo podía tener el evangelio o saber dónde se encontraba, ¿por qué me dijo que su propósito era encontrarlo y destruirlo? ¿Acaso me necesitaba para algo más que para encontrar el evangelio?

Capítulo 14

Antes de que Elda e Ígor subiesen a cenar, quería volver a El desván y hacer fotos de las páginas del libro de Claudia para mandárselas a Samanta. No sabía si las instantáneas reflejarían el contenido tal y como yo lo veía, si saldrían borrosas o si Samanta percibiría un texto diferente, como les había sucedido a Antonio y a Elda, pero valía la pena intentarlo. Necesitaba la verificación de Samanta, aunque fuese a través de una fotografía y esta, según ella misma me había advertido, no fuese fiable al cien por cien. Su opinión me serviría para afianzar mi hipótesis o descartarla.

Tras leer la documentación del *pendrive* comencé a atar cabos. Recordé la insistencia de Claudia sobre que debía mantener silencio, su obsesión por que no desvelase la información que tenía, quién era y los poderes o dones que poseía. Algo en lo que Antonio, curiosamente, también insistió. Aquella recomendación se había repetido desde el primer día que habló conmigo y, después de leer las leyes de la Wicca celta en los documentos que Farid me había dado, comprendí a qué era debida su insistencia: ambos estaban orientándome a cultivar una de sus normas, la más importante: el silencio.

Tras cambiarme de ropa y calzado, cogí el móvil y las llaves de El desván dispuesta a hacer las fotografías. Al abrir el portal capté el olor a humedad que solía acompañar la presencia de Salomón. Salí a la calle y noté que los rayos del sol se atenuaban, ocultos tras unos densos nubarrones. Los gorriones y las palomas huyeron, cesaron sus voces y una ligera brisa meció las copas de los árboles. Algunos viandantes miraron hacia el cielo, sorprendidos por la repentina pérdida de luz a una hora de la tarde en la que el sol estaba brillando con fuerza sobre la ciudad.

—Parece que habrá tormenta —comentó un hombre ataviado con un mono azul de trabajo y que llevaba dos rollos de cable como los que se utilizan para las instalaciones eléctricas.

Hablaba con su ayudante, un joven albino que cargaba una caja de herramientas al hombro y una escalera plegable en la mano derecha.

—Mejor, jefe. Si tenemos suerte refrescará un poco. Este calor es insoportable, y la sombra de esas nubes es agua bendita para mí —respondió el chico al tiempo que giraba la visera de su gorra hacia la nuca y levantaba la cabeza—. Si es que hasta el asfalto desprende calor, llevo los pies cocidos con estas malditas botas aislantes, que no digo que no sean necesarias y seguras, pero dan más calor que un horno de pan a pleno rendimiento.

—Obligatorias, chaval. Son obligatorias si no quieres electrocutarte —puntualizó el jefe.

Aspiré el aire y, al hacerlo, el olor a humedad volvió. «Salomón anda cerca», me dije. Había aprendido a sentir su presencia, pero aún no era capaz de verlo a no ser que él se mostrase ante mí. Su físico camaleónico seguía protegiéndolo de mi mirada de bruja.

Lo busqué junto a la floristería, al lado de la farola donde solía apoyarse y entre los viandantes, incluso me volví por si estaba detrás de mí.

—¿Qué pasa ahora, por qué te paras? —le preguntó el hombre del mono azul al joven, que había detenido sus pasos de repente.

El chico no respondió, soltó la escalera y ladeó el hombro del que colgaba la caja de herramientas. El ruido que produjo esta al caer al suelo fue seco y agudo. El golpe contra los adoquines hizo que la tapa se abriese y parte de su contenido se desperdigase por la acera, que se llenó de destornilladores, cables, alicates, llaves inglesas, tornillos, enchufes y un aparato que me pareció un medidor de electricidad.

—Pero... ¿qué haces? ¡La que has montado, chaval! —le reprendió el jefe, pero el joven no reaccionó, sino que siguió inmóvil, con la mirada perdida—. ¿Qué te sucede? —preguntó, ya preocupado al ver que su ayudante ni siquiera parpadeaba. Finalmente lo agarró por los hombros y lo zarandeó con suavidad—. Chaval, me estás asustando.

Me acerqué a ellos para interesarme.

—¿Se encuentra bien? ¿Necesitáis ayuda?

—Estoy bien, gracias —dijo el joven de repente, mirando detrás de mí, como si a mi espalda hubiera alguien o algo que le llamara la atención—. He visto que esa puerta —explicó, señalando la de El desván— se descomponía en cientos de trozos que parecían agujas de madera. Después han formado una esfera que ha girado sobre sí misma varias veces y enseguida han vuelto a su forma original. Era como un puzle tridimensional. Como un planeta de madera girando sobre sí mismo. ¡Ha sido impresionante! ¡Precioso! —exclamó al tiempo que sonreía.

—Te dije que bebieras agua antes de salir. Bebes muy poco y hace demasiado calor. Has tenido una alucinación. Ahora mismo vamos a tomar algo. Creo que estás a punto de que te dé un golpe de calor. ¡Mírate!, estás empapado de sudor.

»Vaya susto me has dado, chaval —le dijo mientras se agachaba y comenzaba a recoger las herramientas—. ¡Gracias, señorita! —exclamó dirigiéndose a mí.

—No tengo calor, sino frío —adujo el joven, restregándose el sudor de la frente con la manga de su mono azul.

—Pues por eso, por eso mismo. El cuerpo es sabio y, cuando eso sucede, se suda para bajar la temperatura. Anda, vámonos a buscar un bar —le dijo. Cogió él mismo la escalera y la caja de herramientas y comenzó a caminar.

El joven siguió a su jefe con lentitud, como si un cansancio ancestral acompañase sus pasos y los convirtiese en los de un anciano decrépito.

Instintivamente volví la vista hacia la floristería. Salomón permanecía apoyado en la farola. Sus labios dibujaban la misma expresión sarcástica de siempre.

—Has vuelto a intentarlo, ¿verdad? Has intentado entrar en El desván otra vez —dije entre dientes, dirigiéndome a él. Sabía que me oía, aunque hablase en un tono muy bajo—. No pienses que puedes ocultarte de mí, ya no soy tan novata como crees —manifesté desafiante mientras cruzaba la calle en su dirección.

Sin embargo, antes de llegar a la acera donde estaba, su figura se desvaneció. Me quedé parada frente a la floristería mirando la farola.

—Diana, ¿te encuentras bien? —preguntó Amaya, que al verme estática ante su tienda, salió a la acera.

—Sí…, solo estoy un poco mareada —le respondí con la voz entrecortada.

—Pasa adentro y te pongo un vaso de agua fría ahora mismo. Es este bochorno, que nos tiene a todos del revés. Creo que es a causa de esas nubes, que son como el plástico de los invernaderos y concentran el calor aquí abajo. —Señaló el cielo mientras nos disponíamos a entrar en la floristería—. Ah, ¿qué tal están tus dedos?

—Bastante mejor. El efecto del analgésico es más rápido y duradero —le respondí, enseñándole los dedos ya sin vendaje.

—Uff, aún los tienes amoratados, muy amoratados. Toma —dijo, tendiéndome el vaso con agua—. No la tomes deprisa, poco a poco para que no te siente mal.

»Y, dime, ¿qué te trae por aquí?

—Quería decirle a tu madre que no se preocupase, que entiendo su inquietud.

—Ella no está, pero no te apures, yo se lo diré esta noche de tu parte.

»La pobre…, bueno ella y mi padre creyeron que me gustaba Ecles y, ya sabes, a los padres nunca les gustan las parejas de sus hijos, da igual que sean hombres o mujeres. Es ese instinto de protección que a veces hace más daño que beneficio. Ecles no me gusta, no exactamente, aunque lo cierto es que tiene algo especial. El otro día lo llamé "grandullón" y creo que no le sentó bien. No sé, su expresión cambió y me pareció que le costaba hablar. Te juro que pensé que iba a echarse a llorar. Parece mentira, con lo enorme que es a veces tiene reacciones de niño —me comentó, dándole a sus palabras un cariz de confianza del que hasta entonces habían carecido nuestros encuentros.

Tuve la sensación de que Amaya llevaba tiempo intentando un acercamiento, buscando el momento propicio para sincerarse conmigo.

—Lo emocional no tiene nada que ver con lo físico. Y sí, estás en lo cierto, Ecles es muy especial y demasiado sensible, sobre todo en lo relacionado con su aspecto.

—Pues tal vez sea eso lo que, en cierto modo, me atrae: su inocencia. A mí me gustan los hombres elocuentes, un poco malotes, como Desmond, pero Ecles es genial como amigo —dijo sonriendo.

—Pues a tus padres tampoco les gusta Desmond.

—O sea que mi madre también te habló de él —dijo, molesta—. Eso no me lo dijo. Solo me comentó que Ecles me había enviado el anillo y me sugirió que se lo devolviese. Es triste, pero debo asumir que nadie será bueno para ellos, y mucho menos si es inquilino de Antonio.

—¿Y qué tenemos de malo los inquilinos de Antonio?

—No te hagas la tonta, Diana —dijo en tono burlón—. Si te devolvió el anillo de Ecles, que por cierto era una preciosidad, tuvo que contarte sus motivos, no solo que no quisiera que yo lo llevase.

—Algo comentó sobre un *yürei.*

—No sé si sabes que la floristería y El desván de Aradia se comunican por un túnel subterráneo. Cuando la floristería era una tienda de libros antiguos ocurrieron hechos extraños. Mis padres compraron el local sabiéndolo, pero lo limpiaron valiéndose de sus ritos y tapiaron una puerta que hay en el sótano. Esa puerta comunicaba con la que hay en El desván, ahora tu tienda. —Me miró los dedos—. Durante años no pasó nada extraño, pero cuando tú viniste a vivir aquí, el *yürei* apareció en nuestro local. Entra y sale de él a su antojo. Yo también lo he visto varias veces, no es una fantasía de mis padres, créeme. Ellos están convencidos de que el anillo que me envió Ecles atraería a más fantasmas a nuestro negocio.

—Lo sé, tu madre me dijo que nos consideraba los responsables de la existencia de vuestro *yürei.*

—No se lo tengas en cuenta. Vosotros, todos los que residís en el edificio de Antonio, sois peculiares, eso no lo podéis negar. Ese lugar siempre lo ha sido, y también las personas que lo habitáis. Mis padres tienen miedo a lo desconocido, a lo que no se puede dominar ni explicar, como nos pasa a todos. Después de lo que ha sucedido, están asustados. Es comprensible, ¿no crees?

—Lo desconocido siempre da miedo, es inevitable, pero mis vecinos y yo somos más normales que el resto de la sociedad. A mí me asustan muchas personas que andan por ahí sueltas, algunas incluso ostentan cargos importantes y son objeto de homenajes populares.

—¡Ya! —exclamó—, pero no estamos hablando de eso. Creo que sabes perfectamente a qué me refiero. Ayer vi que salía de El desván una mujer bastante peculiar. Salió atravesando la puerta.

—No vino nadie. La tienda aún está cerrada —le respondí.

—Iba vestida con una capa roja que parecía confeccionada en terciopelo —continuó, omitiendo mi comentario—. Me fijé porque su diseño me recordó a las que se hacen en Seseña y siempre he querido tener una así. Llevaba la capucha puesta, escondiendo su cara. Además de su indumentaria, nada adecuada para la temperatura que hace, me llamó mucho la atención cómo se movía. Daba la impresión de que flotaba… como hacen los *yürei*. Aparte, claro está, de que no salió del local de una forma muy convencional que digamos. Te puedo asegurar que no fue una alucinación ni un efecto óptico. ¡Estoy segura!

—Pasé toda la mañana y parte de la tarde en la tienda y no entró ni salió nadie. Quizás esa mujer iba caminando por la acera y te pareció que venía del local.

—Ya te he dicho que no fue un efecto óptico: salió de la tienda atravesando la puerta como si esta no existiera. Cruzó la calle y se paró en la acera sin dejar de mirar hacia El desván. Por eso me alarmé y me acerqué a ver si estabas bien. La actitud de aquella mujer, su apariencia y, sobre todo, la visión de ella atravesando la puerta, me pusieron muy nerviosa. En realidad no fui a darte ningún recado de mi madre, te mentí. Fui a comprobar que no te hubiera sucedido nada. Entonces vi que estabas en el suelo. Después llegó Ígor con su Harley y le pedí ayuda. El resto ya lo sabes.

—No recuerdo nada. Tenía un dolor enorme en la mano y, la verdad, solo estaba pendiente de eso. Es posible que tuvieras un presentimiento, no lo sé. Lo importante es que gracias a ti estoy bien, ¿no crees?

—No abrirías la puerta que Claudia tapió en El desván, con la que te diste en la mano, ¿verdad?

—No sé cómo iba a hacerlo, si está cegada.

—Me refiero a la hoja de madera, puede que con ese gesto bastara para que los *yürei* volviesen a salir de ahí. No pretendo que me cuentes nada que no quieras contarme. Solo quiero avisarte para que tengas cuidado. Sabes tan bien como yo que la ignorancia es peligrosa. Desmond insiste mucho en ello —añadió con una sonrisa. Luego preguntó—: ¿Recuerdas la explosión de los cristales de la floristería?

Asentí con un movimiento de cabeza y ella prosiguió:

—El *yūrei* que ronda nuestra tienda desde que tú vives aquí intentó quitarle a mi padre el llavero que Desmond se había olvidado en el mostrador el día anterior, cuando me prestó unos libros de Claudia. Mi padre iba a devolvérselo, yo se lo había pedido. El *yūrei* quiso arrebatárselo de las manos, pero mi padre tiró del llavero y salió del local en dirección a vuestro edificio. El fantasma, aún dentro de la floristería, extendió el brazo y lo señaló con el índice. En ese momento se produjo la explosión. Fue de dentro afuera, algo que nadie se explica. El péndulo que colgaba del llavero comenzó a girar justo en el momento de la explosión y trazó círculos que expulsaban los cristales alrededor de mi padre. Ni uno solo le rozó. Me parece bastante lógico que después de eso mi padre esté aterrado. El péndulo de Desmond es idéntico a la piedra del anillo que me envió Ecles, y mi padre se dio cuenta. Dice que el péndulo y la piedra del anillo atraen a los *yūrei*. Creo que por eso quiso que le devolviese el anillo, más que por cualquier otro motivo.

—Todo es un cúmulo de casualidades, Amaya, nada más. La puerta de El desván está tapiada, como la vuestra, nada ni nadie puede atravesarla. En cuanto a la piedra del anillo que Ecles te envió y el péndulo de Desmond, son muy similares a muchas de las piedras y cristales que hay en El desván, las que Claudia vendía. Mi pentagrama procede de su tienda, mi ex se lo compró a Claudia. Es probable que el péndulo de Desmond proceda también de la tienda de Claudia. En cuanto a la explosión, pudo deberse a una bolsa de gas y la rotación del péndulo al agua que hay bajo la calle, a alguna tubería. Creo que los libros que te está dejando Desmond te influyen demasiado.

—Puede que tengas razón y todo sea debido a un cúmulo de casualidades, pero son casualidades extraordinarias, rodeadas de hechos, circunstancias y personajes poco comunes. En eso estarás de acuerdo conmigo.

—Sí, claro que sí, pero parece que estuvieras sometiéndome a un sumarísimo, como si yo fuese responsable de todo lo que sucede o tuviese que opinar como tú —le respondí.

—Lo siento si te ha dado esa impresión. No puedo hablar con nadie de estos temas. La gente me tomaría por loca, pero sé que tú no lo harás. Lo sé porque eres diferente, aunque no quieras hablar de ello. Voy a enseñarte algo —dijo y se encaminó a la trastienda.

Apenas tardó unos segundos en regresar. En su mano llevaba una bolsa de terciopelo de color rojo. La abrió y volcó su contenido sobre el mostrador. Unos cristales malvas se esparcieron sobre él. Había más de un centenar. Eran irregulares y de tamaños diferentes.

—¿Son amatistas? —le pregunté, cogiendo algunos y observándolos con detenimiento.

—No, qué va. Eso pensé yo cuando comenzaron a aparecer en la tienda. Llevé unos cuantos para que un joyero me dijese si eran cuarzo morado, pero no, son simples cristales. Como los que se formaron cuando el escaparate y la puerta de la tienda sufrieron la explosión, solo que, como ves, son de un malva intenso. Aparecieron en la tienda junto al *yürei*. A veces están sobre la tierra de algunas macetas, como si fuesen adornos que ponemos nosotros. A los clientes les encantan. Es un fenómeno muy extraño, ¿no crees? —me preguntó mirándome a los ojos.

—Sí que lo es. Es extraño y bonito —le respondí, mirando los cristales que brillaban con la luz del sol que entraba en la tienda.

Al verlos recordé el día de la explosión, cuando Salomón recogió en un saco los cristales que habían quedado esparcidos por la carretera y la acera. Cuando el nigromante los tomaba en sus manos, estos se tornaban violetas. Amaya estaba en lo cierto, aquellos cristales eran idénticos a los que me mostraba.

—Eso pensé yo al principio, hasta que lo relacioné directamente con el *yürei*. Entonces recopilé información sobre el significado esotérico de los cristales y el color, todo lo relacionado con él y la magia negra. Lo hice porque tengo el presentimiento de que lo que nos visita no es exactamente un *yürei*, sino otro tipo de ente, pero eso no puedo decírselo a mis padres. Si lo hiciera, aún tendrían más miedo. Sus ritos frente a los *yürei* les dan seguridad. Si les demostrara que no es lo que ellos creen, no sé cómo reaccionarían y, ante todo, quiero protegerlos de ese ente y de sus propios miedos, que no sé cuál de las dos cosas es la peor.

—Son preciosos, no creo que estén relacionados con la magia negra. El color violeta es espiritual y, que yo sepa, da paz —le dije convencida, aunque mi intuición, al coger los cristales y observarlos, me dijo lo contrario. Sentí frío y desasosiego.

—Diana, en la magia, como en cualquier faceta de la vida, nada tiene una única aplicación. Todo depende de para qué y cómo lo utilicemos. Es algo que veo diariamente en mis estudios de botánica aplicada a la farmacología. Sucede lo mismo con el dinero y el conocimiento, incluso con las redes sociales: podemos utilizarlo para hacer el bien o el mal, depende de lo que queramos cada uno —dijo en un tono seguro.

Su reflexión me sorprendió.

—Sí, claro, también dependiendo de nuestras circunstancias y conocimientos la valoración e interpretación de un hecho cambia —le dije sonriendo.

No me respondió, se agachó y sacó un libro de debajo del mostrador. Lo abrió y señaló un párrafo que estaba subrayado con lápiz.

—Este libro es de Claudia —dijo—, uno de tantos de los que me ha ido prestando Desmond. Lee el párrafo que está subrayado, por favor —me pidió acercándomelo.

> La magia violeta, combinada con la alquimia y el ocultismo, es lo que realmente otorga poder a los nigromantes. La magia violeta es, en esencia, la magia de la mente, de los pensamientos y los deseos, y abre las puertas entre diferentes dimensiones. Tiene el poder de dar acceso, a través de ella, a otros planos astrales. Otorga a los nigromantes la capacidad de moverse entre los vivos y los muertos, de vivir en dos dimensiones al mismo tiempo sin ser descubiertos en ninguna de ellas.

—No sé qué quieres de mí, Amaya —le dije tras leer el texto—, pero está claro que algo pretendes al sincerarte conmigo de esta forma.

—Que me ayudes a librarme del ente que está poniendo en peligro la salud mental de mis padres. Sé que tú eres especial, que tienes conocimientos sobre magia, si no fuese así Antonio jamás te habría dejado regentar el local de su madre. Antes, cuando Claudia vivía, se comentaba que era una bruja. Una bruja auténtica, no como las que se describen en esas viejas y mentirosas leyendas creadas para el populacho. El desván de Aradia lleva cerrado demasiado tiempo y todos sabemos que ese local es como el edificio, peculiar y mágico, y que solo lo puede regentar alguien que conozca el arte de la magia. Por favor, ayúdame a librarme de ese ser. Claudia lo habría hecho. Estoy segura de que ni siquiera habría sido necesario que se lo pidiese —dijo y guardó el libro de nuevo bajo el mostrador—. Estoy convencida de que es un nigromante y que busca algo, pero no sé qué puede ser y eso me asusta —concluyó, guardando los cristales malvas en la bolsa de terciopelo.

Capítulo 15

Tal vez Amaya tuviera razón y, de haber estado allí Claudia, les habría ayudado en silencio y sin necesidad de que ellos se lo solicitasen. En cambio, yo aún no me consideraba capacitada para terminar con la presencia del *yürei*, como los padres de la florista apodaban a Salomón. Sabía que era él quien los estaba incomodando, el que dejaba aquellos cristales malvas en la floristería, pero aún no poseía los conocimientos suficientes para frenarlo y menos aún para hacer que abandonase el local o no lo utilizase para sus artes oscuras. A pesar de ello le prometí a Amaya que haría todo lo que estuviera en mi mano para que ella y sus padres se sintiesen más seguros.

—Claudia debía de tener libros en El desván que puedan servirte —dijo la joven florista—. Libros que hablen de ritos protectores. Allí o en su casa. Pídele a Desmond que te los busque, porque Antonio solo le deja entrar a él. Desmond y Claudia estaban muy unidos. Ella lo trataba como si fuese su hijo —explicó con aquella expresión de niña perdida que había adoptado desde el momento en que se sinceró conmigo.

—Si te tranquiliza que intente protegeros del *yürei* que, según tus padres, ronda vuestro negocio, lo haré, pero no sé cómo, si ni siquiera soy capaz de verlo —le dije.

Mentí porque también necesitaba protegerme y, para ello, debía guardar silencio.

—Recuerda que fui yo quien te vio tendida en el suelo de El desván. Tal vez, si no llego a acercarme y mirar por el escaparate, nadie se habría dado cuenta de lo que te sucedía. La vida, Diana, es una cadena de favores. No te pido que me devuelvas algo que hice por propia voluntad, solo que lo tengas en cuenta.

»Insisto en que tu presencia en el edificio de Antonio y el hecho de que regentes el local de Claudia no son casualidades —me dijo. La expresión de su rostro cambió y volvió a manifestar aquel carácter un tanto agrio que exhibió ante mí la primera vez que hablamos—. Mi padre dice que el poder y la sabiduría van de la mano, pero que para que ambas sean efectivas deben estar arropadas por la humildad. Con la práctica de la magia sucede lo mismo; se va de las manos cuando uno se jacta de poseerla. Lo he leído en un tratado sobre la Wicca celta.

Sabía que Amaya era inteligente, que sabía aplicar sus conocimientos a sus necesidades. La consideraba hábil y suspicaz, pero la presencia de Salomón, que cada vez era más patente y constante, la debilitaba. Era la impotencia lo que ensombrecía su mirada, lo que hacía que se mostrase ante mí como un ser débil y perdido dentro de unos acontecimientos ante los que no sabía cómo reaccionar. Pensé que aquella era la primera vez que estaba tan desorientada, que se sentía incapaz de luchar contra lo que estaba descabalando su vida y la de sus padres. En aquellos momentos no me parecía la misma joven que Elda y yo criticamos y observamos desde el portal noches atrás y de la que no nos fiábamos. La Flor de Loto, como la apodó Elda, que mostraba sin pudor sus sentimientos por Desmond, era igual o más débil que nosotras, me dije mirándola fijamente.

—Dime una cosa: aparte del *yūrei*, ¿hay algo más que te preocupe? Sé que a él no le tienes miedo. Te considero muy racional para tenérselo, de hecho nada de lo que has afirmado sobre mí encaja en tus conocimientos, menos aún en tus estudios. Tu preocupación, tu intranquilidad se debe a algo más. Estoy segura —expuse.

—Mis padres están muy asustados, tanto que se han planteado volver a la casita que tienen en Magome, un pequeño pueblo que está cerca de Nagoya. Es el primero que se visita en la ruta de Nakasendo, un lugar privilegiado, pero para mí sería una jaula de oro. Si venden la floristería, si deciden marcharse, me iré con ellos, y no creo que desde allí pueda seguir mis estudios de botánica aplicada. Ellos no me obligan a marcharme, pero no quiero dejarlos solos, y por otra parte tampoco puedo seguir estudiando sin ingresos. Mis padres se establecieron en España por mí. Invirtieron todos sus ahorros, a excepción de la pequeña casita de Magome que alquilaron para que yo pudiese cumplir mi sueño.

»Tengo miedo de que nos suceda lo mismo que a los anteriores propietarios, los libreros, que se marcharon de la noche a la mañana dejando cientos de libros y todo el mobiliario intacto. La leyenda sobre el fantasma que habitaba en el local, al principio les benefició. El morbo y la curiosidad atrajeron mucha clientela que buscaba ver al fantasma, pero la historia, poco a poco, se los comió. Los destruyó porque el fantasma existía, no era una leyenda. Era un ser real que llegó a convivir con ellos día y noche, hasta que no pudieron soportarlo y se marcharon. Los incrédulos comentaron que se habían obsesionado con su propia mentira y, tal vez, es posible que fuera así en parte, pero yo he visto al ente. Lo he visto varias veces y mis padres también. Es real, Diana, y eso ha destrozado todas mis convicciones, las ha hecho añicos.

—Dime una cosa, tu interés por los libros de Claudia, por los de pócimas y ungüentos, no tiene nada que ver con tu carrera, ¿verdad? En realidad le pides a Desmond esos libros para informarte sobre el *yürei*. Todo lo que me has contado sobre la magia violeta, sobre el tratado que has leído de la Wicca celta, está relacionado con la presencia del *yürei* en vuestra tienda. ¿Cuánto tiempo llevas informándote, intentando luchar contra él?

—Desde la primera vez que lo vi. En ese instante comprendí que existía y que mis padres no fantaseaban, que sus creencias no eran las culpables de sus miedos. He intentado miles de sortilegios que he leído, incluso quise rociar con polvo de ladrillo la entrada del local y su perímetro. Sé que se utiliza para proteger los hogares y los negocios de presencias indeseadas, para que no entren, pero ese maldito nigromante vive en nuestro negocio. No puedo impedirle la entrada porque ya estaba dentro antes de que yo intentase poner el polvo de ladrillo. Quise esparcirlo, pero no llegaba a caer al suelo, se volatilizaba en el aire.

—¿Por qué piensas que es un nigromante?

—Por el rastro que deja con esos cristales y porque ningún rito ha funcionado con él, ni los que mis padres han hecho para protegerse ni los que yo he realizado. No puede ser otro tipo de ser. No está vivo ni muerto, créeme, deambula entre un mundo y otro. Tengo el presentimiento de que busca algo, no me preguntes por qué lo sé. Es una sensación.

»Crees dominarlo todo, estar en posesión de la verdad y, de repente, todo aquello en lo que confiabas, la realidad que parecía aportarte seguridad, se derrumba, se pulveriza ante tus ojos.

No podía explicarle a Amaya todo lo que yo sabía. Ni podía ni debía. Si Amaya hubiese sabido que Salomón buscaba mi evangelio, que yo, en cierto modo, era la culpable de que él estuviera allí, podía reaccionar de la forma más imprevisible.

—No sé ni qué hacer ni qué decirte en cuanto al *yürei*.

—No lo llames así, no es un *yürei* —me interrumpió enfadada, alzando de repente la voz.

Cuando Amaya me interrumpió, los cristales morados se deslizaron desde la bolsa donde estaban guardados, salieron de ella y rodaron por la superficie del mostrador hasta caer al suelo. Algunos parecían empujados por la inercia, otros se movían como si alguien los golpeara y jugase con ellos a las canicas. Realizaban carambolas, uno contra otro, y volvían a empezar. Durante unos minutos ambas contemplamos mudas aquel fenómeno extraordinario y, al tiempo, terrorífico. Sin hablar, sin movernos y sin mirarnos.

—Hace un calor infrahumano —dijo una mujer que entró en la tienda—. Aquí el aire es más fresco. Deberíamos llenar las casas de plantas, estoy segura de que así contribuiríamos a regenerar la capa de ozono. —La miramos y ella nos miró sonriente, esperando una respuesta a su comentario.

—¡Cuidado! —le advertí, señalando el suelo al ver que varios cristales habían rodado hacia ella y los iba a pisar.

—¡Vaya! ¡Gracias! —respondió retrocediendo unos pasos—. Parecen amatistas. Me han comentado que ponéis piedras decorativas en algunas macetas, piedras malva. ¡Qué idea más bonita! Estoy decorando un restaurante japonés y me recomendaron que visitara tu tienda —dijo, dirigiéndose a Amaya—. ¿Podrías hacer para mí la decoración floral en ikebana? —le preguntó al tiempo que se agachaba y nos ayudaba a recoger los cristales del suelo.

—Por supuesto, somos especialistas en ese arte. Ahora le enseño los diseños de los que dispongo, aunque podemos variar dependiendo de la luz y de los colores que predominen en su local, también del ambiente espiritual que quieran darle —respondió Amaya sonriendo.

—Hablamos más tarde —le dije.

—¡Gracias! —me contestó y reanudó la conversación con la clienta.

Capítulo 16

Cuando me fui de la tienda de Amaya lo hice con la sensación de que, en parte, yo era responsable de las apariciones de Salomón en su negocio. La florista tenía razón: el nigromante buscaba algo. Quería mi libro. Él mismo me lo había manifestado, incluso intentó que yo escribiese sobre sus páginas en blanco el día que se hizo pasar por Elda, cuando consiguió acceder a mi ático y me ofreció su bolígrafo cargado con tinta carmesí, que tal vez, sospeché en aquel momento, habría destruido su contenido o habría permitido que él lo leyera.

Mi vida había girado en torno a aquel volumen de cubiertas rojas y páginas en blanco sobre las que no se podía escribir, que repelían todo tipo de material. En realidad, era el libro el que había dirigido mi destino, el que me había conducido hasta el edificio de Antonio. Era el trofeo que tanto obsesionaba a Farid y Salomón, y quizás, pensé, también lo único que me protegía de ellos. Ambos me necesitaban para acceder a él. Fuera como fuese, el evangelio de las brujas debía de tener más valor y poder del que yo había imaginado. Había dañado a la Orden a la que pertenecía. Según los documentos que había estado leyendo en el *pendrive* de Farid, el sacrilegio del que fue objeto y su posterior extravío la habían puesto en peligro. Si daba por buenas las palabras de advertencia y mandato que Endora me dedicó en nuestro extraño encuentro en el metro, aquel texto era la piedra angular de la Orden, sobre la que se sostenía su existencia. Debían recuperar el evangelio y restaurarlo porque de ello dependía la supervivencia de la Orden.

Aquel texto al que Aradia dotó de vida propia también poseía el poder de obsesionar a todos los que sabían de él. Aquello fue lo que le sucedió a Duncan Connor, lo que lo llevó al límite de la demencia y lo que, probablemente, terminó matándolo, pensé.

Antes de introducir la tija en la cerradura acaricié la puerta de la tienda. Con los ojos cerrados apoyé la cabeza sobre la madera y pasé la palma de la mano por su superficie rugosa y seca. Al hacerlo, recordé las palabras del joven albino cuando nos contó a su jefe y a mí lo que terminaba de presenciar y que tanto le había impresionado: que la puerta se había convertido en una esfera que giraba sobre sí misma para luego volver a su estado original. Y pensé que el día en que los cristales de la floristería habían estallado, tal vez la puerta también tomó aquella forma de esfera para protegerse y que la astilla que se clavó en mi palma me resguardó de la explosión, que al clavarse en mi piel roté con ella sin percibirlo y que, quizás por ese motivo, después me sentí tan confusa y desubicada.

No tenía la menor certidumbre sobre la verosimilitud de la mayoría de acontecimientos o por qué se habían producido. Todo lo que había averiguado, incluso lo que había vivido, estaba rodeado de un halo que se emparentaba más con la fantasía que con la realidad. Una hipótesis me conducía a otra y cada una de ellas me llevaba más lejos de la lógica. Si en aquel momento hubiese visitado a un psiquiatra, con toda seguridad me habría prescrito un antipsicótico. Habría relacionado mi sintomatología con mi infancia, con mi abandono en el hospicio y la posterior pérdida de Rigel cuando él estaba a un paso de conseguir mi adopción. Su diagnóstico, en cierto modo, habría sido certero porque, a todas luces, para cualquiera, incluso yo misma lo sentía así, mi orfandad había influido en mi vida y en mi conducta, como era normal. Alán había manifestado aquella hipótesis sobre mi comportamiento en más de una ocasión, relacionándolo con mi obsesión por investigar mi procedencia y por averiguar el significado de aquellos símbolos pictos grabados en los laterales de la gaveta donde me dejaron. Sin embargo, aunque hubo un tiempo en que dudé, en que pensé que aquellos fenómenos extraños se debían a mi imaginación o a la obsesión por encontrar una causa, un motivo de mi abandono, y que este fuese excepcional, en ese momento tenía la certeza de que todo era real. Tan real como la soledad que crecía en mi interior a medida que iba conociendo más datos sobre el libro y su relación con mi pasado, mi presente y, posiblemente, mi futuro.

Entré en El desván dispuesta a tomar las fotos para mandárselas a Samanta. En aquellas páginas podía estar la clave de todo lo ocurrido. Si era así, debía encontrarla. Necesitaba avanzar. No podía seguir nadando a la deriva, sin rumbo ni control. Si el libro de Claudia era una copia del Manuscrito Voynich o ambos eran originales, probablemente los dos fuesen una transcripción del evangelio de las brujas. En ese caso, era evidente que Claudia podía leerlo.

El texto seguía sobre el mostrador, cerrado. Me acerqué y antes de abrirlo acaricié sus cubiertas, pensativa. Miré la puerta tapiada, a la espera de que se abriese o de que algún sonido la atravesase e inundase el local, pero no sucedió nada extraordinario. Mientras deslizaba la mano sobre las cubiertas marrones de vitela desgastada por el paso del tiempo, recordé el último encuentro que había tenido con Claudia y sus últimas palabras: «Tu historia acaba de empezar. Es importante que El desván de Aradia vuelva a abrir sus puertas. Es más importante de lo que crees. Solo puedes hacerlo tú y, para eso, antes de nada, debes enamorarte de él, de Desmond», me había dicho.

Al rememorarlas, el aire pareció congelarse en mis pulmones impidiéndome respirar con normalidad.

¿Por qué Claudia nunca me había dado respuestas concretas a lo que me estaba sucediendo? ¿Por qué no había sido directa desde la primera vez que habló conmigo? ¿Qué me ocultaba?

Había demasiadas lagunas en sus conversaciones, demasiados silencios, pensé. Lo más lógico y sensato, dada la actitud protectora que siempre había mostrado hacia mí, sería que me hubiese indicado los pasos que debía seguir sin ningún tipo de omisión. Aquello, el olvido premeditado de datos importantes, solo había conseguido entorpecer mi camino. Si desde el primer momento hubiese sido honesta y sincera conmigo, probablemente el libro estaría en mi poder y sabría qué hacer para restituir el pedazo que le faltaba. Me habría bastado con devolver el péndulo a su cubierta, porque estaba segura de que, de ser ciertos los datos que figuraban en la documentación que contenía el *pendrive* de Farid, el hecho de que Desmond tuviese que morir podía no ajustarse del todo a la realidad. Debía de haber otra forma, otra opción, para restaurar el evangelio y devolverlo a la Orden sin que Desmond se convirtiese en un daño colateral, me dije.

Después de aquel análisis pensé que Claudia no solo seguía la regla máxima de la Wicca celta a la que evidentemente pertenecía, sino que su silencio se debía a algo más, algo que también la llevó a ordenarme que yo también mantuviera el secreto.

Levanté las manos de la cubierta del texto y, con aquella sensación de ahogo repentino que sentí al plantearme aquella hipótesis, me dirigí a la puerta de la calle. Abrí y salí a la acera. Necesitaba respirar aire fresco, despejarme. El pensamiento nefasto que daba vueltas en mi cabeza me hacía daño y me entrecortaba la respiración.

Miré hacia la floristería, donde Amaya se despedía de la clienta sonriendo. De repente, como si intuyera que la estaba mirando, se volvió y grito:

—¿Todo bien?

Levanté la mano indicando que no había problemas. Hice el gesto de abanicarme con ella, dándole a entender que era el calor lo que me había hecho salir del local, sonreí y regresé adentro.

Mientras volvía a cerrar la puerta, pensaba en Amaya. Ella, al pedirme ayuda, también me había hablado de Claudia. Refiriéndose a los libros que yo necesitaría para poder ayudarla con su *yürei*, con Salomón, me había dicho: «Pídele a Desmond que te los busque, porque Antonio solo lo deja entrar a él. Desmond y Claudia estaban muy unidos. Ella lo trataba como si fuese su hijo».

—Lo trataba como si fuese su hijo —repetí bajito, casi en un siseo.

¿El libro de Claudia era una transcripción del evangelio de las brujas? Y, de ser así, ¿había sido Claudia quien la realizó? ¿Fue ella quien traicionó a la Orden, quien cometió el sacrilegio de cortar un pedazo de su cubierta y con ello otorgarle la inmortalidad a Desmond, al que todos decían que ella trataba como a un hijo? Si aquella hipótesis era cierta, su insistencia en que me enamorase de Desmond cobraba un sentido especial y, para ella, prioritario. Era poco probable que yo me deshiciera de Desmond si le amaba.

Miré la puerta cegada y recordé la charla que había mantenido con Antonio el día anterior: sus indicaciones, las explicaciones que me dio sobre el libro de su madre, las advertencias y el silencio que mantuvo sobre algunos temas. Había dejado demasiados datos en el aire. Se mostró ante mí con una actitud de quiero y no puedo, o más bien de puedo, pero no quiero, me dije. Todo había sido demasiado rápido y fácil. Sin saber nada, parecía saberlo todo, pero callaba o desviaba el tema de la conversación; de mostrarse arisco conmigo había pasado a no tener reparo alguno en alquilarme el local, incluso no me pidió renta alguna por él.

Cada uno de sus actos desde que llegué al edificio, pensé, habían sido premeditados. Incluso el encuentro con Elda el día que la pintura se derramó por los balcones de edificio de Manuel Becerra podía no ser del todo casual, sino calculado para encaminar mis pasos hacia sus planes sin que yo sospechase nada. Todos, incluso Desmond, al que por lo visto Antonio le había pedido referencias mías, parecían ser partícipes de una trama con un único fin en el que yo era una pieza más sobre el tablero de juego. Al llegar a esa reflexión recordé las palabras de advertencia de Salomón: ni los buenos son tan buenos, ni los malos tan malos, me había dicho, como invitándome a ponerme de su parte.

Aquellas hipótesis me desestabilizaron y, por unos momentos, sentí ganas de huir, de marcharme de aquel lugar. Pensé en Samanta, en lo mucho que su compañía me aportaba, en la seguridad que me daban sus palabras y en lo que me habría gustado que estuviera junto a mí en aquel momento.

Justo entonces mi teléfono móvil sonó.

—Estoy esperando tus fotos —me dijo Samanta a través de la línea telefónica. Sonreí al oír su voz pensando que tal vez había escuchado mis pensamientos, que había presentido mi necesidad de tenerla junto a mí—. Le he dado vueltas a lo que me dijiste y te confieso que ando clavando las uñas en las paredes, trepando por ellas como una gata desquiciada. Si ese texto, como dices, se parece tanto al Manuscrito Voynich, puede que tengas entre tus manos un verdadero tesoro. Para mí sería un deleite comprobarlo, y ni te cuento pasar sus páginas entre mis dedos, por supuesto enguantados.

—Tal vez me anime y te lo lleve—le respondí.

Samanta no captó mis últimas palabras, porque en ese instante la cobertura falló unos segundos.

Los móviles que colgaban del techo comenzaron a oscilar. Sus cristales chocaban entre sí produciendo un sonido tan especial como lo eran sus colores. Los rosarios se balanceaban impulsados por el viento que recorría el local y que provenía de la puerta de entrada. Esta, una vez más, se había transformado en una esfera que giraba sobre sí misma. Estaba compuesta por cientos de husos que, aunque estaban a unos milímetros unos de otros, se movían al compás, como si el espacio que los separaba no existiera y algo invisible los uniese. La imagen era tan hermosa como, en cierto modo, aterradora.

En la calle, a unos metros del local, estaba Endora, que permanecía quieta y ensimismada con la vista fija en la puerta. Por su expresión y su absoluta inmovilidad pensé que, igual que yo, le había sorprendido la trasformación que había sufrido la puerta. Un tanto inquieta, sobrecogida por lo que estaba sucediendo, dejé el teléfono móvil sobre el mostrador y me senté en el suelo. Cerré los ojos y aguardé a que todo recobrase la normalidad.

No comprendía por qué la puerta había tomado aquella forma y había empezado a girar sobre sí misma. Solo acertaba a pensar que acaso estuviese protegiéndose una vez más de Salomón, pero él no estaba allí. Cuando la puerta recobró su forma original miré por el escaparate para comprobar si Endora seguía en la acera, pero la anciana había cruzado la calle y charlaba con Amaya, en lo que, por sus gestos, me pareció una amistosa conversación.

Salí del local y observé la hoja de madera, que se me antojó más pulida, menos degradada de lo que estaba anteriormente. Miré hacia la floristería y en ese momento Amaya levantó la mano e hizo un gesto indicándome que me acercase.

—Estábamos hablando de tu tienda. La señora me preguntaba si se volverá a abrir El desván —me dijo cuando estuve junto a ellas—. Ha venido de muy lejos en busca de unos rosarios para su hija —explicó la florista, mirando a la mujer con expresión cariñosa, como si Endora fuese realmente la anciana indefensa y desorientada que aparentaba ser ante ella.

—¿Ahora es usted la dueña? —me preguntó Endora. Asentí con un movimiento afirmativo de cabeza, sin dejar de mirarla fijamente, buscando en sus ojos a la anciana altiva que días antes se había dirigido a mí en el metro—. Le contaba a su amiga —explicó mirando a Amaya— que hacía años que no venía a la capital. No sabía que El desván de Aradia llevaba tantos años cerrado ni la desgraciada desaparición de Claudia. ¡Qué gran pérdida! Nadie como ella para tallar las cuentas de cristal de sus rosarios mágicos.

»Como le decía —prosiguió, volviendo levemente la cabeza para mirar a Amaya y luego a mí—, he viajado hasta aquí en metro. Ha sido toda una experiencia. Creí que no iba a salir nunca de allí. La línea 6 no para de dar vueltas bajo Madrid, y yo, ahí sentada, esperaba que el tren parase en algún momento. Menos mal que el recorrido es gratis, aunque lo hagas varias veces. —Sonrió—. Confieso que, cuando me desoriento, soy reacia a preguntar, y esa cabezonería mía tiene sus consecuencias, como la pérdida de tiempo que he sufrido hoy. Al final tuve que preguntar a uno de los pasajeros, que fue muy amable y me indicó la estación en la que debía apearme.

—Yo tampoco suelo preguntar, claro que utilizo el GPS del móvil cuando veo que no sé dónde estoy o voy a algún sito que no conozco —dijo Amaya.

—Claro, claro, jovencita, pero yo no manejo esos artefactos, qué más quisiera —le explicó. Miró a su alrededor y exclamó—: ¡Hay que ver lo que ha cambiado todo esto! Siempre ha sido fácil perderse en Madrid, pero cada día lo es más. Es una pena que los negocios de siempre vayan desapareciendo; para mí eran imprescindibles para orientarme. Deberían mantenerse como piezas únicas, como la seña de identidad de esta bella ciudad. Menos mal que El desván de Aradia sigue exactamente como yo lo conocí. Su tienda —dijo dirigiéndose a Amaya—, antes era una librería llena de encanto, pero la gente cada día lee menos e imagino que por ese motivo tuvieron que cerrar.

»¿Y cuándo tiene previsto usted abrir? —me preguntó.

—Pues aún no lo sé. No depende de mí —respondí sin abandonar el gesto de desconfianza que mostré hacia ella desde el primer momento.

—Aunque aún no haya reinaugurado la tienda, ¿podría venderme los rosarios que he venido a buscar? He hecho un largo viaje para llegar aquí y mi estado físico no es el mejor. ¿Me haría usted ese favor? —me preguntó con voz trémula y gesto de desamparo.

—Aunque quisiera no puedo hacerlo y…, créame que lo siento —le dije en un tono cargado de ironía que sin duda ella percibió—. Debo hacer inventario antes de abrir. No soy la propietaria y mi arrendador me lo exige. No puedo vender nada antes de tener los documentos de apertura en regla, y mucho menos permitir que un cliente entre en el local sin tener habilitado un seguro de responsabilidad civil.

—Entonces no me quedará más remedio que conformarme con ver el local de cerca, desde el escaparate, y volver más adelante, a ver si tengo suerte y ya está en marcha el negocio. Espero que será el mismo —hizo una pausa—, porque imagino que seguirá vendiendo los rosarios, ¿verdad? —puntualizó, apoyándome una mano en el hombro.

—No sé qué te cuesta venderle los rosarios que necesite. Y, si me apuras, hasta regalárselos. No creo que nadie se entere, y si se enteran, ¡qué más da! No tiene nada de extraño ni de ilegal regalarle unos rosarios a una anciana que ha recorrido media ciudad y que viene de tan lejos —dijo Amaya en tono recriminatorio.

Probablemente Endora era la responsable de que la puerta de la tienda, hacía unos minutos, hubiera tomado de nuevo la forma de una esfera que giraba a gran velocidad para, sin lugar a dudas, proteger el local de su presencia, del mismo modo que sucedió horas antes con Salomón, pensé mientras la miraba buscando bajo su apariencia de anciana indefensa a la vieja bruja dominante y fría que me reprendió en el metro, que me exigió devolver el evangelio a su

Orden. Si era así, ella sabía que no podría entrar en El desván jamás. La puerta volvería a impedírselo.

—Está bien —dije, y le tendí mi brazo para que se apoyase en él.

Le dio las gracias a Amaya al tiempo que desestimaba mi ofrecimiento y comenzaba a caminar, renqueando y ligeramente encorvada, apoyada en un bastón de madera que me pareció confeccionado en haya negra, como mi gaveta. Sus pasos eran cortos y lentos, y sus gestos parecían los de una anciana dolorida e indefensa que hacía un gran esfuerzo para caminar.

***

Cuando llegamos a la acera de El desván, se paró. Me miró fijamente, después volvió la cabeza hacia la tienda de Amaya y le dio las gracias levantando la mano. Se volvió hacia mí y cambió su voz fina y rota por una fuerte, firme y aguda.

—Veo que has aprendido a callar y disimular. Eso es muy importante, tanto como convivir con las dos realidades, la nuestra y la del común de los mortales sin que nadie note que estás en las dos al mismo tiempo.

»Tu amiga, la florista, es buena. Es un alma cándida. Ella no lo sabe, pero es un poco como nosotras. Tiene un don heredado de un antepasado. De vez en cuando puede ver la existencia de otros seres, percibirlos, y también posee la capacidad de presentir. Intuiciones, creo que lo llaman los comunes.

—¡Los comunes! —exclamé.

—Los comunes son las personas que no tienen nuestros dones, que aún están en una escala inferior de conocimiento.

—¿Y nosotros qué somos? ¿Seres extraordinarios? —le respondí irónica.

—Nosotros somos demasiados, no se nos puede denominar. Según los comunes, entre nosotros hay brujos y brujas, nigromantes, entes... somos seres que pertenecemos a otra dimensión, a una realidad diferente. Me extraña mucho que a estas alturas te mofes de mis palabras, pero claro, tú también tienes algo de los comunes, y como ellos estás abocada a perder la fe. Si eso te sucede, dejarás de ser uno de los nuestros.

—¿A qué has venido, Endora? ¿Por qué no vas directamente al grano? —le pregunté.

—No le pidas a una pobre e indefensa anciana que corra —dijo burlona, y me mostró como sus ojos comenzaban a lagrimear.

—Me gustaría ver tu verdadero aspecto. Comienzo a cansarme de tu apariencia de anciana. Es un insulto, una ofensa a la buena voluntad de la gente. Solo usas ese aspecto físico para aprovecharte del buen corazón de las personas.

—Deberías verme siempre tal y como soy. Si aún no lo consigues con tus ojos de bruja, es que no estás del todo preparada; que, como te he dicho antes, sigues siendo más común que bruja, y que tu fe se está volatilizando entre los habitantes de esta ciudad. Entre otras cosas he venido a eso, para hacer que tu fe se mantenga viva, que sigas creyendo en ti.

»Sé que has visto como la puerta de El desván me impedía entrar en la tienda y, aun así, te atreves a dudar de mis palabras. ¿Sabes?, esa puerta también tiene parte de mí. Algunos de los husos con los que fue confeccionada los tallé yo. Y, ahora, por culpa de esa estúpida disidente de Claudia, ni tan siquiera me reconocen, me prohíben el paso, como si yo fuese un enemigo —dijo malhumorada.

—No he dicho que no crea y menos aún que haya perdido la fe. He perdido la confianza, sobre todo en ti. Me siento una marioneta en manos de todos. Si esto sigue así, lo más probable es que termine como un juguete roto.

—No puedo demostrarte que no te engaño, debes ser tú misma quien esté dispuesta a creer lo que te digo. Tienes que recuperar el evangelio de las brujas, tu libro, con el que te dejamos dentro de la gaveta. Cuando lo tengas deberás restaurarlo, devolverle el pedazo que le falta y entregarlo a la Orden. Para ello, deberás matar a Desmond y desposeerle de su péndulo. Creo que ya dispones de esa información. ¿Me equivoco?

—Y tú, Endora, ¿cómo puedes saber todo eso? ¿Qué información tienes que no me das? —le pregunté sorprendida, dirigiéndole una mirada de desconfianza.

—Conozco más de ti de lo que puedas imaginar. Ya te dije que soy tu guardiana en este tiempo. Te sigo y te veo aunque tú, en muchos momentos, no puedas percibir mi presencia.

»Debes recuperar el evangelio y devolverlo a la Orden. Ese es tu destino, tu misión en esta realidad.

—Estoy cansada de tantas preguntas sin respuesta, de los intereses de unos y de otros. Vuestra Orden no es la mía —le dije, molesta—. Me da igual lo que sepas o creas saber sobre mí. Lo que tengo claro es que solo yo tengo derecho a elegir mi destino, y eso es lo que voy a hacer.

—No puedes —me respondió seca y tajante, y en ese momento incluso me pareció que se erguía ante mí—. Eres la última descendiente de Aradia, la dueña legítima de su evangelio y eso te ata a la Orden. A la Orden y a la custodia del evangelio y su salvaguarda.

»Llegará el momento en que lo comprenderás todo de principio a fin y no te quedará más remedio que aceptar quién eres y lo que estás destinada a cumplir. Puede que esta sea tu última oportunidad, ¡aprovéchala! A partir de ahora solo podrás hablar de lo que te sucede y de quién eres con los nuestros, porque solo ellos te entenderán. —Se aproximó a mí y añadió—: ¡Salve, Diana, descendiente directa de la diosa lunar! —Y, cogiendo mi mano derecha, me besó en ella.

No supe reaccionar. Sus palabras y su acción me evocaron la traición de Judas a Jesús.

La vi alejarse. Caminaba quejicosa y renqueante por la acera en dirección a la boca del metro, mientras yo, inconscientemente, me persignaba y le pedía a Dios que me protegiese de Endora, pero, sobre todo, que me salvaguardase de mí misma, de la ambición, de los malos pensamientos, de la soberbia y la ira que podía llegar a sentir…, como la había sentido frente a ella durante nuestro encuentro.

Capítulo 17

Después de la conversación que Endora mantuvo conmigo, cuando se descubrió ante mí, pensé que tal vez ella pertenecía a un grupo diferente al de Claudia. Endora y Claudia parecían ser dos abejas reinas que quizás hubieran compartido colmena durante un tiempo, algo inviable. Ambas aparentaban tener un fin común: mi evangelio. Los motivos que las llevaban a querer poseerlo o que yo lo encontrase para ellas eran antagónicos en sí mismos.

Claudia parecía haber abandonado la Orden a la que aún seguía perteneciendo Endora. Era una disidente. Y tal vez lo era porque, como yo había supuesto, podía ser la artífice del sacrilegio cometido con el evangelio de las brujas para darle la inmortalidad a Desmond, al que quería como a un hijo. Junto a ella se había constituido un clan formado, con toda probabilidad, por su hijo, Antonio, Desmond y el resto de inquilinos del edificio, a los que ella misma y su hijo denominaban «disidentes» y a los que protegían y cuidaban, mientras que Endora renegaba y hablaba con cierto desprecio de ellos.

Ecles sabía más que nadie de mi libro, tal como había demostrado en varias ocasiones. Posiblemente las visiones que tenía al tomar cualquier objeto entre sus manos no se debieran solo a la percepción que aseguraba poseer. Era probable que, aparte de eso, tuviera los datos antes de nuestro primer encuentro. Claudia podía haberle informado de todo. Tras la conversación con Endora me di cuenta de que Elda también formaba parte de la lista de Claudia, porque parecía saber más de lo que decía y jamás se extrañó ni le sorprendió ver mis lágrimas convertidas en pétalos de rosa rojos. Todos ellos, Desmond, Ecles, Elda y Antonio, pensé, eran parte del clan de Claudia. Poseían dones que los emparentaban con los seres de la otra realidad, de la que yo, según Claudia y Endora, procedía. Tal vez por ello Claudia los acogió y protegió en su edificio, porque eran personas desubicadas, que, perteneciendo a dos mundos, a dos realidades diferentes, estaban fuera de ambas; no terminaban de encajar en ninguna de ellas.

Endora parecía actuar sola, llevada únicamente por sus propias convicciones y los intereses de la Orden de la Wicca celta a la que afirmaba pertenecer. Pero tras ello, estaba segura, había algo más que la beneficiaba personalmente.

Existían dos grupos claramente diferenciados, pensé mientras entraba en la tienda. Y dos personas que estaban fuera de ambos clanes: Salomón y Farid. Ellos también querían mi libro, pero actuaban en solitario. Por ese motivo me parecían más peligrosos que el resto. Peligrosos e imprevisibles, porque los individuos solitarios, al no estar sujetos a nada ni a nadie, suelen actuar sin seguir unas pautas determinadas, sin que nada los coarte, ni tan siquiera los sentimientos; no tienen empatía. El fin, para ellos, justifica los medios, y llegar a la meta, conseguir sus propósitos, es lo único que les importa.

Estaba en un laberinto repleto de preguntas, hechos, circunstancias y personajes que ocultaban sus verdaderas intenciones, que me llevaban de un lugar a otro dando tumbos. Si quería encontrar la salida debía recuperar mi libro y, después, ya con él en mi poder, aferrarme al hilo de Ariadna, a todo lo que ya sabía o creía saber de cada uno de ellos para escapar, para gestionar su posesión y que esta me diese la libertad de elegir mi destino; pero, sobre todo, debía actuar con cautela, me dije.

Entré de nuevo en El desván para intentar ordenar mis ideas, pero en cuanto puse el pie dentro del establecimiento oí que mi móvil empezaba a sonar. Me acerqué al mostrador, tomé el aparato y abrí la conexión.

—Dime.

—He debido de perder la cobertura —dijo Samanta—. Me ha costado Dios y ayuda volver a conectar. ¿Llegaste a oír lo que te dije sobre el libro? — preguntó.

—Sí, pero se cortó la conexión y, como tú, no pude restablecerla.

—¿Has hecho las fotos?

—No, ni las he hecho ni creo que pueda hacerlas nunca —le dije al tiempo que, cerrando los ojos, deseaba con todas mis fuerzas que Samanta no se enterase jamás de que le estaba mintiendo—. El libro no está en la tienda. Lo he buscado por todas partes, pero no he conseguido encontrarlo.

Cuando oí que Samanta volvía sobre el tema de las fotos del libro de Antonio, resonó en mis pensamientos la advertencia de Endora: «Solo podrás hablar de ello con los nuestros, porque solo ellos te entenderán…». Por eso decidí no jugar a la ruleta rusa con Samanta y le mentí.

—Mira que me incomoda ser profeta. Te lo dije, era muy extraño que un texto de esas características estuviera en la tienda, que tu casero no supiese su valor y que lo dejase a tu alcance. Seguro que lo olvidó por un despiste y regresó en cuanto pudo a por él. ¡Qué mala suerte! Nena, para una vez que me había planteado infringir las leyes… Podríamos habernos hecho ricas. ¡Perdón! —exclamó haciendo una pequeña pausa—. Podrías —puntualizó.

—Bueno, seguramente tú tenías razón y el texto no tenía más valor que cualquier otro libro antiguo. Ya sabes que yo no domino el tema.

—¡Venga, Caperucita! Que todos sabemos que el lobo no te comió porque fuese más fuerte y astuto, tú te dejaste comer. Sabes mucho de antigüedades, eso no me lo puedes negar. Una cosa es que no sepas distinguir la semejanza con el Voynich y otra que no reconozcas un incunable, nena. Además, has tenido una buena profe, ¿o no? —me preguntó refiriéndose a sí misma.

—¡Cómo eres! —respondí sonriendo—. Es cierto, si no hubiese sido por ti, por todo lo que me comentaste sobre el Voynich, jamás lo habría relacionado con él. No sabría ni de su existencia. Pero eso ya nos da lo mismo, el texto no está en la tienda. Antonio tiene que habérselo llevado. No me molesta que lo haya hecho... ¡Qué narices! Sí que me molesta, pero bueno, no me queda otra que aguantarme.

—A mí no me preocuparía tanto que el texto no esté ya en la tienda como la posibilidad de que Antonio haya entrado en el local cuando tú no estabas. No tiene por qué conservar las llaves y menos entrar en la tienda en tu ausencia. Sigo pensando que tu casero, ese Dany DeVito de pega, tal vez no sea tan inofensivo como tú piensas; tan divertido como su vestuario.

—Le preguntaré cuando lo vea, que espero sea pronto, porque quiero formalizar cuanto antes el contrato de alquiler.

—Ten cuidado, por favor —me pidió.

—¡Qué sí! —exclamé—. No te preocupes, el lobo no es tan fuerte y astuto como cree —le dije pensando en todo lo que sabía en aquellos momentos, en las hipótesis que había barajado y que me daban cierta ventaja sobre Antonio y los demás inquilinos de su edificio.

—Si el libro vuelve a aparecer en la tienda, yo que tú lo guardaría y le haría las fotos. Total, no tienes tanto que perder. Si eso sucede y Antonio te preguntase por él, con decirle que no lo has visto sería suficiente.

—Sí, claro, ¿es que estamos todos locos o qué? —le respondí, poniendo en duda su comentario.

—Tienes razón, ya te he dicho que me he obsesionado un poquito con el tema.

—Lo mejor es que nos olvidemos del libro. No está y no creo que vuelva a verlo.

—Vale. Pero dime, por lo demás ¿cómo vas?

—Pues ahí ando —le dije con desgana.

—Vaya, ese tono de voz no me gusta ni un poquito. Cuéntame qué te sucede. ¿No será otra vez Alán el culpable de tu apatía? —me preguntó.

—No, aunque sé que volveremos a vernos, y no creas que me hace mucha gracia. De todas formas, ahora lo que más me preocupa es poner en marcha el local. El resto queda en un segundo plano.

—Ya sabes, estoy aquí para todo lo que necesites. Te quiero, Diana.

—Y yo a ti…

Cerré la conexión telefónica con la sensación de que mi mentira, en cierto modo, había sido una traición. Mi vida se había bifurcado en dos caminos paralelos, separados por miles de kilómetros. Tomé conciencia de que, quisiera o no, vivía dos vidas que no podían estar en contacto: lo que ocurriese en una no podía saberse en la otra. Como sucedía en el cuento de *Alicia en el país de las maravillas*: el Sombrerero, el Conejo, el Gato y la Reina de Corazones se parecían a Elda, Ecles, Desmond, Antonio, Ígor, Claudia, Endora y Salomón; todos eran reales pero pertenecían a una realidad diferente, que no por ello dejaba de ser igual de auténtica que la otra. Samanta y Alán, estaban en la otra, la convencional, la de los *muggles* o «comunes», como los había denominado Endora. Quería a

Samanta con toda mi alma, pero aquel día supe que jamás podría compartir con ella la otra vida que formaba parte de mí tanto como la realidad a la que ella pertenecía. Samanta no llegaría a saber quién era yo realmente y eso hacía que una parte de mí se sintiera vacía, y yo más sola que nunca.

Conecté a internet mi teléfono móvil. Escribí en la barra de búsquedas: «Manuscrito Voynich». Entre la ingente cantidad de páginas que se referían al texto, encontré una dirección en la que se podía acceder al PDF del texto completo. Cargué la página, acaricié la cubierta del libro de Claudia y, como si este pudiese escucharme, verbalicé:

—Veamos si tu parecido con el Voynich es el que creo.

Seguidamente lo abrí y comencé a compararlos.

A medida que iba cotejando los caracteres y los dibujos del libro con las fotos que aparecían en el PDF, más me convencía de que ambos textos eran idénticos. Sus páginas seguían el mismo orden y los elementos que aparecían en cada una de ellas eran calcados. Incluso las páginas desplegables que tenía el Voynich estaban también en el texto de Claudia. Con todo, pensé que debía estudiarlo con más calma y utilizar mi *tablet* para obtener una visión más ampliada de los archivos del PDF. Era evidente que uno de los textos había sido copiado del otro, de modo que cabía en lo posible que mi libro, el evangelio de las brujas, fuera el original del que había salido la primera copia. En realidad, esa hipótesis me resultaba cada vez más verosímil.

Antes de cerrar internet leí varios artículos de información en los que se aseguraba que el Voynich estaba siendo descifrado por Greg Kondrak, profesor de Ciencias de la Computación y experto en procesamiento del lenguaje natural de la Universidad de Alberta, en Edmonton, Canadá, junto con un estudiante graduado, Bradley Hauer. En una de las páginas se decía que, según el profesor, el idioma en que estaba escrito el manuscrito probablemente fuera el hebreo, pero que sin historiadores del hebreo antiguo, algo que él había intentado encontrar en vano, el significado completo del manuscrito Voynich seguiría siendo un misterio.

Al leer la noticia recordé la información que contenía el *pendrive* de Farid, en la que su autor, Duncan Connor, afirmaba que solo los descendientes directos de Aradia podrían ver el contenido del evangelio de las brujas y transmitirlo a sus discípulos. El resto de personas, en el caso de tenerlo ante los ojos, jamás serían capaces de interpretar su verdadero significado. Incluso podrían confundir sus grafías con otras lenguas e interpretar un contenido no real que, aunque tuviese cierto sentido, no sería el verdadero. Muchos lo considerarían un simple tratado medicinal, de botánica, astrología... pero nadie que no perteneciese a la Orden de la Wicca celta descifraría el verdadero mensaje. Pensé una vez más que el Voynich era una copia del evangelio de las brujas. Si no lo era, las coincidencias sobrepasaban la media, me dije.

Cerré la tienda y me dirigí a casa. Quería ducharme y organizar un poco el ático antes de que Elda llegase para la cena. *Senatón* me recibió maullando nada más abrir la puerta.

—¿Qué sucede, bichito? —le pregunté y lo levanté en brazos.

Comprobé si tenía pienso y agua y lo solté en el suelo de nuevo.

—Me has echado en falta, ¿verdad?, por eso maúllas así.

Fui a cogerlo de nuevo, pero echó a correr hasta la puerta de la terraza, que estaba cerrada, y comenzó a arañar el cristal una y otra vez. Le abrí y salió escopeteado. Se subió sobre mi ala delta y volvió a maullar como si intentase decirme algo. Me acerqué y vi que estaba sentado sobre un pequeño cuadro. Lo aupé y cogí el objeto. El marco era de madera sin barnizar y en él, bajo el cristal, había dos notas manuscritas. En una de ellas reconocí mi letra, la otra estaba firmada por Desmond.

«¡Te echo en falta!», había escrito yo. Al leerlo recordé cuándo lo hice. Había sido en el piso de Manuel Becerra, después de que entrasen en él y destrozasen el dosier que Andreas me había enviado. En aquel momento solo me había dado tiempo a leer lo referente a la historia de Aradia y su evangelio, sobre el cajón tallado con símbolos pictos y la ayuda que Aradia recibió para proteger su evangelio y fabricar el cajón con madera de haya negra. Recordé aquella enorme luna de sangre que había encontrado pintada en el cristal de la ventana del salón y las tiras de papel que componían el dosier diseminadas por todo el piso. Pensé en cómo las había recogido para meterlas en una bolsa y cómo me había apresurado a limpiarlo todo para que Alán, a su regreso, no se diese cuenta de lo sucedido. Había bajado a la calle para tirar los restos en el contenedor de papel y, antes de hacerlo, había cerrado los ojos e imaginado a Desmond en la cabina de su DeLorean, dirigiendo el remolque que levantaba aquel inmenso contenedor. Me había imaginado a mí misma dejándole un mensaje en uno de aquellos papeles o sobre la superficie de alguno de los cartones que llenaban el contenedor, como si fuese el mensaje de un náufrago lanzado al mar dentro de una botella. Había sacado uno de los pedazos de papel de la bolsa, lo había apretado entre mis manos y pensé en lo que le escribiría: «¡Te echo en falta!». Había abierto la mano y mirado el papel, en el que vi plasmado aquel pensamiento. Lo había escrito yo. Con una sonrisa, lo había metido en el contenedor con la esperanza de que algún día le llegara.

Y le había llegado, me dije con el cuadro entre las manos.

En la otra nota Desmond había escrito: «No tanto como yo a ti, escocesa. Llevo siglos echándote en falta a mi lado».

No pude evitar abrazar el cuadro. Lo apreté contra mi pecho y entré en el salón, no sin antes mirar hacia su terraza y comprobar que todo estaba cerrado, porque deseé encontrarle ahí, mirándome y sonriendo, pero Desmond no estaba. Seguramente habría dejado el cuadro la noche anterior, pensé utilizando la lógica que nada tenía que ver ya con mi vida, pero que aún se negaba a abandonar mis pensamientos.

Me dirigí a la estantería y fui a colocarlo delante de los libros. Al hacerlo, al despegarlo de mi pecho, cayó al suelo un pequeño folio. Lo cogí y leí el texto:

NOS VEREMOS PRONTO, ESCOCESA. Y ENTONCES NO TE QUEDARÁ OTRA QUE VOLAR CONMIGO. ¡ME LO PROMETISTE!

DESMOND

Capítulo 18

Elda llegó antes de lo previsto.

—Cenaremos churrasco, chorizos parrilleros, panceta y morcilla de cebolla. Así le damos vidilla a la barbacoa que compró tu ex para sus fiestas de pijo, ¿te parece? —me preguntó nada más abrirle la puerta. Levantó ligeramente las dos bolsas que traía con la carne y enfiló hacia la cocina—. De camino se me ha ocurrido una maldad —dijo—. Pensé en llenar la parrilla de tulipanes, como si fuesen *calçots*, y mandárselos a tu ex a la tienda por correo exprés. Hasta he mirado a ver si los había en la floristería, pero claro, estamos en pleno verano —concluyó, encogiéndose de hombros.

—Ay, *calçots*, ¡por Dios! ¡Qué ricos! Con salsa romesco. Calla, calla, por favor.

—Los *calçots*, en enero para el payés, en febrero para el amo y en marzo para el criado —dijo sonriente—, o sea que en enero hacemos una *calçotada* que te vas a chupar los dedos y nunca mejor dicho y apropiado —me respondió guiñándome un ojo—. Ígor traerá el vino y le he encargado los ingredientes para la ensalada; tomates, lechuga romana, canónigos y rúcula. Le pondremos un poquito de vinagre de Módena, aceite de oliva, sal y albahaca fresca. El verde es imprescindible para que la carne se digiera mejor.

En aquellos momentos me olvidé de todo lo acontecido, de mis hipótesis sobre el evangelio y sobre ellos, mis amigos, también de

Antonio y de El desván. Todo pasó a un segundo plano, anulado por el entusiasmo de Elda.

—Eres como un soplo de aire fresco —le dije.

—Sé que estás bajita, rozando el subsuelo y ahí, justo ahí, una deja hasta de pensar. Y dejar de pensar es más peligroso que hacerlo. Creo que por ese motivo anoche volviste a dormir con Alán. Si está en mi mano, eso no sucederá más…, me refiero a tu tristeza. No vaya a ser que te dé por llorar a moco tendido y nos llenes el edificio de pétalos de rosa. Sería un escándalo para el vecindario, y eso nos haría perder el anonimato. ¡Imagina! —exclamó, poniendo los brazos en jarras y mirándome de frente—, todos cotilleando en los descansillos y las esquinas de sus edificios, comentando lo raros que somos.

Dejó escapar una carcajada.

—Bueno, quizás ahora me sea rentable llorar, si consigo convertir mis lágrimas en bolitas para los rosarios, como según dicen hacía Claudia. Sería un negocio estupendo.

—Qué lástima que Desmond no pueda estar con nosotros, ¿verdad? —me preguntó, omitiendo lo que le había dicho sobre Claudia—. Ecles sí vendrá a cenar, ha conseguido que un compañero le haga parte del turno. Es una pena que no podamos estar todos. Aunque Amaya no es santo de mi devoción, por Ecles habría sido capaz de invitarla. Se lo sugerí a él cuando me llamó para decirme que, finalmente, cenaría con nosotros, pero reaccionó fatal. Se puso muy nervioso y me prohibió que lo hiciese. Incluso me amenazó con no venir.

—Es mejor dejarle. Si le seguimos azuzando no conseguiremos más que agobiarle.

—Lo sé, pero pienso que sería interesante que al menos comenzase con ella una amistad. ¡Nunca se sabe! A veces una cosa lleva a la otra.

—Y Desmond, ¿sabes cuándo regresará? —le pregunté mientras nos dirigíamos a la terraza con las bandejas y los cubiertos.

—No sé dónde ha ido ni lo que tardará en regresar. Suele hacer este tipo de escapadas de vez en cuando. Ya sabes, él es muy suyo. Te habría gustado que estuviera aquí, ¿verdad?

—Pues sí.

—A mí también. Imagínate, Ecles y Amaya, Desmond y tú, e Ígor y yo. Pues eso…, una noche redonda. —Suspiró, cerró los ojos por unos segundos y continuó—: Pero habrá más ocasiones, seguro…

La cena transcurrió entre risas. Ígor nos contó varias anécdotas sobre algunos clientes del anticuario con un ingenio que no me esperaba en él, dotando cada relato de gestos, ademanes y cambios de tono de voz que le daban a lo sucedido un aire cómico muy personal. Lo cierto es que su actitud no tenía nada que ver con la imagen que adoptaba en su puesto de trabajo. En la última anécdota participaba su jefa, la señora Fischer.

—Los Fischer son muy parecidos a nosotros —dijo mirándome de soslayo—. Parecen excéntricos y altivos, pero no lo son.

—Yo no podría trabajar para ese tipo de personas —apuntó Ecles—, tan bien planchados, sin una sola arruga en sus ropas, tan estirados y perfectos.

—Tú no podrías trabajar allí porque es un anticuario. Terminarías volviéndote loco, pero te encantaría vestir de traje y corbata y flirtear con las jovencitas que entrasen a la tienda —le dijo Elda.

—En general las jovencitas no tienen ingresos para visitar las tiendas de antigüedades. Esos sitios son como los coches de alta gama, solo los tiene la gente mayor, por no decir que la mayoría son hombres barrigones, bajitos y en esa edad en la que uno ya debe plantearse no conducir. Los anticuarios son todos mayores, como los empresarios, y huelen a naftalina. Sus negocios son tan añejos como ellos.

—Pues Farid debe de ser el nieto del propietario —dije mirando a Ígor—, porque es joven y bastante atractivo, ¿verdad, Ígor?

—Sí, Gerald Farid Fischer, el sobrino de la señora Fischer, es muy atractivo... y joven. Tú puedes dar fe de ello. —Me miró—. Debe de ser la excepción que confirma la regla, ¿verdad, Diana? —respondió él.

—¡Vaya! Ahora recuerdas que estuve en la tienda. Cuánto me alegro de que hayas recobrado la memoria. Me tenías preocupada. ¡Lo que son las cosas!

—¿Qué nos hemos perdido? —preguntó Elda al ver que Ígor cambiaba la expresión de su rostro y me miraba fijamente.

—Díselo, Ígor, explícales a Elda y a Ecles lo que se han perdido. Diles por qué sufriste una amnesia repentina.

—¿Qué necesidad tenías de cargarte la velada? —replicó Ígor, haciendo ademán de levantarse de la mesa.

—Pero ¿qué pasa? —preguntó Ecles—. Vaya tono de voz. Estáis asustando a *Senatón* —Señaló a mi gato, que bufaba mirando a Ígor como si este fuese un ente extraño. Se levantó, tomó al felino en brazos y se fue hacia el murete de ladrillo que daba a la calle—. Voy a enseñarte la tienda de Amaya. Es una joven japonesa que me gusta mucho —dijo cerca de las orejitas de *Senatón* como si este le entendiese—, pero soy muy feo y la asusto como antes te asustaba a ti. Sé que tarde o temprano me verá con otros ojos, igual que lo haces tú ahora, chiquitín —murmuró, apretando la cabecita del gatito contra su cara.

—¿Vais a decirme qué sucede entre vosotros? —dijo Elda, mirando a Ígor fijamente.

—Hace unos días conocí a su jefe en el anticuario. A Farid, que no Gerald —puntualicé—. Al menos a mí me dijo que se llamaba así. Y también lo conocí a él. —Miré a Ígor y lo señalé sin pudor alguno—. Al día siguiente volví al anticuario y cuando entré y pregunté por Farid, Ígor aseguró que no me conocía de nada. Su jefa, la tal Fischer, me invitó a marcharme y él se desentendió de mí. Yo aún no sabía que vivía aquí, que éramos vecinos; si llego a saberlo, te prometo que te habría montado un numerito de mucho cuidado. Tenlo por seguro —dije sin apartar la vista de él, con gesto desafiante.

—En la mayoría de los trabajos existe una clausula de confidencialidad —me respondió Ígor—. A veces se firma y otras es verbal o por pura responsabilidad personal. Todo depende de la conciencia que uno tenga. En este caso, en mi caso, es por propia decisión. Hay temas y asuntos que no se deben hablar ni tratar con nadie. Mi trabajo exige discreción y, para mantenerla, para no abrir puertas que no deben abrirse jamás, hay que mentir o hacerse el idiota.

»Volviste a la tienda pese a que Farid te dijo varias veces que no lo hicieras. Te dio unas instrucciones concretas y te pagó para que realizases un trabajo para él. Eso, para ti, debería haber sido suficiente. Es un hombre serio, comprometido con las personas a las que emplea. Tendrías que haberle llamado antes de volver al anticuario. Deberías estar agradecida. Te eligió a ti para el encargo, cuando se lo podría haber asignado a cualquiera. Muchos se darían de tortas por trabajar para él. Incluso te mostró el cuadro original. Eso no lo hace con cualquiera y, además, a ti te ha venido estupendamente el dinero que te dio por adelantado.

—¡Dios nos pille confesados! Ya estamos otra vez con el cuadro del vampiro —lo interrumpió Elda—. ¡Qué obsesión! Ese vampiro no existe y, de existir, será ya un fósil que lo mismo encuentra la amiga de Diana en una de sus excavaciones y cataloga como... —Hizo una pausa y preguntó a Ecles—: Oye, ¿cómo se llaman esos murciélagos enormes que tanto te gustan?

—*Acerodon jubatus*, pero su nombre común es zorro volador filipino —dijo sin volverse hacia nosotros y sin dejar de acariciar a

Senatón, que miraba fijamente hacia la calle—. Es el más grande del mundo y está en peligro de extinción. Les encantan los higos, como a mí, *Senatón*. Es un murciélago con cara de zorro, precioso y tan especial como nosotros —dijo hablando con el gato, sin mirarnos.

—Pues eso, que tu jefe y su tía están tan obsesionados que son capaces de confundir a un murciélago vegetariano que está en peligro de extinción, y al que seguro que le da asco la sangre, con un vampiro.

—¿Tú también conoces la historia del vampiro? —pregunté dirigiéndome a Elda.

—Bueno, esa confidencialidad tan estricta a veces no lo es tanto —dijo mirando a Ígor y sonriendo con gesto de complicidad—. No hay que ir muy lejos para ver ese retrato, me refiero a una fotografía del cuadro original, que, por cierto, nadie sabe dónde está, porque fue robado hace años de una galería privada en Francia. —Miró a Ígor de soslayo y este agachó la cabeza—. La leyenda de ese vampiro es *vox populi* entre los amantes de lo paranormal y la red es un pozo de información sin fondo. Cuando Ígor me contó la historia y la obsesión de su jefe, al darme el nombre por el que se conocía al famoso vampiro sentí desasosiego. Nuestro Desmond es tan pálido, tan criatura de la noche, que por unos momentos pensé que podía ser él. Pero, por suerte, lo único que tienen en común es el nombre. Nuestro Desmond no tiene nada que ver con el vampiro de la leyenda que los Fischer quieren atrapar, a saber para qué locura.

»Pero tú has visto el cuadro original, así que dime: ¿Se parece a nuestro Desmond? —me preguntó con aire de inquietud—. Porque tal vez el que hay colgado en las redes no tiene nada que ver con el original.

—Sí, me lo enseñó. Estuve frente a él y te aseguro que sus rasgos no tienen nada que ver con Desmond —le respondí.

—Sí continuáis con esta estúpida conversación me marcho —intervino Ecles, dándose la vuelta de repente—. Al final ese anticuario nos traerá problemas a todos. —Dejó a *Senatón* en el suelo—. Llevo avisándoos de ello hace tiempo, pero no queréis hacerme caso. —Miró a Ígor y después a Elda—. Le he visto, sé cómo es y presiento lo que persigue. No quiero oír su nombre nunca más. —Y se marchó dejándonos con la palabra en la boca.

—Reconozco que no he estado acertada al sacar el tema precisamente esta noche. Lo siento —me disculpé—. Debería haberte preguntado cuando estuviésemos a solas.

—Yo también siento haber tenido que negarte, pero debo mantener mi silencio y seguir las directrices de mi jefe. Igual que él, quiero encontrar al vampiro. Debe de parecerse a nosotros y, si es así, seguro que nos necesita, como nos necesitamos todos los que vivimos aquí.

—Desde luego que nos necesita, necesita la ayuda de cualquiera porque tus jefes están obsesionados con él —dijo Elda—. En el caso de que aún exista —puntualizó, revelando sus dudas sobre la verosimilitud de la leyenda.

—No vamos a negar la evidencia, todos los que vivimos en este edificio somos antinaturales —dijo Ígor mirándome, y retiró el pañuelo de seda que llevaba alrededor del cuello para mostrarme una cicatriz semejante a la que dejan las sogas cuando una persona es ahorcada. La señaló y continuó—: Por una cosa u otra, somos más cercanos a algunos personajes de ficción que al común de los mortales. Ahora no vamos a fingir que tenemos la piel tan fina —apostilló dirigiéndose a Elda—. Tú, como todos los que vivimos aquí, sabemos que la mayoría de las leyendas tienen más de realidad que de mito. Eso se ve solo con mirarnos o convivir con cualquiera de nosotros.

»¿Ves la cicatriz? —dijo volviéndose hacia mí, al tiempo que pasaba los dedos por ella—. Me rodea el cuello, como si me hubiesen ahorcado, pero eso no ha sucedido, al menos no en esta vida. Nací con ella. Debería haber desaparecido poco a poco. Eso habría sido lo normal, pero no fue así. Hace unos años me sometí a una operación de estética. Al principio fue un éxito y la cicatriz quedó eliminada durante un tiempo, pero pasado un año volvió a aparecer. Al no encontrar una explicación a lo sucedido, los cirujanos me dijeron que mi piel tenía memoria y que, probablemente, eso había hecho que la cicatriz volviese a salir. ¡Y se llaman hombres de ciencia! Sus conocimientos, dicen, se asientan en la racionalidad —exclamó en tono irónico—. ¡Cómo no voy a creer en la existencia del vampiro que buscan los Fischer! Tengo motivos sobrados para hacerlo. Motivos de peso como mi cicatriz, tus pétalos de rosa, la sensibilidad extrasensorial de Ecles, el oído de Elda... —Hizo una pausa y la miró. Ella le sonrió—. Somos diferentes, excepcionales, distintos al común de los mortales con los que compartimos tiempo y vida, y ese vampiro, si existe, también lo es. Es uno de nosotros, estoy seguro. Por eso quiero encontrarle antes de que lo haga Farid. Claudia nos protegió, nos acogió en este edificio y nos enseñó a aceptarnos como somos, a respetarnos, que nos respeten y a ayudarnos. Somos un clan, el clan de los disidentes de la realidad. Del que tú también formas parte, Diana, quieras o no.

»No sé cómo os encontrasteis, si fue por casualidad o si él andaba tras de ti. Cuando te vi en la tienda con él, disimulé. Tú aún no me conocías, no me habías visto en el edificio, pero yo a ti sí. Desmond, Elda y Ecles ya me habían hablado de ti. Pensaba presentarme, pero te adelantaste y regresaste a la tienda al día siguiente, contraviniendo las indicaciones de Farid. No me quedó otra que seguir las directrices de mi jefe: el cuadro no existe. Esa es su máxima prioridad, mantener el original y sus investigaciones en secreto. Pero ten por seguro que no estoy de su parte, no comparto su proceder ni sus propósitos, créeme.

—Me estás pidiendo un acto de fe —le dije.

—No, te estoy pidiendo una oportunidad para demostrarte que puedes confiar en mí. Los dos sabemos que nada es lo que parece, del mismo modo que nada sucede por casualidad. Podemos trabajar juntos para encontrar al vampiro. Podemos llegar a él antes que Farid y avisarle, protegerle de los Fischer. Si sigues trabajando para Farid, tendrás información privilegiada y juntos nos será más fácil dar con el vampiro.

—No voy a hacerlo —repliqué tajante.

—Como quieras —me respondió—, pero te equivocas. Debemos ayudarnos entre nosotros. ¿No te das cuenta de que somos diferentes, que no encajamos en esta realidad, que nuestros dones nos alejan del común de los mortales?

—No voy a seguir investigando sobre el vampiro y mucho menos voy a dar ningún tipo de información a los Fischer o a ti. Ni a nadie —remarqué—. Deberías olvidarte de todo y buscarte otro trabajo. Si Farid llega a averiguar algún día cómo eres en realidad, te momificará y te guardará en su sótano con el resto de momias y esa ingente cantidad de objetos con alma. En serio, Ígor, creo que has subestimado a tu jefe, que estás viviendo bajo el mismo techo que tu enemigo.

—¿Y por qué no dejamos ya el tema? —nos pidió Elda—. Está claro que ninguno de los dos lleva mala intención, pero no me gusta este ambiente tan tenso. No entiendo lo que sucede, realmente no lo entiendo. Al final voy a tener que dar la razón a Ecles: el anticuario y su obsesión van a conseguir que terminemos cada uno por un lado. Eso sería terrible. Al menos para mí.

—¡Lo siento! —exclamó Ígor.

—Muchas veces, infinitas, deseo ser normal. Llevar una vida rutinaria y común —continuó Elda mientras servía más vino en las copas—, sin altibajos, sin oír todas las conversaciones del bloque, de la gente que está a muchos metros de mí en la calle o en el metro, sin tener que llevar tapones para los oídos en los bolsillos del mono de trabajo, pero no puedo hacerlo. Muchos días, la mayoría, consigo convertir el ruido en un murmullo ininteligible, pero otros no lo logro. Me ha costado más de lo que podáis imaginar adaptarme al sonido de la ciudad, que para mí es atronador. Hubiera sido más fácil vivir en una aldea en pleno campo, pero allí tendría un inconveniente más doloroso que el ruido, que los cientos de sonidos que cada minuto atraviesan mis tímpanos: la soledad. La misma soledad que hemos sentido todos antes de llegar a este edificio.

»Cada uno de nosotros posee una cualidad extraordinaria que lo ata a este lugar, que lo separa del resto de personas con las que compartimos vida y tiempo. En algún momento a todos nos pesa esa diferencia, que incluso puede ponernos en peligro si no tenemos precaución. Pero eso no debe separarnos, sino unirnos. Me gustaría que fuésemos como el común de los mortales. Seríamos más ignorantes, aunque también más felices. Pero no lo somos. Somos distintos, pero podemos intentar ser como ellos, aprovechar los minutos en que nuestras diferencias se olvidan y sentirnos parte del todo, igual a los demás. ¿Por qué no lo intentamos? Yo lo hago diariamente. ¿Os importaría ayudarme a conseguirlo, aunque solo sea a ratos? Al menos lo que nos queda de noche —concluyó levantando su copa de vino.

No hubo réplica a sus palabras, solo el aplauso de Ecles, que estaba tras el murete de ladrillo que separaba las terrazas, escuchando.

—Por eso te quiero tanto, Elda —le dijo—. Eres pequeñita…, «recogida» —puntualizó guiñando un ojo—, pero infinitamente grande por dentro. Y ya sabes, a mí me gustan las cosas grandes, como el zorro volador filipino. Grandes y diferentes al resto.

—Amaya también es «recogidita», ¿es por eso que te gusta tanto? —le preguntó ella, acercándole una copa con vino…

Y la noche se fue yendo poco a poco…

Capítulo 19

Elda tenía razón: éramos unos mentecatos, pensé cuando se marcharon. Nuestras diferencias, nuestras peculiaridades, nos estaban separando en vez de unirnos. Por unos momentos, mientras Ígor y yo discutíamos, ambos dejamos de formar parte de aquel reducto protector, de aquel lugar que era nuestro refugio. Allí podíamos compartir los sucesos extraordinarios que formaban parte de nuestro día a día sin que ello nos supusiera un problema, porque todos éramos seres extraños e inusuales, pensé. En aquel edificio todo lo insólito tenía cabida, desde mis lágrimas que se convertían en pétalos de rosa hasta la extraña aparición de *Senatón* y su comportamiento, tan humano en ocasiones comprometidas y rodeadas de sucesos, hechos u objetos nada ordinarios. Todo formaba parte de aquella realidad tan poco común. Cualquier suceso podía darse sin que ninguno de nosotros se sintiera incómodo, sin que lo rechazase o lo analizase como algo que temer u obviar. Ígor estaba en lo cierto: éramos un clan y debíamos comportarnos como parte de él. Teníamos que sobrellevar nuestra condición, nuestras peculiaridades, y aceptarlas sin que ello nos supusiera un quebranto. Caminar por los dos senderos, el de la realidad convencional y el de la magia, sin trastabillar, sin ponernos a nosotros mismos una zancadilla que nos haría caer en medio de las dos veredas y nos inmovilizaría.

La reprimenda de Elda me hizo plantearme la mayoría de mis actos en los últimos días, incluso la desconfianza que sentía hacia todos ellos. Tal vez estaba equivocada en mis disquisiciones, quizás había confundido al adversario, su nombre y sus apellidos. Quizás ellos, mis amigos, estaban en la misma situación que yo o en una parecida, pensé. Quizás había tergiversado la información de que disponía y eso había propiciado que juzgase su actitud bajo un prisma equivocado. Sentí que los había observado bajo la lente de un microscopio. Eran ellos, pero, a pesar de ver hasta la última de sus células, la imagen no se correspondía con la realidad que acababa de vivir esa noche, después de la cena, porque todos nosotros, a fin de cuentas, éramos disidentes de la realidad convencional. Pequeñas y microscópicas células que formaban parte de un todo, un todo que no se podía apreciar analizando sus componentes sino en su conjunto. Ahí residía el secreto, en la forma de ver lo que sucedía, en su contexto y en las circunstancias de cada uno de nosotros, pensé.

En varias ocasiones, mientras cada uno relataba alguna que otra anécdota relacionada con las peculiaridades que nos hacían diferentes al resto de personas, recordé a Endora. Quise hablarles de ella y del evangelio, pero no pude. Cuando lo intentaba, el tiempo parecía detenerse, hacer una pausa. El vacío tomaba la terraza y el cielo se oscurecía aún más de lo que ya estaba. Era como si algo invisible se llevase nuestras voces y nuestros movimientos, incluso la brisa se detenía. Cuando la conversación se reanudaba, lo hacía justo en el instante en que yo iba a mencionar a Endora. Todo aparentaba ser un eterno *déjà vu* que se repetía sin cesar, como si nuestro encuentro formase parte de una cinta de película de ocho milímetros que se atascaba una y otra vez y alguien paraba y volvía a enrollar en las bobinas. Fue tan extraña la sensación, tan similar a aquellos pases de películas de arte y ensayo en blanco y negro, que me dio la impresión de que si seguía intentándolo, si me empeñaba en hablar de Endora, la cinta terminaría rompiéndose y nosotros con ella.

«Solo podrás hablar de ello con los nuestros, porque solo ellos te entenderán...», me había dicho Endora, y así sucedió aquella noche.

Aquel silencio, la regla máxima de la Wicca celta, se me había impuesto. Pero si Ecles, Elda e Ígor eran como yo, ¿por qué no podía hablarles de Endora?, me pregunté. Evidentemente, ellos tenían algunas capacidades extrasensoriales, pero no eran como yo, no procedían del mismo lugar, de la misma realidad, pensé.

Tardé en acostarme. Me senté en la terraza con un gin-tonic y *Senatón* sobre mi regazo, y sujetando el cuadro que Desmond había dejado sobre la vela de mi ala delta, volví a leer su frase: «Nos veremos pronto, escocesa. Y, entonces, no te quedará otra que volar conmigo. ¡Me lo prometiste!».

Tras leer de nuevo sus palabras supe que siempre le esperaría, que estaría ahí para él. Le esperaría aquella noche y las que hiciesen falta, me dije abrazando el cuadro. Lo haría porque hacía tiempo que Desmond ocupaba mi corazón y mis pensamientos y, aunque quisiera, no podía evitarlo; no podía dejar de sentir lo que sentía por él.

Me acosté con la tranquilidad que me dio saber que, aparte de mí, nadie podía ver los rasgos de Desmond en el retrato que poseía Farid. Desmond estaba a salvo de las garras de los Fischer y aquello era lo único que me importaba, lo que en realidad había sido prioritario para aceptar el *pendrive* y el sobre con el dinero. Farid jamás llegaría a mi libro ni a Desmond, me dije, y si algún día lo conseguía, no sería con mi ayuda.

Mientras recogía sentí los pasos de Alán, el olor de su colonia y el ruido que producía el cepillo cada mañana cuando frotaba sus deportivas antes de salir. Y lo vi, lo vi agachado en la entrada de la casa, intentando desprender el polvo rojo de ladrillo de sus deportivas. Levantó la cabeza un instante y me sonrió. Había algo diferente en su mirada, algo inusual. Tenía los ojos tristes, pensé. Intuí que me presentía en la distancia y supe que, en aquel momento, donde residiera, con Azucena o en cualquier otro sitio, estaba limpiando sus deportivas y, al hacerlo, pensaba en mí.

Debía cerrar aquella puerta, que aún permanecía entreabierta, me dije mientras veía cómo se desvanecía su figura. Entre Alán y yo no había lugar para puntos suspensivos, ni siquiera para una mísera coma perdida en un párrafo inconcluso. Nuestra historia ya había sido escrita, pero aún no le habíamos puesto el punto final y, de seguir así, en aquella pausa, volveríamos a estar juntos una y otra vez, sumergidos en una relación envolvente, desatinada y tóxica para los dos.

***

Me desperté como si ese día perteneciese a otro tiempo, a un mañana diferente en el que las prioridades habían cambiado durante el profundo y reparador sueño. Por primera vez en mucho tiempo me sentí protegida en aquel edificio, segura y feliz. Ya no me importaba el transcurrir del tiempo, ya no me acuciaba la necesidad de averiguar quién era y por qué me habían abandonado como a un perrillo recién parido en la puerta del hospicio. Las palabras de Elda habían marcado un punto y aparte en mi vida, en mi actitud y mis objetivos. Quería vivir, simplemente vivir. Lo intranscendente, lo tóxico que entorpecía mis pasos, que emponzoñaba mis pensamientos y truncaba mi alegría, lo convertiría en un murmullo, como hacía Elda con el ruido de la ciudad, me dije.

Sonreí al recordarla, tan chiquita, con aquellos ojos de un gris tan turbio como hermoso, llenos de vida y horizontes por descubrir. Con aquel tenue olor a pintura fresca en su piel, enamorada hasta las trancas de Ígor e incapaz de mostrar ante él lo que sentía. Tan pequeña y grande al tiempo, tan delicada, sutil y, curiosamente, directa y segura de sí misma. ¡Cómo la había menospreciado! Del pequeño vencejo recién caído del nido, indefenso y tocado por un pasado inmerecido que me pareció cuando la conocí, se había convertido de repente, ante mis ojos, en un águila real. Surcaba el cielo majestuosa, tomando las corrientes de aire mientras nosotros ni tan siquiera habíamos comenzado a batir las alas para emprender el primer vuelo. A pesar de su oscuro pasado, de su soledad, de su aislamiento, de aquel sufrimiento impuesto por un maldito demente, Elda, aquella mujer menuda de ojos grises y pelo largo recogido en una trenza, sencilla y pizpireta, era capaz de volar. Era libre, y lo era porque conseguía que sus pasos obedecieran sus deseos; porque antes de llegar, imaginaba que ya había llegado.

Me preparé el desayuno y salí a la terraza. Después, tras unos minutos en los que dejé que los rayos del sol me acariciasen la piel y que mis pensamientos volaran sobre los tejados, sin prisa, sin aquella ansiedad abstracta que me había acompañado demasiado tiempo, ordené la casa. Coloqué en una bolsa el *pendrive* de Farid junto al sobre con el dinero que pensaba devolverle al anticuario lo antes posible. Había decidido no seguir con la investigación. No le pasaría ningún dato, ninguna conclusión sobre la lectura de sus documentos, y menos aún trabajaría para él.

En aquel momento, después de atar los cabos sueltos, era plenamente consciente de que Alán había sido decisivo para que mi destino se cumpliese. Sin él no habría llegado al ático de Antonio ni habría regresado la segunda vez. Sin él, sin Alán, nada de aquello habría sucedido, pensé sujetando entre los dedos el pentagrama que él le compró a Claudia para mí, o más bien que Claudia le dio sabiendo que era para mí, me rectifiqué. Debía poner aquel punto y final, debía hacerlo por él y por mí, con más motivo después de que volviésemos a hacer el amor, porque, a pesar de todo, ambos nos queríamos, seguíamos queriéndonos aunque ya no estuviésemos enamorados. Aquello hacía que nuestros encuentros se convirtiesen en un juego peligroso para ambos. Cogí el teléfono y le puse un *whatsapp* pidiéndole que me dijese en qué momento le venía bien que nos viésemos. Me respondió casi al instante:

Qué curioso, termino de pensar en ti... ¿Estás bien? Mejor te llamo, ¿vale?

Yo también me apresuré a contestar:

No, ahora no puedo hablar. ¡No me llames! Solo dime cuándo podemos vernos.

Hizo caso omiso a mis palabras y me telefoneó, pero yo no atendí la llamada. A los pocos minutos el Whatsapp volvió a sonar:

¿Almorzamos hoy? Te invito.

Ok. Dime dónde.

En Lamucca de Prado. Si quieres paso a recogerte.

No, no, mejor nos vemos allí a las 13.30, ¿te parece?

¡Hecho!

Gran parte de los muebles que había en el ático, por no decir todos, eran de él. Yo solo había comprado la vajilla y la ropa de baño y cama. Aparte del mobiliario, aún quedaban fotografías suyas, una colección de revistas antiguas sobre las Harley y maquetas de varios modelos, algunos discos y libros de historia, amén de dos carpetas de fuelle repletas de documentación. Desplegué tres de las cajas de cartón que habían sobrevivido al desembalaje de la mudanza anterior y comencé a introducir en ellas sus cosas, sin poder evitar revivir encuentros.

Me gustaba la decoración del ático, pensé mirando los muebles del salón, aunque tampoco me importaba mucho volver a tenerlo tan desangelado aunque lleno de sentimientos como la primera vez que me instalé allí, sola. Incluso me emocioné al recordar aquel colchón de lana vieja, vareada. El sofá de escay verde botella del salón, la lamparita que reposaba en el suelo, al lado de la cama, cuya tulipa tenía forma de luna y que Ecles había confeccionado para mí con el metal sobrante de los artilugios que conseguía en la calle y, sobre todo, el dibujo de una vela roja, como la de mi ala delta, que Desmond había pintado en la pared del cabecero. Probablemente tendría que devolverle a Alán todos los muebles, pero, en cierto modo, me entusiasmaba imaginar a Ecles, Elda y Desmond ayudándome a amueblarlo de nuevo, como habían hecho tiempo atrás.

Precinté las tres cajas e identifiqué el contenido en uno de los laterales. Después me di una ducha y me preparé para acudir a la cita con Alán. Antes de marcharme me acerqué a *Senatón*, lo saqué de la gaveta y volví a mirar los laterales del cajón. El grabado con el nombre de Endora ya no estaba sin pulir. Era como si, poco a poco, se hubiese integrado en la madera, junto a los demás, como si llevase en ella el mismo tiempo que el resto de símbolos pictos. Lo miré y dije en voz alta:

—Endora, voy a recuperar mi libro, pero no acataré tus órdenes. Es mío, Endora, siempre lo fue. Ya no soy una bruja torpe y sin escoba. Soy Aradia, hija de Diana y última descendiente de la diosa lunar. Tú misma lo dijiste. ¡No necesito tu protección! —exclamé desafiante, como si ella pudiese oírme.

Puse la mano sobre el cajón, cerré los ojos unos segundos y pedí con todas mis fuerzas que el nombre desapareciese de la madera. Cuando los abrí, mi deseo se había cumplido. Sonreí segura de mí misma y de la decisión que había tomado, y devolví a *Senatón* a la gaveta. Al dejarlo le pedí que protegiese la casa en mi ausencia. Él, como si hubiese entendido mi mandato, lanzó un maullido largo y volvió a acurrucarse dentro del cajón.

Capítulo 20

Alán conocía mis gustos gastronómicos, sabía qué tipo de restaurantes me gustaban, y el Lamucca de Prado, donde habíamos ido varias veces a cenar, era uno de mis preferidos. Me encantaban sus paredes de ladrillo visto, sus grandes ventanales y aquella decoración que mezclaba el pasado y el presente a la perfección, que impregnaba el local de una energía especial y acogedora. Pero, sobre todo, era su cocina lo que más me entusiasmaba. Era evidente que mi ex quería agradarme, que me sintiese bien, por eso había elegido aquel restaurante para almorzar conmigo.

Alán jamás se daba por vencido. Todo, cualquier cosa, suponía un reto, y los retos le enloquecían. Alcanzar las metas, superarse en todos los aspectos y ese afán por ir a más, por no tirar la toalla, por caminar siempre hacia delante, fue lo que me conquistó. Era atractivo, vitalista, luchador y un donjuán nato con una voz rota que me desgarró el corazón la primera vez que le oí cantar a pie de acera, después de nuestra primera cita.

Tenía la certeza de que lo que había entre Azucena y él no había sido una casualidad ni algo que surgió de forma espontánea o por la cercanía que el trabajo de ambos propiciaba. Ella le estudió con detenimiento hasta suscitar en él una pasión irrefrenable que no pudo controlar, porque Alán, como muchos hombres, no sabía decir que no cuando una mujer se le insinuaba, pensé mientras esperaba en la entrada del restaurante. Aquello no era una excusa, al contrario, me dolía aún más que su engaño. Que no hubiese sopesado lo que sentía por mí o lo que yo significaba para él y se hubiese dejado llevar solo por el deseo carnal, por el morbo que siempre lleva implícito lo prohibido, tan pasional como efímero, me hacía aún más daño. Su comportamiento rebajaba nuestra relación, lo que yo significaba para él.

Al llegar puso la mano a la altura de mi hombro, sin apoyarla demasiado, se acercó y me dio un único beso en la mejilla. Fue un beso cálido que apenas me rozó la piel. Después me cogió la mano y me miró los dedos.

—Los tienes muy bien —dijo estirándolos con cuidado—. ¿Cómo estás? —me preguntó.

—Bien, ¿y tú? —respondí.

—Hasta arriba de trabajo, como siempre, ya sabes..., pero contento.

Abrió la puerta del restaurante y se apartó para cederme el paso. Esperamos apenas unos segundos a que nos diesen mesa.

—Estás preciosa —me dijo mientras tanto.

Le sonreí y busqué en él al hombre del que me había enamorado, pero ya no era el mismo. Yo tampoco. «Cómo cambian las cosas, las personas e incluso los lugares dependiendo de las circunstancias de cada momento —me dije—. Es como atravesar un camino durante el día y recorrerlo después en la noche; no parece el mismo y, en cierto modo, no lo es».

—Tenemos que ponernos de acuerdo para ver qué hacemos con los muebles. He embalado tus cosas, lo que aún quedaba en el ático. Puedes pasar a por ello cuando quieras o te venga bien. Si lo prefieres, te las mando o te las llevas junto con los muebles —le expliqué.

—Llevo pensando en lo nuestro desde anteanoche —me dijo y calló unos segundos hasta que ya estuvimos sentados y el camarero tomó nota de las bebidas, nos dejó la carta y se marchó—. Sé que no me he portado bien contigo, que no tengo perdón, pero te echo en falta. He sido un estúpido y un inconsciente.

Estiró la mano y tomó las mías, pero yo las retiré.

—No he venido a hablar de tu desliz, por calificarlo de la forma más benévola que se me ocurre. Es una pena que tenga que recordarte que hasta pretendiste que me fuese del ático. Tuviste la poca vergüenza de proponerme que lo dejase para que tú y tu ligue os instalaseis allí, porque a ella le encantaba la que era nuestra casa, donde aún estaba viviendo yo. ¿Qué pasa, Alán? ¿Tu Azucena ya no es tan explosiva? ¿O es que te queda grande? Dime, ¿es dos tallas más que la tuya y no te diste cuenta? —le pregunté irónica, dejando escapar la rabia que aún sentía.

—No es necesario que te pongas así —dijo bajito, como si mis palabras, en cierto modo, le hubiesen acobardado, aunque no avergonzado, que habría sido lo normal: que se hubiese sentido abochornado por su mentira y por el trato que me dio.

—Entonces ¿por qué dices que me echas de menos, si hace apenas unos días estabas dispuesto a desahuciarme? ¿O es que esa mujer que escupía margaritas de colores chillones por la boca en cuanto la abría ahora solo suelta cardos?

—Todos cometemos errores —dijo sin retirar la vista de la carta, ocultando su mirada tras ella.

—Ya. Pobre Azucena, ¡mira que calificarla de error! Aunque de pobre no tiene nada, la verdad. Estoy segura de que si se enterase de lo que terminas de decir te cruzaría la cara con sus uñas de gel, como en la canción de C. Tangana, *Mala mujer*.

—Quiero seguir viéndote —dijo, omitiendo mi comentario—. ¡Júrame que no me quieres! —exclamó mirándome con aire desafiante.

—Eres idiota —le respondí seca y tajante—. No cambiarás nunca.

No me contestó, porque el camarero llegó a tomar nota de la comanda.

El resto del almuerzo transcurrió tranquilo. Le expuse que quería quedarme en el ático, que ya había concretado con Antonio el nuevo contrato de alquiler y que abriría de nuevo El desván de Aradia. Se sorprendió y manifestó su alegría, pero sus ojos dejaron escapar un brillo de añoranza y arrepentimiento, aunque este último fue momentáneo, efímero. Me propuso dejar los muebles en el ático hasta que encontrase piso. En aquellos momentos vivía con Azucena en un pequeño apartamento en el barrio de Malasaña.

—Ella quiere que siga allí, pero prefiero vivir solo. Estos días me he dado cuenta de que sus gustos y sus costumbres no tienen nada que ver conmigo. Somos muy diferentes y eso nos está distanciando. La convivencia se está comiendo la pasión. Luego está el problema del trabajo. Nos vemos todos los días y casi a todas horas. A veces es insoportable.

—Claro, nene —le dije en tono irónico—, es que la convivencia no tiene nada que ver con correrse una juerga y menos aún con el sexo. Y, lo más importante, Azucena ha dejado de ser un fruto prohibido, parece mentira que no lo sepas. Te creía más listo, con más experiencia, porque estoy segura de que no es la primera vez que vives esta situación.

—Si por mí fuese, volvería contigo ahora mismo —dijo mirándome fijamente a los ojos.

—Quiero que te lleves los muebles lo antes posible. Si no lo haces, parte de ti seguirá allí, y no quiero que eso suceda, prefiero sentarme en el suelo que en tu sofá.

—Cómo tú digas, pero ten presente que siempre…

—Sí, sí, lo sé —lo interrumpí—, estarás a la vuelta de la esquina.

Salimos del restaurante en silencio. Ya en la calle se despidió dejando un beso triste y comedido en mi mejilla. Me di cuenta de que reprimía el deseo de abrazarme, el mismo que yo también sentí y cohibí.

—Imagino que ahora volverás a volar —dijo.

—Sí, creo que sí —le respondí.

—Me alegro por ti. Nunca debería haberte quitado la idea de hacerlo, pero ten siempre presente que lo hice porque sentía pánico a que te sucediese algo. Soñé varias veces que sufrías un accidente durante un vuelo. Nunca quise decírtelo para que no tuvieses aprensión.

»Te llamaré cuando tenga un guardamuebles y vea qué empresa de mudanzas me sale más rentable…

Se ofreció a llevarme en coche, pero, aunque La Biblioteca Nacional quedaba lejos, preferí ir a pie. Recorrí Recoletos en compañía de los mejores recuerdos de nuestra relación. Caminé junto a un acorde de guitarra, la letra de una canción, la imagen de una rosa sobre la almohada, su sonrisa al despertar y aquel saberme en su piel que aún me hacía daño, que casi me hizo llorar porque, quisiera o no, Alán siempre formaría parte de mí.

***

No sé cuánto tiempo estuve caminando. Me detuve cuando vi las casetas de madera gris. Estaba en la Cuesta de Moyano. Era evidente que había caminado en dirección contraria. En vez de subir por el Paseo del Prado hacia Recoletos debí de bajar, pensé. Aún confusa, sin entender a qué se había debido mi despiste, decidí aprovechar para dar un vistazo a los libros que se vendían en las casetas.

Aquella calle, tan cercana a la estación de Atocha, al museo del Prado, el Reina Sofía y el Thyssen-Bornemisza, me fascinaba. No era la primera vez que la recorría en busca de alguna joya hecha de tinta y papel. Para mí era un reducto de cultura, el fortín de los libreros que, tras muchos conflictos, habían conseguido mantener viva aquella vieja tradición dentro de una ciudad que amenazaba, como toda metrópoli, con tragarse lo que no fuese tecnología; cualquier cosa que tuviese alma, pensé recordando las palabras de Ecles cuando hablaba de los objetos. En aquellas casetas, cada libro antiguo o de segunda mano tenía vida, su propia vida y su historia personal, única e irrepetible. Todas ellas luchaban por ser descubiertas y sacadas a la luz. En muchos de esos libros, entre sus páginas prietas unas contra otras, abrazadas entre sí como siameses que se niegan a ser separados, se podían encontrar retazos de sus anteriores propietarios; nombres, dedicatorias, flores secas, fotografías, mensajes encriptados, anotaciones manuscritas en los márgenes, declaraciones de amor e, incluso, algún billete antiguo.

En una de las casetas un hombre mayor de aspecto decimonónico, abstraído en su trabajo, clasificaba los libros que había apilados dentro de una caja de cartón. Los sacaba uno a uno, los abría, leía las primeras hojas y después apuntaba en un cuadernillo de cubiertas grises y desgastadas los datos que aparecían en la página de derechos. Tenía una caligrafía redonda y cuidada que me recordó el tipo de letra de los cuadernillos que antiguamente se utilizaban en los colegios para los niños de primaria. Una vez que había tomado los datos, lo cerraba y pasaba un trapo de algodón blanco por las cubiertas. Después los dejaba sobre una pequeña mesa plegable que tenía junto a la caja. Aunque yo estaba cerca de él, tanto que podía leer sin dificultad sus anotaciones, era tal su concentración que no dio muestra alguna de haberse percatado de mi presencia. Lo observé durante unos minutos, absorta en cada uno de sus movimientos, tan mecánicos como delicados.

Me sacó de mi ensimismamiento un sonido tenue semejante a un crujido seco y prolongado, un crepitar que se asemejaba a una queja ahogada. Dejé de prestar atención al librero, levanté la cabeza buscando el origen de ese ruido y descubrí que provenía de los libros que había expuestos al fondo de la caseta, en los estantes. Abandoné mi posición y me acerqué más. Al aproximarme vi que los libros giraban poco a poco, casi a cámara lenta, hasta que el lomo quedaba oculto a la vista. En unos minutos, ante mi asombro, todos los ejemplares quedaron expuestos del revés, con el lomo oculto, mostrando el corte de las hojas. Al contemplar la inusual disposición que habían adoptado los libros recordé la biblioteca del Real Monasterio de El Escorial, en cuyos anaqueles no había ni un solo volumen que mostrara el lomo, ocultando así su contenido a los visitantes.

A pesar del calor seco que hacía sentí que la humedad me impregnaba la ropa. El olor a musgo se fue acentuando y la calle y sus viandantes adquirieron poco a poco una tonalidad gris apagada, semejante a la de las fotografías antiguas en blanco y negro. Los colores se iban yendo poco a poco. Sin embargo, los árboles que estaban tras la verja, que pertenecía al Jardín Botánico, mantenían su verdor. Me volví buscándolo. Sabía que Salomón estaba cerca, que todo aquello era debido a su presencia. Los libros, me dije, se ocultaban de él. Le temían. Vi su sombra recorriendo la cuesta y advertí que se detenía en cada caseta para examinar detenidamente los ejemplares expuestos, sin llegar a tocarlos. A su paso parecía tragarse el color; como si fuese una nube solitaria y oscura que se había separado de una tormenta y, al colocarse sobre cada puesto, lo deslucía todo. Cuando su silueta negra se desplazaba a la caseta siguiente, la anterior recobraba el color y los libros volvían a su posición normal, con el lomo a la vista de los viandantes.

No me moví. Lo contemplé muy quieta, casi conteniendo la respiración. No quería que me viese, que supiera que estaba allí, porque noté que aún no había sentido mi presencia y quería que así siguiera siendo. Cuando al fin desapareció cuesta arriba respiré aliviada.

—La conocí. Tuve ese inmenso privilegio. Era una mujer extraordinaria y una gran clienta. Llegó a reunir una importante biblioteca sobre ocultismo... Espero que su hijo aún la conserve. Prometió visitarme antes de irse, pero no le dio tiempo. Eso me dijo Desmond, uno de sus inquilinos al que ella quería como a un hijo —comentó el librero con emoción, mirando mi pentagrama fijamente.

—¿Perdón? —le dije sorprendida.

—Me refiero a la dueña de la tienda El desván de Aradia. Claudia —explicó, al tiempo que señalaba mi pentagrama—. Sus piedras eran únicas, podría distinguirlas entre miles. Era una gran clienta y, ante todo, mi amiga. Me enseñó algunos trucos para localizar a los entes indeseables. A los fantasmas —puntualizó al ver mi expresión de sorpresa—. Sí, así se les suele llamar, pero no todos los son. No todos son almas errantes de seres que murieron. La mayoría son entes que van de una realidad a otra y trastocan las dos. Hay que protegerse de ellos tanto como de algunos vivos. Hace un momento hemos tenido a uno cerca de nosotros —concluyó, señalando calle arriba—. Dios sabrá qué venía buscando. Seguro que nada bueno.

—Me lo regalaron —dije, cogiendo el pentagrama entre los dedos—. Conozco su tienda.

—Está cerrada desde que ella falleció. —Tiró de un cordoncillo de cuero que llevaba en el cuello y me enseñó una bolita blanca que parecía piedra de luna—. Claudia hizo esta para mí. Aleja la oscuridad y todas las vibraciones maléficas, incluidas las de esos entes extraños. Evita que me vean. Claudia decía que la formó con la luz de un rayo de luna... ¡Ella y sus metáforas! —Sonrió, introdujo de nuevo la cuerda de la que colgaba la piedra bajo su camiseta y volvió sobre la caja, de la que sacó otro ejemplar para catalogar. Lo levantó y, al abrirlo, exclamó sorprendido—: ¡Ese ente estuvo a nuestro lado! No lo vimos ni él a nosotros, pero es evidente que tuvo este libro entre sus manos. Se ha llevado todo el texto. Ahora las páginas están en blanco —me explicó hojeándolas a mi lado—. Era un nigromante, solo ellos son capaces de hacer esto. Se tragan el conocimiento. Les basta con tocar un ejemplar para dejarlo seco. Desafortunadamente, no es la primera vez que me sucede esto. Y no crea que solo lo hacen con los libros, también con los DVD, tanto de música como cinematográficos, incluso con las CPU de los ordenadores y los dispositivos electrónicos. No son solo virus los que se llevan la información de un sopapo, a veces son ellos los que se la tragan. Espero que no haya hecho lo mismo con el resto de ejemplares de la caja —dijo preocupado y cogió otro.

Tuve que contenerme para no hacerme con el libro que terminaba de dejar sobre la mesa auxiliar. Era mi libro.

—¿Puedo verlo? —le pregunté.

—¡Por supuesto! Tómelo. Ya no hay mucho que ver en él. Ahora es un puñado de hojas en blanco sin valor, sin alma. Ese ser se lo ha robado —exclamó en tono apesadumbrado.

—Las cubiertas son preciosas. Me lo llevo. Lo utilizaré como diario —le dije sonriendo—. ¿Qué precio tiene?

—No creo que eso sea posible —me respondió.

—¿No está a la venta? —le pregunté sorprendida por su respuesta.

—Sí, claro que lo está, pero no creo que pueda utilizarlo como diario. Ese libro está estigmatizado. Cuando eso sucede, cuando un ente se lleva el conocimiento que hay escrito en sus páginas, estas nunca más podrán ser utilizadas. Lo mismo ocurre con los textos con los que se ha cometido sacrilegio.

—No entiendo —le dije encogiendo los hombros.

—Cuando un texto contiene información especial o está dotado de alguna cualidad extraordinaria y se le arrancan páginas, o parte de su cubierta, incluso la cinta de registro, su contenido desaparece. Sus páginas, como le ha sucedido a ese —lo señaló—, se quedan en blanco. La información que había en él desaparece y el libro se hace impermeable, nadie puede escribir en sus páginas mientras no se subsane la profanación que sufrió. —Hizo una pausa y me miró fijamente—. Pensará que estoy perturbado o que mis facultades mentales no andan bien, pero le aseguro que todo lo que le he dicho es tan cierto como que estamos los dos aquí. Tenga en cuenta que no le estoy hablando de libros comunes. Hablamos de ejemplares únicos cuyo contenido no es apto para todo el mundo.

—Me gustan esos temas, precisamente por eso me paré en su caseta —aseguré con una sonrisa.

—Interesante —dijo, también sonriente—. Y dígame, ¿quién le habló de mí? Porque alguien debió de hacerlo, si ha venido a mi caseta sabiendo que vendo este tipo de ejemplares. No es algo que todo el mundo sepa.

—Soy vecina de Desmond. Él me recomendó que me pasara por aquí.

Me miró de arriba abajo, como si buscase alguna seña de identidad que confirmase mis palabras.

—Estos libros, todos los que hay en la caja y algunos que tengo guardados, son de magia, tratados de ocultismo, nigromancia y adivinación. Son ejemplares extremadamente raros y antiguos —me explicó—. La mayoría son ejemplares únicos, manuscritos de los que no se hicieron copias. Son del género y contenido que Claudia buscaba. En general, los clientes que me preguntan por ellos son brujos o hechiceros, aunque también hay algunos investigadores de fenómenos extraños y gentes que quieren iniciarse en la magia. Imagino que esta última circunstancia es la suya.

—Sí, ha acertado. Voy a reabrir El desván de Aradia.

—¡Eso es una gran noticia! Pero, disculpe mi atrevimiento... —Hizo una pausa—. El desván de Aradia no es un local de magia ni de adivinación. ¿Para qué necesita libros sobre ello?

—Me gustaría saber, al menos, lo que Claudia estudiaba. Algunos de sus trucos.

—Entiendo —dijo nada convencido, y prosiguió con el tema de antes—: Esos volúmenes de los que le hablaba, como el que le interesa a usted, son bastante caros y no suelo venderlos a cualquiera, es un riesgo. Como verá, no hay ninguno expuesto. Solo los saco si alguien me lo solicita, si viene buscando algo fuera de lo usual. Aunque, para serle sincero, no vendo muchos, cada día hay menos gente que decida estudiar estos temas. La magia, me refiero a la auténtica, no a esa que muchos dicen poseer, ha pasado a un segundo plano. Las personas han dejado de creer. —Hizo una pausa y añadió—: Se lo regalo. Está en blanco, nadie lo querrá ya. Pero… dígame qué venía buscando y veré si tengo algún texto sobre ello.

—Hoy solo pretendía dar un vistazo, aún no tengo claro lo que necesito. No abriré la tienda hasta dentro de unos días. Pero sí me llevaré este —dije levantándolo—, aunque no pueda escribir en él. Sus cubiertas me recuerdan al famoso evangelio de las brujas —murmuré de forma inconsciente, sin darme cuenta de que estaba pensando en voz alta.

El librero me miró fijamente y me arrebató el libro de las manos. Tras ello lo hojeó visiblemente nervioso.

—Tengo un ejemplar de ese evangelio —me apresuré a decir, intentando enmendar mi desliz verbal—. Lo compré hace tiempo en la feria de El Retiro. Tiene las tapas muy parecidas —expuse, y lo señalé.

No me miró, sino que siguió hojeando el libro como si esperase encontrar algo en él que no hubiera visto con anterioridad.

—No existe ninguna copia de ese evangelio —dijo en un tono extraño, demasiado seco y distante, y volvió a darme el libro—. El ejemplar que usted compró será una reedición de un texto escrito por el folclorista estadounidense Charles Leland, publicado en 1899. Leland dijo que había recibido parte de la información que hay en su obra de una mujer a la que llamaba Maddalena. El resto de capítulos del libro proceden de los estudios que él mismo realizó sobre el paganismo. Leland jamás tuvo en su poder el evangelio de las brujas ni pudo recurrir a otra fuente, se lo aseguro. Nadie, jamás, ha visto el original e incluso aventuraría que Aradia no llegó a escribirlo, que su existencia es una leyenda.

»Si realmente está interesada en el ocultismo, si se toma en serio este tema, y debería hacerlo, no busque en sitios convencionales. Venga a verme y yo intentaré encontrarle lo que necesita. A excepción del evangelio de las brujas, puede pedirme cualquier texto. Si existe, yo lo encontraré.

Le di las gracias, no sin antes insistir en que aceptase alguna cantidad por el libro, aunque fuese simbólica, pero se negó a coger un céntimo. Solo me pidió que le avisase cuando abriese la tienda. Me despedí de él y me dirigí a la estación de Atocha.

Mientras esperaba la llegada del metro recordé las palabras de Ecles sobre el lugar donde, según me dijo, había dejado mi libro. Yo le había respondido que necesitaba saber el lugar exacto, porque buscarlo en la Biblioteca Nacional era como tratar de encontrar una aguja en un pajar. Él, seguro de sus palabras, me respondió: «Él te encontrará a ti, como siempre ha hecho. Incluso en el caso de que yo no te hubiese dicho dónde lo puse, tarde o temprano habrías llegado a él. Además, no creo que esté en el mismo sitio donde lo dejé».

Y no lo estaba, el libro había abandonado la Biblioteca Nacional, adonde yo me dirigía para intentar recuperarlo después de almorzar con Alán. Se encontraba en una caja de cartón, en una de las casetas de la Cuesta de Moyano a la que llegué sin saber cómo, me dije guardándolo en mi bolso. Ecles no se equivocaba: el libro me había encontrado a mí, pensé.

Capítulo 21

Los acontecimientos se sucedían sin que yo pudiese hacer nada para evitarlos, conduciéndome siempre al mismo lugar, pensé sentada en el vagón del metro que me llevaba de vuelta a casa. Hasta ese día, había creído que, en cierto modo, podía reconducir alguno de ellos y así cambiar o elegir mi destino, en un intento de controlar una vida en la que me sentía cada vez más desubicada, como un juguete a punto de romperse en las manos de un niño consentido y caprichoso.

Tiempo atrás había pensado que averiguar mis orígenes me daría seguridad y haría que, al fin, todo tuviera sentido. Sin embargo, después de lo que había sucedido y la información a la que había tenido acceso a través de Farid, Antonio y Endora, tras recuperar el libro de una forma tan extraordinaria, no tenía la menor duda de que mi destino estaba unido al evangelio de las brujas, escrito por Aradia. Aquel libro de cubiertas rojas y páginas en blanco con el que me encontraron dentro de la gaveta en la puerta del hospicio era mi seña de identidad, mi ADN. Como había dicho Endora, yo era Diana, la última descendiente de Aradia. Estaba unida a aquel libro tanto como él lo estaba a mí. Él me había conducido hasta el edificio de Claudia y, a su vez, a Desmond, pensé acariciando el pentagrama que colgaba de la cadena que llevaba al cuello. Mi pentagrama y el péndulo de Desmond pertenecían a las cubiertas del libro, estaba segura. Ambos, junto al libro, formaban un triangulo, una pirámide. Y en la cúspide estaba el evangelio, dominando el tiempo y el espacio, nuestras vidas, su devenir e incluso nuestros sentimientos, porque ambos, Desmond y yo, llevábamos parte de él con nosotros, parte del material de sus cubiertas.

Llegué al convencimiento de que, hiciera lo que hiciese, siempre regresaría a aquel lugar, junto a Desmond, Ecles, Elda, Ígor y Antonio. Nuestro encuentro sucedería de otra forma, en otras circunstancias, pero era inevitable. Volveríamos a convivir y, de nuevo, los acontecimientos me harían dudar de sus verdaderas intenciones, perdería la confianza en ellos y, del mismo modo, la volvería a recuperar hasta que todos ellos fueran de nuevo una parte importante de mi vida, como lo eran en aquel momento. Incluso Farid, Endora y Salomón seguirían intentando dominar mis pasos, influir en mis decisiones para, por unos motivos u otros y diferentes intenciones, hacerse con el evangelio.

Claudia, que por lo visto era la gran maestra de toda aquella especie de *déjà vu* que me perseguía como una condena, seguiría encandilándome con sus consejos a media voz, oculta bajo la apariencia de una anciana benévola e inofensiva, tras el felpudo que la separaba de la realidad, aquella esterilla desgastada que no podía atravesar porque se había convertido en un ente presa de sus malas decisiones, pensé.

Los acontecimientos unidos a la información de la que disponía en aquellos momentos me hicieron reflexionar sobre Claudia y el lugar que ocupaba en todo lo acontecido. Tanto en la documentación a la que había tenido acceso como en los datos que Endora me dio sobre la profanación del evangelio se afirmaba que el sacrilegio fue cometido para darle la inmortalidad al vampiro. En ese caso, Desmond era la causa y el fin de aquel sacrilegio, y Claudia bien podía ser la bruja que lo inició todo. Al menos tenía un motivo de peso para hacerlo porque, según todos habían manifestado, le quería como a un hijo. Ella había atraído a Alán hasta su tienda y le había dado el pentagrama para mí. Y, a su vez, el pentagrama me llevó a su edificio y, conmigo, al evangelio. La única intención de Claudia era proteger a Desmond, mantenerlo a salvo. Para conseguirlo debía tener controlado el evangelio y, sobre todo, a mí y mis emociones, porque solo yo, la última descendiente de Aradia, podía restablecer las cubiertas y enmendar así el sacrilegio del que había sido objeto el texto. Solo yo podía privar a Desmond de su inmortalidad y regresar el evangelio a la Orden. Ese era mi destino, un designio que no podía evitar cumplir. Un designio que Claudia conocía. Por ello se afanó en conseguir que me enamorase de Desmond, pensé. Aquella era la única manera de evitar que yo siguiese los mandatos de la Orden y, por ende, de Endora. Si mis sentimientos hacia él eran más fuertes que mi sentido del deber, lo más probable es que yo no pudiera privar a Desmond de su inmortalidad.

Cabía la posibilidad de que Claudia se hubiese convertido en disidente al cometer la profanación y transcribir el texto del evangelio. Y allí, en aquel edificio, había creado un reducto para los que eran como ella, me dije. Había formado una nueva Orden, un nuevo clan y, para proteger a Desmond y a sí misma, no le importó que yo fuese un daño colateral, pensé indignada.

Saqué el libro del bolso y, tras hojearlo, me lo apoyé en el pecho. Al hacerlo el pentagrama rozó la cubierta y el extremo inferior de la piedra comenzó a fundirse con el material de la tapa. Tiré con todas mis fuerzas de la cadenita, pero no conseguí evitar que el pentagrama desapareciera de ella. La cubierta se lo tragó por completo. Levanté la cabeza para comprobar si alguno de los pasajeros del vagón se había percatado de lo sucedido, pero nadie pareció haber visto los tirones que le di a la cadena. El tren paró en la estación de Cuatro Caminos y me bajé para hacer trasbordo y tomar la línea 6 en dirección a Argüelles. Me detuve unos segundos en el andén y guardé el libro en mi bolso. Cuando levanté la vista la vi, quieta, como una estatua. Endora me observaba desde el andén contrario. Pensé que se dirigiría a mí, que gritaría mi nombre o me señalaría sin pudor alguno, dando voces. Después de haber borrado su nombre del lateral de mi gaveta esperaba cualquier reacción, pero no se movió. Solo siguió contemplándome fijamente. Supe que intentaba entrar en mis pensamientos, que quería robármelos, saber qué pretendía, qué iba a hacer con el evangelio. La miré desafiante. Ella retiró la vista y comenzó a caminar renqueando hacia la salida. Pensé que nos volveríamos a encontrar durante el recorrido o que estaría esperándome cuando llegase a casa, pero no fue así. Tal vez al borrar su nombre del lateral de la gaveta la había apartado definitivamente de mí, me dije y sonreí esperanzada, aunque no convencida del todo.

***

Retomaría mi vida, al menos lo intentaría, me dije al entrar a casa. *Senatón* me esperaba dentro de la gaveta. Dormía plácidamente, tanto que ni tan siquiera se movió cuando me acerqué a él y le hablé mientras le acariciaba:

—Siento tener que hacer esto —le dije—. Le encargaré a Ecles que te haga un cajón nuevo. Será igualito, incluso le pediré que grabe los mismos símbolos. Ya lo hizo en otro tiempo, no creo que le suponga ningún problema —le expliqué mientras recordaba aquel cajón que él y Desmond me habían hecho tiempo atrás, cuando viví con ellos en el ático por primera vez.

Saqué a *Senatón* de la gaveta para dejarlo sobre el sofá del salón y, como si hubiera entendido mis palabras, comenzó a mullir con sus uñas el cojín del sofá, dio dos vueltas y se tumbó. Le pasé un trapo a la gaveta para retirar el polvo, saqué el libro del bolso y lo introduje en ella. Después guardé el cajón en el fondo del armario y sobre él puse varias camisetas, para que no quedase a la vista si el armario se abría.

Introduje el *pendrive*, el teléfono móvil y el dinero que Farid me entregó en un sobre. Lo enviaría por correo al anticuario junto a una nota indicando que desestimaba su oferta de trabajo.

Había decidido dejar que los acontecimientos se fueran produciendo sin mi intervención. No me importaban las intenciones de Claudia y mucho menos las de Endora, tampoco lo que Salomón hiciese o fuera capaz de hacer para conseguir mi libro. Mi vida, desde aquel día, solo me pertenecía a mí, me dije apoyada en la barandilla de la terraza, mirando hacia la calle. Por primera vez me sentí fuerte y capaz de cualquier cosa. Era Diana, la última descendiente de Aradia, la diosa lunar, me dije. Tomé las llaves de la tienda de Claudia y me dispuse a bajar para comenzar mi nueva vida al frente de El desván de Aradia.

Antes de abrir, acaricié nuevamente la puerta de entrada de la tienda. Al hacerlo, cerré los ojos e imaginé cada uno de los husos que la componían, que le daban vida, que hacían que la entrada de El desván estuviera siempre protegida. Ahora eran mis husos, me dije. Aquellas agujas de madera no solo tendrían que proteger el local, sino también a mí, pensé, y lo deseé con tanta fuerza que casi se lo ordené, tan segura de que mi voluntad se cumpliría que la puerta, sin necesidad de introducir la tija, se abrió. Conservaba su forma rectangular, pero yo podía ver cada uno de los husos, las agujas de madera que la componían. La superficie había dejado de ser lisa y se podía apreciar cada pieza por separado, aunque estaban unidas entre sí como si todas ellas fuesen parte de un puzle. Sonreí y volví a apoyar la mano sobre aquella superficie que, entonces, ya no era áspera, sino lisa y agradable al tacto, casi como si hubiese sido construida y lijada en aquel instante. Al recorrer el local, los cientos de cristales que formaban los móviles que colgaban del techo comenzaron a oscilar ligeramente, como si me diesen la bienvenida. Sonreí y fui hacia el mostrador. Quería volver a hojear el texto de Claudia. Tenía la esperanza de que los caracteres de sus páginas ya no fueran ininteligibles para mí, pero su contenido seguía siendo un misterio. Volví a cerrarlo y lo guardé bajo el mostrador, en la repisa de madera que lo recorría de lado a lado. Allí, cubiertas de polvo, se encontraban una cincuentena de cajas de madera que fui depositando poco a poco sobre la superficie del gran mostrador. Todas ellas estaban repletas de bolas de cristal. Cada caja tenía un color diferente y en ellas había una bobina de hilo de cobre del mismo color que las cuentas que contenía, así como una aguja de enfilar perlas. Con todas abiertas sobre el mostrador, pensé en el trabajo tan arduo que debía realizar Claudia con cada uno de los rosarios que vendía. Tal vez por ello, me dije, aquellos rosarios tenían tanta magia, eran tan especiales. Siempre, todo lo que hacemos, se impregna de nuestra energía, de lo que pensamos al realizarlo, me dije recordando las enseñanzas de Rigel.

Aquellos rosarios y todo lo que había en la tienda de Claudia estaban llenos de su energía. De una energía que, a diferencia de mis conjeturas sobre ella y sus intenciones, me agradaba. Aquello me hizo replantearme mis dudas sobre sus propósitos, pero ya era demasiado tarde para seguir dando tumbos de una hipótesis a otra, pensé. Había decidido actuar siguiendo mi instinto, mi sexto sentido. Pasara lo que pasase, nada ni nadie volvería a conducirme a ningún sitio en el que yo no quisiera estar, en el que las dudas, la inseguridad o el miedo entorpecieran mis pasos.

Capítulo 22

No volví a abrir el libro de Claudia. Lo mantuve bajo el mostrador, dentro de una bolsa de papel que lo protegió del polvo que se levantó mientras acondicionaba el local. Dediqué varios días a organizar todo el material de que disponía sin pararme a pensar en cómo repondría el género cuando este se terminase. Había decidió emprender una nueva vida y ello también suponía, si era necesario, improvisar con todo y para todo; no preocuparme demasiado ni adelantarme a los acontecimientos. Y así transcurrió aquella larga y cálida semana de un mes de agosto que parecía no tener fin, que me acercaba cada día más al equinoccio de otoño. Abrí una página en Facebook con el nombre de *El desván de Aradia*. Hice una plantilla con la fecha de la apertura y la llevé a una copistería para que la reprodujesen. Elda, Ecles, Ígor y Amaya me ayudaron a repartir los pasquines por la ciudad y compartieron la noticia en las redes sociales.

A la inauguración acudieron algunos de mis antiguos compañeros de trabajo y gente con diferentes acentos y nacionalidades a la que no había visto jamás, pero que conocía El desván en la época en que Claudia lo regentaba. Personajes extraños y peculiares, algunos con vestimentas anacrónicas, rasgos tristes y piel de color cetrino, que intentaban entrar y solo llegaban a aproximarse al umbral o al ventanal del escaparate, frenados por el polvo de ladrillo que renové antes de abrir.

Vi a Salomón apoyado en la farola, inmóvil y con gesto desafiante, sin perder detalle de lo que sucedía en la tienda. Una de las veces en las que cruzamos la mirada se quitó el sobrero y me saludó. Tras su gesto tuve la impresión de que, por los motivos que fuesen, el nigromante ya no era capaz de ocultarse de mí.

Endora apareció cuando el sol comenzó a caer. Caminó renqueante por la acera de la floristería sin mirar hacia El desván, recorriéndola de arriba abajo una y otra vez. Pensé que estaba meditando una nueva estrategia para acercarse a mí, porque al borrar su nombre del lateral de la gaveta yo la había apartado de mi vida y de mi destino, le había arrebatado su papel de guardiana de mis pasos, del evangelio y de mi futuro. Pero ella no se rendiría fácilmente, me dije sin dejar de mirarla. Endora, en cierto modo, se parecía demasiado a mí; las dos éramos brujas, y las brujas jamás se rinden. Si en algún momento se detienen es porque necesitan hacer un receso, pensé con cierta intranquilidad.

Alán se enteró de la apertura por las redes sociales. Llegó con una rosa roja que, según me dijo, había de darme suerte, pero que se marchitó en cuanto la dejé sobre el mostrador. Murió como tiempo atrás había muerto nuestra pasión. Él no vio cómo se apagaba la rosa, cómo el color rojo de sus pétalos se convertía en un negro deslavazado, sucio y polvoriento, aunque algunos asistentes miraron con recelo la flor que permanecía sobre el mostrador, como si consideraran que no debería estar allí. Intentó hablar conmigo, pero el bullicio y el gentío que había en la tienda se lo impidieron, de modo que se marchó cabizbajo y abatido. Caminó despacio hacia la salida, sin la vitalidad que siempre lo acompañaba y que, ese día, parecía haber perdido. Levantó la mano antes de cruzar el umbral y, al mirarme, sus labios esbozaron una sonrisa que se me antojó nostálgica. Movió los labios y pronunció sin voz: «Aún te quiero».

En ese momento yo estaba entregando a un cliente un móvil de cristales rojos como los rubíes y lo miré, solo lo miré. Lo hice con los ojos del pasado, ya sin sueños por atrapar y sin ganas. Él sonrió al tiempo que su mirada recorría mis labios. Todo sucedió en un instante impreciso y rápido en el que el bullicio se detuvo y el silencio se impuso en el local, después se dio la vuelta y se marchó.

Abrí la tienda el 23 de agosto, un jueves despejado y caluroso en el que la luna, en su fase creciente y en el signo de capricornio, estuvo iluminada en un 88 por ciento. Salió sobre el cielo de Madrid a las 21.44, casi al mismo tiempo que despedía al último cliente, un joven desgarbado y escuálido de pelo negro y lacio, barbilampiño, de piel blanquecina y rasgos que me recordaron a los personajes de El Greco. Cuando la tienda se vació, se acercó a mí con aire retraído, cabizbajo y sin mirarme a la cara, y me contó que había llegado a Madrid desde Portugal, en una furgoneta verde botella destartalada que parecía a punto de desbaratarse en cualquier momento y que dejó aparcada justo frente a la tienda. Buscaba un rosario para su novia, y necesitaba que las cuentas de la sarta contuvieran sueños y, sobre todo, deseos de vivir, porque solo aquello permitiría que su novia recuperase el alma que aseguraba haber extraviado. Le dije que mirase los rosarios y eligiese el que considerase más apropiado.

Elda y Ecles esperaban fuera y me hacían señas para que aligerase y le despachase rápido. Habíamos quedado en celebrar la inauguración en mi casa. Cenaríamos en la terraza, bajo aquella luna enorme que, según Ecles, nos daría suerte y vitalidad.

Finalmente, al ver que el joven no se decidía, que ni siquiera se atrevía a tocar los rosarios que le había puesto sobre el mostrador, decidí hacerlo yo. Escogí uno de cuentas de cristal amarillo, del color de las flores de Gorse. Le dije que las cuentas habían estado en agua que contenía pétalos de esas flores y que de ellos habían adquirido el color. Le hablé de su poder, de la vitalidad que transmitían las cuentas. Me escuchó sin apartar la vista de mis labios, absorto en mis indicaciones, como si le estuviese recitando una letanía que debía memorizar para después poder repetirla. Cuando terminé y ya me disponía a buscar la cajita del rosario, me pidió una hoja y un bolígrafo para anotar mis palabras. Lo hizo utilizando las mismas grafías que había en el libro de Claudia.

—¿Conoces ese lenguaje? —le pregunté sorprendida, señalando los caracteres.

—Sí, por eso he podido entender todo lo que me has dicho —me respondió.

No comprendí a qué se refería. Yo no había hablado en ningún lenguaje que pudiese identificarse con las grafías, sin embargo, el joven decía haber transcrito mis palabras en un idioma cuya representación gráfica estaba compuesta de caracteres idénticos a los del libro de Claudia. No quise volver sobre el tema porque noté que se encogía sobre sí mismo, temeroso, y volvía a esquivar mi mirada. Tomé una de las cajitas de cartón azul añil donde ponía los rosarios. La abrí y, cuando me dispuse a introducir el suyo, me detuvo.

—Gracias, pero me lo llevo puesto —me dijo al tiempo que se lo colgaba del cuello.

Al hacerlo el brillo retornó a sus ojos negros, de mirada tan profunda como el fondo de un acantilado. Su figura pareció estirarse y abandonó la actitud taciturna que le había acompañado durante las casi dos horas que había estado deambulando por el local hasta que no quedó ni un solo cliente y se dirigió a mí. No cruzamos ni una sola palabra más. Lo vi alejarse mientras cerraba la puerta de la tienda. Capté la música que sonaba dentro de aquella furgoneta venida de tan lejos en busca de un remedio para recuperar un alma extraviada. Un alma como tantas otras que deambulaban por las calles de un Madrid tan bello como inhóspito, tan poblado como solitario. Un Madrid en el que los divergentes pasaban desapercibidos entre el tumulto que recorría las aceras, abarrotaba los cines, los teatros, las terrazas veraniegas, los grandes almacenes…, que congregaba a cientos de personas frente a artistas callejeros, o enfilaba coches en sus avenidas como si fuesen las cuentas de un rosario hecho de caucho, gasolina, aceite y metal. Allí, al pie de sus enormes edificios, entre sus calles, sus avenidas y sus parques, bajo el subsuelo que recorría el metro, aquella noche, viendo cómo se alejaba la furgoneta, tuve la certeza de que mi historia, la historia de una bruja contemporánea, volvía a comenzar. Al sacar la tija de la cerradura acaricié la puerta de El desván de Aradia. De mi Desván, pensé sonriendo, y me reuní con mis amigos, que me esperaban charlando animados ante el portal.

***

Después de la cena estaba agotada, exhausta. Cuando todos se marcharon me tumbé en el sofá del salón sin recoger e intenté dormir a pesar de que cientos de pensamientos, escenas y recuerdos se sucedían uno tras otro llevándome a los lugares, momentos y circunstancias vividas en los últimos días, impidiéndome conciliar el sueño. *Senatón* paseaba por la terraza, olisqueando el suelo como si en vez de un gato fuese un perro que buscara un rastro, y finalmente se subió al sofá para acurrucarse sobre mí. Escuché su constante y rítmico ronroneo durante unos minutos hasta que mi vista, que recorría el salón como si fuese un lugar desconocido, recayó en el cuadro que Desmond me había dejado con aquellas dos frases, la suya y la mía. Estaba en la estantería, junto al cuenco rojo. Me llevé una mano al cuello y acaricié la cadena ya vacía, sin el pentagrama que había pasado a ser parte de las cubiertas del evangelio.

Me levanté y tomé el cuenco, pensando que debería estar con el evangelio, en el mismo lugar. Estaba segura de que el material de ambos objetos era idéntico, al menos eso parecía. Me dirigí al armario, donde había guardado la gaveta con el libro. Deposité el cuenco en el suelo, saqué el libro del cajón y me senté en el piso. Al hacerlo, una esquina del libro rozó el cuenco y produjo un estallido sordo, como una gran explosión. El cuenco se desplazó varios metros y comenzó a girar en el aire como si fuese un giroscopio. Poco a poco la velocidad de sus giros fue aumentando hasta que se convirtió en una especie de nube roja de contornos imprecisos. En pocos segundos tomó la apariencia de una galaxia espiral repleta de estrellas, polvo estelar, gases y tal vez un agujero negro. Me levanté del suelo y me acerqué. La contemplé durante unos minutos hasta comprobar que aquello no se asemejaba a una galaxia: era una verdadera galaxia, me dije al ver las estrellas y los planetas que la componían, el polvo estelar y los sistemas solares que contenía. Ensimismada y sin dar crédito a lo que estaba sucediendo ante mis ojos, me asaltó un recuerdo vago e impreciso de aquella galaxia, como si ya la hubiera visto con anterioridad. Quizás en algún sueño o en alguna foto en internet, pensé fascinada, sin poder retirar la vista de aquel micromundo que al tiempo era inmenso. Estiré la mano llevada por el impulso irrefrenable de tocar alguna de sus estrellas, de aquellas estrellas que a Desmond le habría fascinado contar o ver, como yo lo estaba haciendo en aquel momento. Toqué un extremo con el dedo índice y cuando lo rocé, una luz que pareció provenir de una deflagración cubrió el dormitorio. Cerré los ojos instintivamente. Al volver a abrirlos el suelo estaba cubierto de polvo gris y negro, como si el cuenco y la galaxia en la que se había transformado después de que el evangelio lo rozase hubieran sido demolidos por una gran explosión. Tardé varios minutos en recuperarme de la conmoción. Cuando me despabilé, volví a guardar el libro en la gaveta y esta en el armario.

No sabía por qué se había producido aquel fenómeno extraño y maravilloso, por qué el hecho de que el cuenco y el libro hubiesen entrado en contacto había causado semejante prodigio, ni por qué todo eso desapareció en cuanto lo toqué. La imagen de aquella galaxia espiral permanecía en mis pensamientos y, sin saber cómo, recordé dónde la había visto. Había sido en una de las fotografías que había encontrado en internet y que pertenecía a un dibujo del Manuscrito Voynich, un dibujo que también aparecía en el libro de Claudia. El cuenco, su material, al formar parte de las páginas del libro, reprodujo la imagen de una de ellas, pensé. Tal vez aquella a la que pertenecía.

Camino de la cocina en busca de la escoba para limpiar el suelo del dormitorio oí la música que salía del salón de Desmond. Era una canción de Manuel Carrasco: *Me dijeron de pequeño*. Miré hacia su terraza y lo vi. Cantaba una de las estrofas al tiempo que tamborileaba la barandilla con los dedos siguiendo el ritmo de la música: «No me busques en la Luna ni el espacio infinito, que volando a ras del suelo me encontrarás aquí mismo».

«¿Por qué me gustarán los hombres con alma de cantautor? —me pregunté, escuchándole ensimismada—. Vaya puntería tengo». Dejé la escoba, fui a por el cuadro con las frases que él había dejado sobre la vela del ala delta y salí a la terraza.

—Pensaba que los vampiros no volaban a ras del suelo, sino por encima de los tejados —le dije al hilo de la estrofa que él acababa de cantar.

—¿Y quién le ha dicho a usted tamaña tontería? —preguntó, dándose la vuelta y mirándome fijamente—. Para haber pasado el día de apertura tienes un aspecto estupendo. Estás preciosa a la luz de la luna.

—Te has perdido la inauguración y la cena. Después de semejante desplante, no pienses que voy a volar contigo, y menos a ras del suelo. —Sonreí y le enseñé el cuadro.

—¿Te gusta? —me preguntó.

—Bastante. Es muy original. ¿De dónde has sacado las frases? —pregunté, omitiendo que la letra de la primera era mía.

—Hago colección de sentimientos. Son restos de cuadernos, de diarios o trozos de papel. A Ecles le gustan los cachivaches que la gente desecha y que él convierte en útiles de todo tipo. A mí me apasionan las letras. Te sorprendería la belleza de algunas grafías, lo diferentes que son todas y la de historias que hay en cada una de ellas.

—¿Coleccionas frases? —le dije sorprendida.

—No exactamente. Más bien diría que reúno sentimientos ajenos que sus dueños han tirado. Tengo un colega que recoge el papel de los contendores y, a veces, sobre la acera o en la calzada, encuentra algún cuadernillo, un diario a medio escribir o roto, trozos de hojas, como estos dos. —Señaló el cuadro—. Él los recoge para mí y yo selecciono las frases que más me gustan. Tengo centenares. La gente deja pedazos de su vida en cualquier lugar. Esta me gustó y decidí enmarcarla con la mía para recordarte que aún me debes un vuelo. Imaginé que la habías escrito tú para mí. —Guiñó un ojo—. Soy así de romántico, aunque no lo parezca.

»Te invito a una copa y de paso te muestro el resto de cuadros que tengo, porque veo que no me crees —dijo tendiéndome la mano.

—¿Pretendes que salte la valla? —le pregunté enarcando las cejas.

—¡Claro! Ni te imaginas lo divertido que es no utilizar las puertas —expuso sonriendo divertido.

—Y Ecles, ¿no le despertaremos?

—Aún está con Ígor y Amaya, o al menos eso creo, porque todavía no ha subido. Venga, escocesa —me animó haciendo un gesto con la mano.

Me quité las chanclas y se las di. Al caer me sujetó y, después, tras unos segundos en los que nos miramos en silencio, se ladeó para dejarme pasar hacia el salón.

—Ha sido divertido, pero no creo que lo repita, al menos descalza. ¡Qué dolor de talones! —exclamé frotándolos.

—Es la falta de costumbre. Eso lo solucionamos en un par de noches —aseguró con una sonrisa.

—Estos cuadros también son tuyos, ¿verdad? —le pregunté ya en el salón, aunque lo sabía porque los recordaba a la perfección de aquella primera vez que visité su casa y me regaló uno—. Es como si le hubieses robado los colores al arcoíris —le dije mientras los miraba y, al tiempo, recordaba la conversación que habíamos mantenido en aquel otro tiempo:

—Es precioso. ¿Es tuyo? Quiero decir, si lo has pintado tú —le había preguntado entonces. «Pues claro, escocesa», me había contestado. «Le robo los colores al día, a los soles de los que no puedo disfrutar. Guardo lo que gano con su venta para, con el tiempo, comprarme una vela como la tuya. Tendré que utilizar un equipo especial, como los aviadores de la Segunda Guerra Mundial, tapado hasta las cejas, pero volaré sobre las mismas montañas que has recorrido tú, quizás a tu lado. ¿Querrás enseñarme a volar algún día?».

—De pocos soles puedo disfrutar, o sea que el arcoíris también se escapa de mí —me respondió—, pero voy sobrado de imaginación.

Permanecía a mí lado, siguiendo mis pasos. Yo recorría el salón ensimismada en los óleos que colgaban de las paredes, tan abstraída como la primera vez que los vi.

—¡Son preciosos! ¿Están a la venta?

—Te pasaré la página de la galería virtual donde se exponen. Pero es solo para que puedas verlos, porque tú, si quieres alguno, no tienes más que elegirlo. Dime cuál es el que más te gusta.

Encontré rápidamente el que quería, el mismo que me regaló aquella vez.

—Este —dije señalándolo.

—Un vuelo en ala delta o en avioneta a la una, un vuelo en ala delta o en avioneta a las dos, un vuelo en ala delta o avioneta a las tres. ¡Adjudicado a la señorita pelirroja de ojos color de miel! —exclamó mientras lo descolgaba de la pared para entregármelo.

—Pero qué tonto eres —dije cogiendo el cuadro.

—¡Qué va! Termino de subastar uno de mis cuadros y el precio que ha alcanzado ha sido el mejor de todos. He hecho un gran negocio. Debería dedicarme a las antigüedades, en concreto a la subasta de piezas. Al menos eso dice Ígor, pero me parece que no encajo en el estereotipo de un anticuario, ¿no crees?

No le respondí. No pude porque en ese instante la imagen de Farid se coló en mis pensamientos.

—Dime, ¿qué quieres tomar?

—Un vodka con naranja. Si tienes —puntualicé.

—Creo que sí, voy a preparártelo. Si quieres, mientras tanto puedes darle un vistazo a los cuadros y el material del que te he hablado. Lo tengo todo en mi habitación. —Señaló una de las dos puertas que había en el tabique izquierdo del salón—. La primera es la de mi dormitorio. La otra es la habitación de Ecles. Te espero en la terraza.

El colchón descansaba sobre varios palés que hacían las veces de somier. En el tabique que correspondía al cabecero había colgadas dos alas de madera, talladas a mano. Me subí al colchón y pasé las palmas de las manos por su superficie. Ambas tenían surcos que se asemejaban a las plumas de las aves. Por lo irregular del labrado pensé que habían sido confeccionadas con herramientas rudimentarias. La madera apenas tenía grosor. Mientras deslizaba las manos por la superficie cerré los ojos y al hacerlo me sobrecogió una sensación. Fue como si aquellas alas de madera me hubiesen pertenecido en otro tiempo. Me costó abrir los ojos y retirar las manos de ellas. Cuando al fin lo conseguí, volví a contemplar los cuadros de Desmond. Todos ellos mostraban frases con diferente caligrafía. En el suelo había varias cajas de madera que contenían discos de vinilo organizados por orden alfabético. Al lado de la ventana tenía una mesa vieja de escritorio, de madera de pino a medio decapar, y una butaca tapizada en rojo vino. Los recortes, los diarios y las libretas de las que me había hablado estaban dentro de cajones de madera de formas y tamaños desiguales que parecían haber pertenecido a muebles diferentes. Sobre uno de ellos había un manuscrito de cubiertas de piel marrón desgastadas abierto por la mitad, como si Desmond hubiese estado leyendo el texto y hubiera dejado la lectura a medias. Sobre las páginas había dos hojas que no pertenecían a él. Reconocí las grafías nada más verlas. Eran idénticas a las del Manuscrito Voynich y, por los dibujos, deduje que trataban de astrología.

Sabía que entre las páginas que le faltaban al Manuscrito Voynich estaban las que debían representar a los signos de Acuario y Capricornio. Los mismos que aparecían en aquellas hojas sueltas.

—Son preciosas, ¿verdad? —dijo Desmond detrás de mí.

—¡Qué susto me has dado! —exclamé con un respingo y me volví hacia él.

—Tardabas demasiado —explicó mirando el libro que yo seguía sosteniendo.

—Sí que son bonitas —dije y volví a mirar las páginas—. Parecen muy antiguas.

—Creo que no lo son tanto —respondió él.

—¿Estás seguro?

—En realidad no, solo lo supongo.

—Pues yo creo que sí lo son. Es más, me atrevería a afirmar que las grafías son idénticas a las del Manuscrito Voynich…, uno de los textos más enigmáticos que existen —le expliqué al percibir por su expresión que no entendía a qué me refería—. La primera vez que supe de él fue por mi amiga Samanta. Su historia es apasionante. ¿Dónde las encontraste?

—Dentro del libro, estaban plegadas en su interior. Es uno de los que Claudia tenía en la biblioteca de su casa.

—¿Antonio sabe que te has llevado el libro? ¿Conoce la existencia de estas páginas? —le pregunté, inquieta.

—Sí, claro que sí. ¿No estarás pensando que lo cogí sin permiso? Bueno, no te culpo; es lógico, aún no me conoces lo suficiente. Me presientes, como yo a ti, pero en realidad tienes dudas sobre mí.

—Y ¿qué te dijo Antonio cuando se las enseñaste?

—No les prestó la más mínima atención —dijo encogiéndose de hombros—. Yo creo que pertenecen al libro que Claudia utilizaba en la tienda para sus hechizos. En una ocasión me habló de él y me comentó que era una copia del evangelio de las brujas, al igual que el Voynich.

—Antes de que yo te dijese que me parecían una copia del Voynich tú ya lo sabías —le dije molesta—. ¿Me estás tomando el pelo?

—Solo te he dejado hablar. Me gusta escucharte y, sobre todo, ver el entusiasmo brillar en tus ojos. ¿Te ha dejado Antonio el libro de Claudia? ¿O se lo ha llevado de la tienda? —me preguntó.

—Sigue allí —le respondí mirando con más detenimiento las hojas—. Su contenido es idéntico, incluso afirmaría que es del mismo material y que pertenece a la misma época. Es muy probable que tengas razón y que correspondan al libro.

»Al Voynich le faltan, entre otras, estas páginas, como al texto de Claudia. Sí, es muy probable que los dos sean copias del evangelio de las brujas, tal y como te dijo ella. Es una hipótesis que barajo desde que vi el volumen que estaba en la tienda. Sé que muchos me tomarían por loca, por una ilusa conspiranoica, pero no lo soy.

—Eso lo puedes comprobar… —Hizo una pausa y me miró fijamente—. Si Ecles tiene razón, puedes comprobarlo. Él me dijo que tu libro era el evangelio de las brujas. Tenías que haber visto su expresión cuando lo encontramos en el altillo de tu ático. Cuando lo tuvo en sus manos se demudó. ¿Lo has recuperado?

—Sí, pero no es el evangelio de las brujas. ¡En qué cabeza cabe! No tengo ningún motivo convincente para pensar eso. Mi libro está en blanco.

—Tú y yo sabemos que lo es —afirmó, seguro de lo que decía—. Si ya has recuperado tu evangelio y el libro de Claudia está a tu alcance en El desván, puedes comprobar si sus dibujos y sus caracteres son semejantes. Llévatelas y las cotejas —dijo quitándome el libro de las manos. Dobló las hojas con cuidado, las volvió a introducir en su interior, lo cerró y me lo devolvió—. Es tuyo. Quiero decir que estas hojas y el libro donde están son tuyos; siempre lo han sido, ambas cosas —me dijo en un tono extraño que se me antojó una afirmación, como si sus palabras guardasen un sentido que no acerté a comprender en aquel momento—. No olvides que los secretos, las cosas más importantes, suelen estar a la vista, frente a nosotros. No le des solo importancia a lo que crees que la tiene.

»Vayamos a tomar la copa, el hielo ya debe de haberse derretido.

—Seguro, hace un calor insoportable —le respondí con el libro entre los brazos, emocionada y al mismo tiempo confusa por lo que acababa de revelarme.

—Me gustan los códices, están llenos de enigmas, de códigos secretos. El Voynich es uno de ellos y creo que aún no se ha descifrado su contenido porque está tan a la vista que nadie es capaz de advertirlo, y por consiguiente, descifrarlo. Debe de ser tan sencillo como no buscarlo, como mirarlo sin querer comprenderlo. Puede que ahí resida su secreto. Es difícil contener el deseo de descifrarlo, de dejar de pensar en ello. —Sonrió y chocó su vaso contra el mío—. ¡Por nosotros, escocesa!

»Me alegra haberte hecho un poco feliz. —Señaló con su copa el libro que yo tenía en mi regazo como si fuese un tesoro. Y lo era, me dije sonriéndole. El libro y su compañía, pensé.

Ecles llegó pletórico. Había estado conversando con Amaya, sentados en la acera, como dos adolescentes. Nos comentó que la había invitado a la fiesta del equinoccio y que ella había aceptado. Le dejamos que relatase lo que había sucedido. Una conversación de lo más común para nosotros, pero un auténtico triunfo para él porque, como nos dijo, consiguió no tartamudear ni una sola vez, ni tan siquiera cuando pidió un taxi para la florista.

No regresé a casa por el portal, volví a la valla de la terraza y, de nuevo, la salté bajo la mirada atenta de Desmond. Los saltos de una terraza a otra comenzaban a gustarme. Como había dicho él, era más divertido no usar las puertas, pensé sonriendo.

—Ahora sí que me debes un vuelo —me dijo señalando el libro y los cuadros que estaban sobre la valla y que recogí nada más saltar al otro lado.

—Eso está hecho, vampiro —le respondí sonriente.

—¿Mañana por la noche?

—De acuerdo, pon tú la hora.

—¿Podrás esperarme despierta? No podré recogerte antes de las tres de la madrugada.

—Lo intentaré. Si no te respondo, insiste. Dime, ¿tengo que llevarme el mono de vuelo? —le pregunté sonriendo, ante la mirada incrédula de Ecles, que iba y venía de uno a otro como si nuestra conversación fuese un partido de tenis. Por su expresión pensé que buscaba en nuestros gestos y palabras el motivo de nuestra cita.

Capítulo 23

Al día siguiente, dos horas antes de abrir la tienda, bajé con el libro de Desmond para comprobar si las páginas se correspondían con el texto de Claudia. Los dibujos y tipografía eran idénticos a los del Voynich. Lo había cotejado en el ordenador la noche anterior, minutos después de despedirme de Desmond y Ecles.

El interior del local parecía estar esperando mi llegada porque tuve la impresión de que, al atravesar el umbral, su energía me rodeaba. Fue como si aquel espacio formara parte de otra dimensión, de un reducto mágico en medio de una ciudad que se iba engullendo a sí misma, absorbida por la falta de fe de sus habitantes. «Aquí estoy a salvo —pensé—. A salvo de todo, incluso de mi pasado y mi destino», me dije recordando las palabras de Endora cuando me hizo saber que Desmond debía morir para que el evangelio recobrara su forma, su poder y fuese devuelto a la Orden de la Wicca a la que ella aseguró pertenecer.

El aire olía a incienso de jazmín, aunque no lo había. Los cristales de los móviles brillaban al recibir los rayos de sol que entraban por el ventanal del escaparate, dándole al interior del local un cariz mágico y vistoso. Me acerqué y miré hacia la floristería. La madre de Amaya colocaba en la acera, pegados a la fachada de la tienda, varios estantes con ruedas repletos de plantas. Le pediría a Amaya una planta de ruda para la tienda y otra para el ático. Era lo que le faltaba al local, pensé mirando la gran maceta de arcilla que permanecía a la derecha de la puerta de entrada. La había limpiado y retirado la tierra que contenía, seca y grisácea a causa de la falta de agua y vida vegetal. Elda me dijo que Claudia siempre tenía una planta de ruda en ella. Decía que no solo protegía del mal de ojo y lo curaba, sino que también evitaba que las energías negativas entrasen. Era el talismán de las brujas.

Debía de ser muy gratificante trabajar en una floristería o en un vivero, pensé observando a la madre de Amaya, que retiraba las hojas muertas y pulverizaba las macetas mientras la sombra aún daba en su acera. Era una mujer de apariencia delicada y modales recatados, tan bella como su hija. Me habría gustado que nuestro primer encuentro hubiese ocurrido de otra forma, pensé al recordar aquella conversación tan desagradable que mantuvimos y en la que me devolvió el anillo con mi pentagrama. Si hubiese sido así, en ese momento me habría acercado a la floristería y le hubiese pedido consejo para decorar con plantas el interior del local, porque a El desván le faltaba un pedazo de bosque, de esos bosques en los que las brujas nos sentimos vivas, pensé sin dejar de observar los delicados movimientos de sus manos sobre las hojas y las flores de las macetas expuestas en la calle. Seguía observándola, abstraída, cuando vi que Salomón salía de la floristería y se acercaba a la mujer por la espalda. Me pareció que le decía algo, que susurraba cerca de su oreja. Ella se llevó la mano al cuello, la deslizó como si hubiese notado el aliento del nigromante en la nuca y abandonó las plantas. Entró en la tienda inquieta, mirando hacia los lados. Mientras tanto, Salomón pasó la mano por una de las macetas, donde crecía un frondoso rosal enano con flores rojas. Fue como una caricia en el aire, pero al retirar la mano las flores se habían secado y habían adquirido el color y la textura de una hoja de papel quemada. A pesar de que no corría nada de viento, que el aire estaba quieto, los pétalos consumidos fueron cayendo al suelo en pedazos pequeños que, finalmente, se convirtieron en invisibles para mí.

Salomón debió de notar mi mirada, porque se volvió, me miró esbozando su peculiar sonrisa agria y, dándome de nuevo la espalda, siguió manipulando las plantas. Esta vez se centró en una maceta pequeña que contenía una hiedra y trazó sobre ella círculos con la palma de la mano hacia abajo. La planta se desprendió y quedó en el aire mostrando sus raíces limpias, sin rastro de tierra, suspendida como si entre la mano del nigromante y la enredadera se hubiese formado un campo magnético que la hacía levitar. Se giró hacia El desván con la mano extendida y la planta bajo ella, me miró y la lanzó contra el escaparate con tanta fuerza y decisión que, instintivamente, me protegí la cara con el brazo. Pero la planta no llegó a la tienda, sus ramas se extendieron en el aire como tentáculos y se frenaron a unos metros de la cristalera. Finalmente, Salomón bajó la mano y la hiedra se encogió sobre sí misma y volvió a girar bajo su palma, que él regresó a la maceta. La planta descendió a la tierra de nuevo, hundiéndose en ella como si estuviera exhausta o el nigromante la hubiera dejado sin vida. Antes de marcharse volvió a observarme, se quitó el sombrero y repitió el saludo que me había dedicado el día de la inauguración. Le respondí con una mirada desafiante y le di la espalda aún asustada. Debía librarme de él. Debía hacerlo no solo por mí, también por Amaya, pensé.

Me acerqué al mostrador y de la balda interior extraje la bolsa de papel que contenía el libro de Claudia. Saqué las hojas del manuscrito que Desmond me había dado y busqué en el de Claudia las páginas en las que aparecían los dibujos de las constelaciones zodiacales. Las grafías eran idénticas y los dibujos, incluso el tono y el trazado de ambos, eran iguales. Desmond y yo no estábamos equivocados, me dije emocionada ante el hallazgo. Estaba segura de que el libro de Claudia era una copia del Voynich. Si era así, si mi hipótesis era cierta, a este también le faltarían las dos páginas que yo tenía en mi poder. Lo que aún no sabía era si mi libro, el evangelio de las brujas, contendría el mismo texto y los mismos dibujos que el Voynich y el de Claudia. Para comprobarlo, si creía en las palabras de Endora, debería quitarle a Desmond su péndulo y también su inmortalidad, y aquello no iba a suceder jamás, me dije convencida, acariciando el manuscrito que él me había dado la noche anterior, tiñendo mis pensamientos con el añil de sus ojos.

Devolví el libro de Claudia a su sitio y abrí la tienda.

***

Desmond me recogió a las tres de la mañana, tal y como había dicho. Yo había supuesto que llegaría en su DeLorean, acompañado de las luces anaranjadas y el ruido estridente e inconfundible que produce el motor de los camiones de recogida de residuos, pero no fue así. Oí la Harley de Ígor antes de que Desmond me enviase por WhatsApp un mensaje diciéndome que me esperaba frente al portal, en la acera. Antes de salir me asomé por la terraza y le vi con su casco en la mano y otro sobre el sillín de la moto. Ya no era una Harley 7D de 1911 la que yo veía, sino el modelo Heritage Classic, el mismo que había mencionado Ecles refiriéndose a la moto de Ígor. Miré la matrícula para comprobar si era la misma. Recordaba con precisión los números que la componían. Mi trabajo tecleando datos sin tregua y casi sin pausa me había dotado de una retentiva para las cifras que me permitía recordar cualquiera con exactitud, aunque solo la hubiese visto una vez. Agudicé la vista todo lo que pude, pero me fue imposible distinguir los números con precisión.

—Pensé que vendrías con tu DeLorean —le dije mirando la matrícula—. Veo que Ígor te ha dejado su moto.

—No es la primera vez que la conduzco. Me fascinan las motos, pero mis ingresos aún no me han dado para hacerme con una. Si fuésemos en el DeLorean tardaríamos demasiado en llegar, es un vehículo pesado y muy lento. Además, no puedo sacarlo de la ciudad, recuerda que aunque tenga el interior de la cabina *customizado*, no es mío.

»Estás muy bonita con el pelo recogido —dijo tendiéndome el casco—. Agárrate a mi cintura y pégate detrás de mí en cuando salgamos a la autopista, porque alcanzaremos más velocidad que en la ciudad.

Y lo hice, me pegué a su espalda, le rodeé la cintura con mis brazos y cerré los ojos. Hubiera parado el tiempo. Si hubiese podido habría hecho que aquel momento, junto a él, fuese infinito, porque nunca antes había sentido semejante sensación de bienestar, de euforia y deseo de no separarme de alguien.

No supe lo que duró el recorrido porque permanecí muy quieta, abrazada a Desmond, con la cabeza pegada a su espalda, sin mirar ni pensar en nada; solo en él. De vez en cuando me preguntaba:

—¿Todo bien?

Yo le sonreía y él volvía a poner su atención en la carretera.

Cuando llegamos a nuestro destino descubrí que se trataba de un pequeño club privado de vuelo, situado a las afueras de la ciudad, en pleno campo. Conté tres avionetas de hélices, una blanca, otra roja y la última amarilla. Todas miraban en dirección a la pista y estaban colocadas en paralelo. A varios metros se alzaba el edificio de una sola planta al que nos dirigimos. Cerca de la entrada había varios coches de alta gama aparcados. Las luces del interior y la música que se oía indicaban que dentro se estaba celebrando una fiesta.

—Esto es un sitio de élite —le dije mientras aparcaba la moto—. Te va a costar una pasta volar en una de esas avionetas. Y no creo que sea legal hacerlo a estas horas.

—Eso es cosa mía. En cuanto a la legalidad, todo tiene un precio y algunas veces merece la pena pagarlo —dijo sonriente y me guiñó un ojo—. No te preocupes, escocesa, todo es completamente legal.

Un hombre salió de la casa y se dirigió hacia nosotros. Desde lejos y en la oscuridad no lo reconocí, aunque su forma de caminar me resultó familiar.

—Creí que ya no venías —dijo cuando estaba a unos pasos de nosotros—. ¡Vaya! ¡Qué sorpresa más agradable! —exclamó mirándome—. Me alegra volver a verte, Diana —dijo Farid tendiéndome la mano—. Ya veo por qué no quisiste intimar conmigo —añadió mirando a Desmond.

—¿Os conocéis? —preguntó este, sorprendido.

Yo seguía muda, sin dejar de mirar a Farid fijamente, preguntándome qué hacía el anticuario allí.

—Está realizando un trabajo de investigación para mí —le respondió—. Por cierto, ¿cómo lo llevas? —me preguntó.

—¿No estabas en París? —dije por toda respuesta, al tiempo que le devolvía el saludo y le estrechaba la mano.

—Y lo estoy. He venido solo para volar y descargar un poco de adrenalina, últimamente ando sobrado de estrés. Una pena que hayáis llegado tan tarde. Yo te habría dado una vuelta más vistosa que ahora. Por la noche es diferente, quizás más íntimo —miró a Desmond—, sin embargo te pierdes la orografía del terreno, que aquí es espectacular. Te invitaría a quedarte a dormir y a un vuelo de madrugada, pero regreso a París por la mañana.

»Ígor me comentó que estuviste en la tienda y que mi tía no fue muy cortés contigo. Te pido disculpas. Hay asuntos que no tratamos en la tienda, que son externos al negocio. Tu investigación lo es. Creí que te lo había dejado lo suficientemente claro, pero no debió de ser así. Acepta mis disculpas. Tal vez debería haber sido más explícito.

»Pero…, dime, ¿cómo vas con la investigación sobre mi vampiro favorito?

—¿No podéis hablar de vuestros asuntos en otro momento? —interrumpió Desmond molesto.

—Tienes razón. Disculpadme. Si queréis tomar una copa antes de emprender el vuelo… —Hizo una pausa y extendió la mano señalando el edificio—. Unos amigos me acompañan esta noche y me encantaría que os unierais a nosotros. Es una velada especial. He invitado a varios parapsicólogos y a una bruja venida desde los bosques de Escocia, descendiente de la *meiga* que mi abuelo consultaba siempre. Nos leerá el futuro. ¿Os apuntáis? —explicó con una sonrisa.

—No gracias —le respondió Desmond seco y tajante—. No hemos salido de copas y menos a enterarnos de qué nos depara el futuro, preferimos vivir el presente y en él, en nuestro presente, está volar en tu avioneta.

—Yo tampoco aceptaría, ni se me pasaría por la cabeza compartir la compañía de una mujer tan bella, atractiva e inteligente como Diana —dijo sin quitarme la vista de encima, sin mirar a Desmond en ningún momento. Sacó de su pantalón vaquero las llaves de la avioneta y se las entregó.

—¡Nos vemos! —dijo Desmond, cogiéndome de la mano.

—No lo creo —le respondió Farid—. Déjale las llaves a Santi y ten cuidado con las montañas y el cableado eléctrico. Ya sabes…, por la noche la realidad es otra. No olvides no salirte del espacio que tenemos permitido y devolverme a Diana sana y salva, la necesito para que concluya la investigación. Tiene una mirada muy especial y valiosa para desempeñar el trabajo que le he encargado. Sus ojos son como las lentes de los microscopios, llegan a un plano invisible para el ojo humano.

Desmond no le respondió. Levantó la mano en señal de despedida. La izquierda, porque con la derecha sujetaba la mía.

—¿De qué le conoces? —me preguntó bajito cuando estuvimos a unos metros de él.

—¿Y tú? —dije yo.

—Es el jefe de Ígor, ¿de qué voy a conocerle si no? —respondió en un tono molesto—. Diana, Farid es peligroso. ¿Cómo os conocisteis? Dime, ¿qué trabajo te ha encargado? ¿Y por qué lo has aceptado? Tienes El desván, ya es tu tienda. No necesitas trabajar para él.

—¡Oye! —exclamé molesta y solté su mano—. ¿De qué vas? Yo trabajo para quien me da la gana y hago lo que quiero.

—¡Lo siento! —se disculpó—. Me he precipitado y excedido. No pretendía nada de lo que piensas. Creo que no me he expresado bien. Sé quién es Farid y hasta dónde es capaz de llegar para conseguir sus propósitos. Créeme, no tiene escrúpulos. Te lo digo muy en serio: Farid es muy peligroso, sus obsesiones le pueden. Sobre todo la de convertirse en inmortal.

—Quiere que inspeccione la documentación que ha ido recopilando durante años sobre un vampiro que, por cierto, se llama como tú.

—Conozco esa historia. ¿Te ha pedido que investigues sobre el paradero del evangelio de las brujas? Si te ha hablado del vampiro, también lo habrá hecho sobre el libro. Si se enterara de que tú lo tienes, hará lo que sea para arrebatártelo. Es su única obsesión. No entiendo cómo ha podido llegar hasta ti, cómo te ha localizado. Alguien tiene que haberle ayudado, estoy seguro —me explicó, visiblemente preocupado.

—Nos conocimos por casualidad —le respondí sorprendida por su inquietud y al tiempo por todo lo que me estaba diciendo—. Pero sigo sin entender qué relación tienes tú con Farid.

—Ígor me lo presentó hace tiempo. Ya sabes mi pasión por volar. Me siento libre en el aire, si pudiera volaría todos los días, pero no puedo permitírmelo y menos aún en avioneta. Ígor sabía del club de vuelo que tenía Farid y, como le consigue objetos llamémoslos «imposibles», el anticuario me deja utilizar su avioneta una vez cada dos meses como pago por esos objetos. Es lo que Ígor le pide que haga.

—¿A qué te refieres con «objetos imposibles»?

—A esos cuya adquisición está fuera de la ley.

—¿Cómo permites que Ígor se juegue el tipo para que tú vueles en la avioneta de Farid una vez cada dos meses? Dejas que tu amigo se convierta en un esclavo de su jefe solo para volar y luego dices que el anticuario está obsesionado y me das a entender que no tiene escrúpulos. Y tú, ¿dónde has dejado los tuyos? ¿En el ala izquierda o derecha de esa avioneta? —le recriminé, indignada.

—Ígor seguirá siendo el sirviente de Farid hasta que consiga utilizar un objeto que el anticuario posee. Nada de eso tiene que ver conmigo. Ígor no dejará de trabajar para Farid, le diga yo lo que le diga. Ya lo he intentado. Incluso me negué a volar durante un tiempo y dejé de hablarle, pero su relación con Farid siguió igual.

—¿Y se puede saber qué objeto quiere utilizar Ígor que merezca tanto la pena como para poner en peligro su integridad?

—Un ataúd egipcio. Ígor fue testigo de su adquisición, lo acompañó durante las negociaciones para adquirirlo y cuando lo recogieron y trasladaron al sótano de la tienda. También estuvo presente cuando el anticuario lo utilizó para comprobar si lo que le habían dicho y los datos de sus investigaciones eran ciertos. ¿No te lo enseñó cuando te contrató para que investigases sobre el evangelio?

—No —le respondí, omitiendo que lo había visto en el sótano de la tienda, en aquella especie de habitación del pánico.

Aquel día, cuando había visitado la tienda de antigüedades junto a Farid y él me enseñó aquella habitación, mi vista pasó sobre el sarcófago de refilón, sin querer detenerse porque pensé que en su interior se hallaba una momia, y aquello me desagradó lo suficiente como para alejarme y no interesarme por él.

—Ígor me contó que ese ataúd tiene la propiedad de restaurar las señales que otras vidas dejan en nosotros cuando nos reencarnamos y volvemos con un estigma o recuerdo indeseado. Sin embargo, la información que tenía Farid hablaba de la inmortalidad, que es su máxima obsesión, su meta por encima de todo. En los documentos que posee el anticuario, se le atribuye el poder de dar la inmortalidad al cuerpo que permanezca dentro de él siete horas. Hay que hacerlo cuando la constelación de Orión tenga mayor visibilidad en el cielo de la noche y colocarlo de tal forma que la cabeza del que yace en el sarcófago coincida con la del Cazador.

Al escucharlo no pude evitar recordar a mi madre y a Rigel.

—La manera en que se debe utilizar y su simbología están relacionados con la ubicación de las tres pirámides más importantes y grandes de Giza y con Osiris, el dios del renacimiento y del más allá para los antiguos egipcios.

—Entonces, ¿para qué lo quiere Ígor?

—Subamos a la avioneta, si seguimos aquí estoy seguro de que Farid volverá a salir y nos preguntará qué sucede —dijo mirando hacia la casa—. Ígor quiere que la marca de su cuello desaparezca —continuó ya dentro de la aeronave—. Está seguro de que en otra vida lo ahorcaron; que la cicatriz es de una soga. Afirma que lo mataron para separarlo de la mujer a la que amaba y que esta es Elda.

—¡Elda! —exclamé, sorprendida.

—No te asombres, tiene su lógica. Ígor se siente profundamente atraído por Elda. No se acerca a ella, no le manifiesta sus sentimientos abiertamente porque cada vez que lo intenta la cicatriz le duele como si estuviese en carne viva y tiene una visión en la que ella llora su muerte, aferrada a su cuerpo sin vida. Él, como yo, como muchos, cree en la reencarnación. Y no es ninguna locura hacerlo, Diana.

—Ahora entiendo por qué se muestra tan distante —le dije reflexionando sobre lo que Elda me había comentado en cuanto a Ígor.

Tras su explicación no pude evitar recordar la visión en la que aparecíamos él y yo en un lugar que desconocía y que, probablemente, pensé en ese momento, pertenecía a otro tiempo; a otra vida, me dije. Lo miré fijamente a los ojos, buscando en su añil una explicación a lo nuestro, a la atracción tan especial, tan de otro lugar, que sentía hacia él.

—La vida, el transcurrir del tiempo, está lleno de veredas, de senderos ocultos, de laberintos que recorremos y olvidamos al llegar a la salida. Cuando lo hacemos, cuando cruzamos ese umbral, nos encontramos con cientos, millones de tiempos nuevos, de vidas por vivir, tantas como estrellas, como los planetas y las galaxias que hay en el firmamento —me dijo señalando el cielo—. Nada, absolutamente nada termina, todo tiene una continuación, aquí o en otra realidad —concluyó arrancando el motor de la aeronave—. Pero dejemos a Farid, Elda e Ígor, y vayamos a contar estrellas —me dijo sonriéndome como nunca antes lo había hecho, con una expresión que me resultó diferente, venida de lejos, de muy lejos. De otro tiempo, de otra realidad, pensé recordando sus palabras.

Tomó los mandos de la aeronave y yo, a su lado, guardé silencio. Lo mantuve incluso cuando volvió a cogerme la mano, a pesar de que el roce de su piel con la mía me sobrepasaba. Tampoco le miré. Dejé que mis sentimientos volaran junto a él y deseé que aquel momento fuese eterno; no llegar jamás a la salida de aquel laberinto, permanecer junto a él, en aquella vereda, en el aire, más cerca de las estrellas que de la realidad que en aquellos momentos me estorbaba y no me dejaba ser. Solo me soltó la mano para señalar las hileras de luces que delimitaban el horizonte como galaxias infinitas, como cientos de constelaciones superpobladas de estrellas que apagaban con su brillo las que él solía contar en el firmamento. No intercambiamos ni una sola palabra durante el vuelo, no nos hizo falta para sentir. Nos habitamos con la mirada y el roce de la piel de nuestras manos.

Al regresar fue a entregar las llaves, tal y como Farid le había indicado. Yo esperé junto a la moto mientras él se dirigía a la casa. No me hizo falta agudizar la vista para reconocer la figura de Endora junto a un desconocido que supuse sería Santi. La mujer me miraba fijamente e inclinaba su cabeza hacia los lados como si estuviera estirando sus vértebras doloridas, pero tanto el gesto como su sonrisa torcida eran una advertencia. Endora, pensé, era quien había guiado los pasos de Farid hasta mí y posiblemente quien le había hablado a su abuelo sobre el vampiro y el evangelio de las brujas, sobre la posibilidad de poseer la inmortalidad que había conseguido el vampiro. Aquel, sin lugar a dudas, era el motivo por el que Farid había manifestado querer destruir el cuadro y al vampiro.

—¿Quieres regresar ya o al fin puedo llevarte a contar estrellas? —me preguntó Desmond cuando ya estaba junto a mí.

Me llevó al Peñalara, el pico más alto de Madrid y Segovia, en el parque nacional Sierra de Guadarrama, que posee unas vistas espectaculares y los mejores restos glaciales de la zona. Allí la contaminación lumínica no existe. Estacionó la moto en el parquin del puerto de Cotos y continuamos unos metros a pie por un sendero que Desmond visitaba todas las semanas, según me dijo, y conocía a la perfección. Lo hacía al anochecer, aunque lo había recorrido más de una vez al alba, antes de que se llenase de senderistas y familias. Siempre en otoño, evitando así el sol directo del verano sobre su piel.

Sentada junto a él pude contemplar un cielo que llevaba años sin ver. Un cielo desconocido que formaba parte de una de tantas realidades que nuestros ojos no ven. Contamos estrellas y nos encontramos el uno en los ojos del otro después de haber permanecido buscándonos en días llenos de ausencia, de dolorosa ausencia. En aquel momento, desnuda entre sus brazos, arropados bajo una manta que él había traído en las alforjas de la moto, bajo un cielo tachonado de estrellas, tuve la absoluta certeza de que ambos nos pertenecíamos desde siempre. Tal vez aquello, la atracción que sentíamos, venía de siglos atrás, me dije bajo aquel cielo que nos había visto nacer y morir tantas veces, que había contemplado cómo nos buscábamos, nos encontrábamos e irremediablemente volvíamos a perdernos, pensé mientras las lágrimas caían por mis mejillas. En ese momento comprendí que nuestro destino, irremediablemente, hiciera lo que hiciese, terminaría separándonos una vez más.

—Sabes quién soy, ¿verdad? Lo has sabido siempre —le dije mirándolo cuando arrancaba la moto.

No me respondió. Se puso el casco y me indicó que subiese a la Harley, que rugía de una manera especial. Al menos eso se me antojó, que su sonido era más hermoso que el que había escuchado hasta entonces.

Nos despedimos en el rellano. Me besó en los labios y, después, deslizó los dedos por ellos con suavidad. Tras ello me aupó en sus brazos.

—Aún me debes un vuelo en ala delta, bajo esa vela roja que tanto me gusta y que tienes descuidada en la terraza —dijo bajándome de sus brazos al tiempo que me daba un pequeño pellizco en la cara—. Nos vemos mañana. Espero que para entonces hayas decidido zanjar tu acuerdo con Farid. Me preocupa, es lo único que ahora mismo me preocupa. ¡Debes desvincularte de él! Solo tiene un propósito, una sola cosa por la que vivir que, irónicamente, es conseguir no dejar de hacerlo nunca. Farid solo quiere la inmortalidad y, para ello, necesita tu evangelio y a ti.

Capítulo 24

Al día siguiente, cuando me disponía a abrir la tienda, vi a una mujer que esperaba en la acera, junto a la puerta de entrada de El desván. Nada más reparar en ella supe quién era. Vestía una capa roja con capucha.

—Debemos hablar —dijo dirigiéndose a mí y retiró la capucha de su cabeza.

Tenía la tez blanca y el pelo negro, liso y tan largo que le llegaba a la cintura. Su belleza me resultó exquisita, tanto como el tono de su voz limpia y pausada.

—Me necesitas para acceder al material que vendes y que solo se consigue en las tiendas que hay tras la puerta cegada de El desván. Ese pasadizo comunica con la floristería y, a su vez, con los túneles y las galerías subterráneas del metro de Madrid. No es el cemento que en apariencia la ciega lo que te impide atravesarla. No puedes entrar en ese mundo hasta que restablezcas el evangelio de las brujas, el códice sagrado de nuestra Orden. No hace falta que te diga que solo tú puedes hacerlo; ya lo sabes. He venido para ayudarte. Traeré para ti el material que necesitas para vender en El desván. Solo se puede conseguir en la otra realidad, de donde tú me dejaste salir la otra noche y donde tú… —Hizo una pausa y repitió, esa vez con más énfasis—… tienes prohibido entrar. Ya lo hice tiempo atrás para Claudia, y ahora lo haré para ti.

Guardó silencio y me miró fijamente. Yo permanecía escuchándola sin hablar ni gesticular.

—No creerás que las cuentas de los rosarios que vendes y los cristales pertenecen a esta realidad, que los puedes conseguir en cualquier almacén, ¿verdad?

—Por supuesto que sí, ¿dónde si no? —le dije.

—Hablas como una humana —respondió en tono recriminatorio—, y aunque en parte lo eres, ya deberías haber aprendido a adaptar tu discurso al tipo de personas con las que mantienes cada conversación. Deberías saber identificar al primer golpe de vista a los que somos como tú, tal como los humanos inteligentes hacen con sus congéneres. Nadie habla igual ni utiliza el mismo léxico, trata los mismos temas ni muestra la misma atención o desinterés con todas las personas con las que se relaciona en su vida. Todo debe adecuarse a las características, conocimientos y condición de aquellos con los que nos relacionamos.

»Ya veo que estás analizándome. Parece como si no te fiases de mí y estuvieras poniendo en tela de juicio lo que te digo. Eso me molesta, porque resulta que me he visto obligada a regresar a esta realidad solo para ayudarte. Llevas años sobreviviendo entre dos realidades sin saber por cuál decidirte. Ese es tu error. No tienes que decantarte por ninguna, solo vivir en las dos aceptando ambas y desenvolviéndote en ellas según corresponda. Desde que me viste en la calle, cuando te saludé, supiste que yo era como tú. No te bastó con intuir que mi forma de caminar o moverme era diferente, presenciar cómo salía de El desván cuando la puerta estaba cerrada. A pesar de haber visto lo que había tras la puerta, lo que te sucedió al intentar atravesarla con tu mano, seguiste haciéndote preguntas estúpidas, preguntas de humana, cuando no lo eres. Tú, Diana, eres una bruja, como lo soy yo. Incluso ahora, después de todo lo que te he dicho, aún te planteas por qué llevo una capa en pleno mes de agosto. En cambio no te extraña que, a pesar de ir vestida con una prenda de abrigo, nadie repare en mí, nadie lo vea. Que solo tú lo hagas.

—Ígor también vio tu capa la noche del accidente, y cuando saliste de la tienda, Amaya presenció cómo atravesabas la puerta. No sé quién eres ni qué pretendes.

—Ígor es, en parte, como nosotros, como lo son Elda y Ecles. Ellos tuvieron unas vidas traumáticas que los estigmatizaron pero que, al mismo tiempo, les concedieron los dones que los acompañan en esta existencia y que siempre poseerán. Por eso son diferentes al común de los mortales, por eso nos ven como otros no lo hacen. Conservan reminiscencias de sus otras vidas, pero no pueden identificarlas ni ubicarlas. Para ellos son recuerdos imprecisos, un *déjà vu*, como lo denominan los humanos. El olvido es una ley máxima que propicia que el tiempo y el espacio sigan existiendo. De no ser así todo sucedería en el mismo momento y una única vez, y eso sería el fin de toda existencia. El ser humano tendría la capacidad de cambiar el pasado y el presente, por lo que el futuro no existiría. El tiempo sería un bucle eterno en el que nada podría continuar.

»Hace siglos, en una de sus vidas, Elda se enamoró ciegamente de Ígor, el cochero de su marido, y fue correspondida. Cuando el marido los descubrió, hizo apresar al adúltero, lo torturó durante días y después lo ahorcó. Mientras cometía su cruel venganza se llevó a Elda lejos de la hacienda, pero aun estando encerrada a muchos kilómetros, ella oyó cada uno de los gritos que profirió su amante antes de morir a manos de su esposo. Finalmente murió emparedada. Cuando en esta vida, en este presente, la secuestraron, ella ya poseía el prodigioso oído que tiene ahora, pero hasta entonces no había necesitado utilizar ese don, un don que en esta vida la salvó de morir. Ambos, Ígor y Elda, juraron amarse más allá de la muerte, un vínculo que les une vida tras vida y hace que vuelvan a encontrarse; su existencia está predestinada al amor que sienten el uno por el otro, pero del que solo conservan un recuerdo vago. Los dos perciben que algo les une al tiempo que les separa.

»Ecles se negó a morir. Luchó como un condenado por no hacerlo y venció a la muerte, pero regresó como si hubiese muerto: sin recuerdos. Su corazón no dejó de latir ni su cerebro de pensar, pero lo hizo estando entre la vida y la muerte, con un pie en los dos mundos. De ahí regresó con parte de esa percepción que tiene lo atemporal. Estuvo demasiado tiempo en el limbo, donde todo es y no es al mismo tiempo. En ese lugar las almas y el destino de estas se alinean, se dividen y separan para volver a ser.

»Todos los habitantes de este edificio son especiales, seres que no encajan del todo en ningún lugar, y eso los hace débiles y vulnerables en ambos mundos. Claudia los protegía de las dos realidades, de esta y de la que nosotros venimos. Solo aquí están seguros, a salvo de sus miedos, de sus inseguridades y de las personas de esta dimensión que han perdido la fe, que solo ven una única realidad y no aceptan la existencia de otras, hasta el extremo de renegar de la eternidad, de lo infinito. Lo hacen aun sabiendo que su planeta permanece suspendido en la nada, que forma parte de un universo que escapa a sus propias teorías y convicciones, que es tanto o más inexplicable que esos fenómenos que ellos repudian y califican de ficción. Otros, como Amaya, pueden percibir entes, predecir acontecimientos, sentir que estamos cerca y que somos diferentes. No son como nosotros, pero han heredado un don de algún antepasado. Es eso que aquí llaman "sexto sentido".

—Sabes y das por ciertas demasiadas cosas que no tienen una base real en la que asentarse cuando ni siquiera sé quién eres y por qué estás aquí. Hablas como lo haría cualquier embaucador de masas, como los profetas de barro que ahora abundan en cualquier ciudad, solo que ellos suelen gritar sus peroratas subidos sobre un cajón —le dije con gesto desafiante.

—No importa lo que creas en este momento. El tiempo te dará las respuestas que andas buscando y comprenderás lo que ahora te resulta incomprensible. Debes ayudar a tus amigos, a los habitantes de este edificio, como Claudia lo hizo en su tiempo. Pero tu destino no se reduce solo a ello, tu destino, tu designio, es proteger el evangelio de las brujas, resolver el sacrilegio del que fue objeto y devolverlo a la Orden, a la verdadera Orden de la Wicca. Eres la última descendiente de Aradia y, como tal, la única que puede hacerlo. Así debe ser hasta que tus dones pasen a tu descendiente directa, a la hija que tendrás en algún momento, durante alguna de tus vidas. Es tu destino, quieras aceptarlo o no.

—Me niego a ello. Amo a Desmond y seguir ese designio supone robarle la inmortalidad —respondí alzando la voz.

—Tarde o temprano lo harás. Entonces te convertirás en mortal y te librarás de las obligaciones que te impone tu estirpe, esas que parecen ser una carga para ti y de las que durante tanto tiempo has renegado. Sé que no recuerdas que para tener descendencia y perpetuar tu linaje deberás unirte a un mortal, a un *muggle*. No lo recuerdas porque cuando uno renace olvida todo lo sucedido en sus vidas anteriores.

»Ninguna bruja debe cohabitar con un ser como ella Si quiere perpetuar su linaje, debe hacerlo con un mortal, y Desmond no lo es. Él te dará amor, un amor incomparable, pero nunca una hija a la que legar tus dones y tu poder, una hija que guarde nuestro evangelio y su doctrina por los siglos de los siglos. Podrás vivir con él cuantas vidas quieras, en épocas diferentes, pero llegará un momento en que tu destino se impondrá a vuestro amor. Eso, al fin y al cabo, sucede en todas las realidades y vidas. Queramos o no terminamos separándonos, tarde o temprano, de una forma u otra, es así. Es una ley del universo infinito que nos parece injusta e incomprensible, pero contra la que nadie puede luchar; a la que nadie ha vencido jamás.

—Pues vale —dije irónica.

—Diana, la verdadera Orden de la Wicca celta es a la que tú y yo pertenecemos; también Claudia. Sé que ahora estás confusa, y es comprensible, sobre todo después de tu encuentro con Endora. Durante siglos, ella y sus seguidoras han intentado arrebatarnos el evangelio y regir nuestra Orden, en la que quieren imponer sus normas. Nosotras, las verdaderas brujas, tenemos muchos enemigos. Llevamos cientos de años ocultándonos, protegiéndonos de ellas, de los nigromantes que pretenden absorber nuestros conocimientos y de los humanos incrédulos que, a lo largo de los tiempos, han intentado darnos caza y nos han culpado de las desgracias de sus vidas, cuando lo único que hemos hecho ha sido protegerlos y darles percepciones que no saben ni aprovechar ni entender, que confunden e intentan explicar valiéndose de la ciencia.

—¿Por qué me cuentas todo esto? Claudia dijo que el silencio era una máxima de su Orden y tú llegas y, en un momento, me relatas más de lo que ella me ha ido diciendo en todos estos días. Me das respuestas que llevo años buscando sin que te las haya pedido. ¿Quién eres? ¿Cuál es tu verdadero interés en todo esto?

—El silencio se aplica en algunos temas y en algunas situaciones, pero otras solo pueden ser solventadas si lo quebrantamos. Y esta situación requería de mi intervención. Estás en un momento en el que no sabes qué hacer, incluso te has planteado, una vez más, abandonarlo todo, vivir como una mortal. Eso implicaría repudiar tu condición y a tu estirpe. ¿Me equivoco?

—Pues sí. Te equivocas, estás muy equivocada. Solo intento ser dueña de mi vida y de mi destino —respondí recordando todas mis hipótesis sobre Claudia, Endora, Desmond y el evangelio de las brujas.

—Soy una de las siete brujas a las que tu madre le encargó tu custodia, tu cuidado y el del evangelio. Lo hizo después de su muerte, cuando regresó a nuestra realidad. Mi nombre está grabado en tu gaveta. De hecho, fue el primero que estuvo ahí, protegiéndote. Yo ordené al resto de brujas, cuyos nombres están grabados con símbolos pictos, que cuando yo no estuviese ellas salvaguardaran tu destino. Y así lo hicieron y lo harán las siguientes de ser necesario. Endora nunca debió estar en su lateral. Ella se tomó esa libertad, pero tú presentiste que su nombre no tenía que figurar allí y, guiada por la intuición, lo borraste.

»Soy Alice Kyteler. Nací en Irlanda en 1280, treinta y tres años antes que Aradia, tu madre. Ella murió horas después de darte la vida. Tu padre, un ebanista escocés, torpe pero honrado y bonachón, se ocupó de ti hasta que cumpliste la mayoría de edad y tú, con la ayuda de tu progenitor y contraviniendo tu destino, desapareciste en los bosques que rodeaban el pueblo donde naciste por primera vez. Eras tan obstinada y libertaria como él. Heredaste sus rasgos, la belleza de sus genes y también el amor por la libertad. También tu pasión por volar en ala delta proviene de él, de tu padre; no fue Rigel quien te la transmitió, solo te la recordó. Hizo que tus orígenes salieran a la luz. Rigel era uno de nosotros, siempre lo fue y lo será. Él es Orión, el Cazador.

»Tu progenitor era tozudo hasta el aburrimiento y por ello pasó toda su vida construyendo alas de madera. Creía que llegaría a volar con ellas como lo hizo Dédalo y que estas permitirían que tú escapases volando de tu destino, como así, desgraciadamente, sucedió. Escapaste pero, como Ícaro, el hijo de Dédalo, tú también perdiste la vida bajo las alas de madera que tu padre construyó para ti; algo que él no llegó a perdonarse jamás.

Tras sus palabras recordé las alas que Desmond tenía en el cabecero de su dormitorio y un escalofrío me recorrió. Estaba segura de que aquellas alas eran las de mi padre, pensé al tiempo que las lágrimas caían por mis mejillas.

—¿De cuántos años atrás me estás hablando? —le pregunté incrédula.

—Depende de cómo entiendas el transcurrir del tiempo, la vida y la muerte —respondió sonriendo—. Hablo del siglo XIV de la era humana, cuando tu madre murió. No has vivido solo esta vida, pero es la única que recuerdas. Llevas siglos renaciendo una y otra vez. Del mismo modo que los humanos se reencarnan para restaurar sus errores, tú te has ido y has vuelto muchas veces y seguirás haciéndolo hasta el día que cumplas con tu destino. No te asustes, no es una maldición. Tienes la capacidad de decidir si quieres seguir volviendo o hacer que todo termine y convertirte en mortal, algo que no es posible cuando se está sujeto a una maldición.

»Nadie, ni Endora, puede obligarte a nada. Deja que tu corazón te guíe. No has sido la primera que se ha rebelado a su destino, a su condición. Antes de ti hubo muchas más, también mujeres humanas. Tu madre fue la primera. Quería a tu padre, pero nunca llegó a enamorarse de él. Su verdadero amor fue un nigromante que se arrepintió de su condición al conocerla y abandonó las artes oscuras. Claudia, la buena de Claudia, también tuvo un amor imposible, por eso construyó este refugio, para que las brujas y otras criaturas que necesitaban protección pudieran llegar a él cuando lo precisaran y permanecieran el tiempo que les fuese necesario. Todas las brujas, una a una, terminamos viviendo y procreando con un mortal. Claudia tardó demasiado tiempo en hacerlo y, por ello, cuando engendró no tuvo hijas, sino un hijo varón. Antonio ha heredado algunos dones, pero nunca será un brujo como su madre. Jamás podrá ostentar esa condición.

—Llevo toda mi vida intentando saber quién soy, quiénes eran mis padres y por qué me abandonaron, y ahora que lo sé me siento más abatida y perdida que nunca.

—No tengas miedo. Velaremos por ti siempre, siglo tras siglo, hasta el final de los tiempos. Tomes la decisión que tomes siempre estaremos a tu lado. Eres Diana, hija de la diosa lunar, nuestra maestra, nuestra guía, nuestra fuerza. Si vuelves a nacer, te dejaremos de nuevo a las puertas de un hospicio, donde estarás a salvo arropada por el evangelio de las brujas, tu evangelio, nuestro doctrinario. El que tu madre escribió antes de morir. Tu vida recomenzará en otro tiempo y en otro lugar. Hasta que no cumplas con tu destino, te emparejes con un mortal y tengas descendencia, seguirás regresando una y otra vez junto a Desmond, como ahora sé que deseas hacer.

—Si creo en tus palabras y las de Endora, no podré tener hijas con él y eso me obligará a regresar de nuevo. Moriré. De una forma u otra, tome la decisión que tome, estoy condenada. Desmond y yo lo estamos; nuestro amor es una condena.

—Así es Diana, todo está en tus manos, siempre ha estado en tus manos.

—¿Desmond y yo ya hemos estado juntos en otras épocas?

—«Del amanecer de los tiempos venimos, hemos ido apareciendo silenciosamente a través de los siglos hasta completar el número elegido, hemos vivido en secreto luchando entre nosotros por llegar a la hora del duelo final, cuando los últimos que queden lucharán por el premio. Nadie ha sabido jamás que estábamos entre vosotros… Hasta ahora» —dijo citando *Los inmortales*—. Ahora lo saben porque criaturas oscuras como Salomón y Endora, con su represión, su avaricia y su deseo de poder, han interferido en el destino de todos. El premio final es el evangelio de las brujas, su doctrina, sus hechizos; todos los secretos que encierra.

—No me has respondido —le recriminé—. ¿Desmond y yo hemos estado juntos antes, siglos atrás?

—Volveré. Sé feliz, Diana; esa es una de las máximas de nuestra Orden, serlo y hacer que los demás lo sean. También la libertad. La tuya y la de los seres con los que interactúas en tus vidas.

»Traeré el material que necesitas para seguir sobreviviendo como cualquier mortal. Ahora eres tú quien debe seguir el camino que ya emprendiste al aceptar regentar El desván. Tu intuición te dice que el libro de Claudia y el Manuscrito Voynich son una copia del evangelio de las brujas. Es cierto, pero debo decirte que, además, solo tú puedes descifrarlo y utilizarlo. El día que por fin lo restaures, cuando le devuelvas lo que se le robó, nuestra Orden recuperará el poder que tuvo hace siglos. Las puertas que se abrieron se cerrarán y esta realidad y la nuestra, nuestro mundo, volverán a su lugar. Iremos de uno a otro sin que nuestra presencia sea advertida y nuestra estirpe seguirá viva con la ayuda de los mortales. Todo volverá a la normalidad, no habrá seres como el nigromante intentando que la vida y la muerte sean una y la magia, la verdadera magia, desaparezca entre sus manos oscuras o Endora y sus seguidoras la emponzoñen.

Durante nuestra conversación perdí la noción del tiempo, incluso la ubicación. Solo veía sus ojos y oía su voz. Al concluir el diálogo volvió a colocarse la capucha sobre la cabeza, levantó la mano derecha y con los dedos me rozó la frente en una caricia que me resultó conocida, que pareció proceder de otra realidad, de otro tiempo. Le sonreí y ella a mí.

—Nos vemos, Diana —dijo dándose la vuelta, y comenzó a caminar calle arriba.

Permanecí observándola hasta que la perdí de vista. Entré en El desván aún con sus palabras ocupando mis pensamientos. Apenas habían pasado unos minutos cuando Amaya entró en la tienda.

—Te traigo una ruda —dijo sin más preámbulos y dejó la maceta de plástico sobre el mostrador.

—¡Vaya! ¡Qué coincidencia! Justo ayer pensaba en comprarte una planta de ruda.

—Te habré leído el pensamiento —respondió sonriendo—. El día de la inauguración vi la maceta de la entrada vacía. —Se volvió y la señaló—. Entonces pensé que una ruda sería la más adecuada para ocuparla. Se utiliza en homeopatía, aunque en cantidades grandes puede ser tóxica y producir trastornos gastrointestinales. Los griegos la utilizaron durante un tiempo para condimentar sus comidas, pero es muy amarga y se dejó de usar. Aunque no la elegí por sus virtudes medicinales, sino por las propiedades mágicas que se le atribuyen. He leído que protege de las energías negativas y atrae el éxito, la salud y el dinero.

»Estás triste —afirmó mirándome fijamente a los ojos—. ¿Qué te pasa?

Yo pensaba en Desmond, en lo que Alice Kyteler me había contado segundos antes sobre él y nuestra relación, y en el destino que se cernía sobre su cabeza como si fuese la espada de Damocles. Pero no se lo dije.

—¡Qué va! —exclamé—. Estoy agotada. Anoche me acosté demasiado tarde.

—Yo también, quedé con Ecles. Estuvimos cenando en su casa. No tenía ni idea de lo bien que guisa el grandullón ni de que era… ¡tan divertido! Me enseñó su chiringuito. Construye auténticas maravillas con lo que la gente desecha. Ni por asomo pensaba que Ecles tuviera esas habilidades.

—¿Has vuelto a mentir a tus padres, como el día de la apertura? —le pregunté sonriendo.

—No exactamente. Hoy mi madre tiene una revisión médica, por eso estoy en la tienda por la mañana. Ayer les dije que para no volver tan tarde me quedaría a dormir en casa de una compañera de la facultad, que vive dos calles más arriba. Y sí, he pasado la noche allí, pero en vez de cenar con ella estuve con Ecles hasta entrada la madrugada. Tú y Desmond aún no habíais vuelto cuando me marché. Ecles me acompañó a la casa de mi amiga.

»No sé, Diana, pero tengo una sensación extraña con él. Es como si lo conociese de mucho antes y no lo hubiese percibido hasta ahora. Incluso sus rasgos físicos parecen haber cambiado desde la noche de la inauguración, después de la cena. Me gusta como es, me gusta mucho.

—Eso es estupendo —le dije.

—Sí que lo es, pero la opinión que mis padres tienen sobre él sigue condicionándome y eso, en cierto modo, me frena.

—No debes preocuparte, terminarán aceptándolo. Lo importante es que seas feliz, y si con Ecles lo eres, lo demás son simples detalles. —Guardé silencio un instante y cambié de tema—. Bueno, por lo que me has contado supongo que estarás más o menos como yo, durmiéndote por las esquinas.

—Sí, la verdad, estoy destrozada, pero te aseguro que no me importaría repetir. Hacía mucho tiempo que no lo pasaba tan bien.

»Y a ti, ¿cómo te fue?

—Bien. Ya sabes cómo es Desmond, pura elocuencia y caballerosidad —le respondí sin entrar en detalles.

—¡Ya ves! —exclamó—, además de atractivo. ¡Qué suerte has tenido al quedar con él! A mí me encantaría contar estrellas a su lado.

—Buscaré en la tienda una cuenta de cristal para ti, para que la lleves al cuello y te proteja. De un regalo debe nacer otro regalo —le dije levantando la planta.

Tras despedirme de Amaya, antes de abrir la tienda al público, volví a poner el libro de Claudia sobre el mostrador, ya con la certitud de que era una copia del evangelio de las brujas. Sabía que el evangelio no recobraría su texto hasta que Desmond perdiera su inmortalidad y el material del péndulo volviera a las cubiertas, como había sucedido con mi pentagrama. Me preocupaban tanto las amenazas de Endora como la perseverancia de Salomón y la obsesión de Farid, porque tenía claro que ninguno de los tres cejaría en su empeño. Endora quería hacerse con el evangelio y, por lo que me había explicado Alice Kyteler, lo más probable era que lo destruyese. Salomón pretendía lo mismo, absorber los conocimientos recopilados en sus páginas, y Farid solo buscaba la inmortalidad; una vez conseguida, tal y como él mismo me había dicho, destruiría el libro. Tras recapacitar sobre todo lo que Alice Kyteler me había dicho y compararlo con lo que había ido averiguando, sopesé la opción de ocultar el evangelio, pero era inviable. El evangelio me pertenecía tanto como yo a él: siempre estaría donde yo estuviese porque mi destino estaba atado al suyo y en algún momento de esta vida o de otra, quisiera o no, tendría que restaurar el daño que le provocó el sacrilegio del que fue objeto.

Abrí el manuscrito de Claudia e intenté dejar la mente en blanco durante unos segundos. Quería descifrar los textos e interpretar sus dibujos. Si yo era Diana, la hija de Aradia, y el evangelio de las brujas me pertenecía, debería hacerlo sin que ello me supusiese ningún tipo de esfuerzo. Me dejé llevar por mi sexto sentido y coloqué las manos sobre una ilustración, en la que aparecía una mujer de pie en un recipiente lleno de agua que le cubría las piernas hasta las rodillas. Estaba con los brazos abiertos y sus manos se introducían en algo que parecían dos terminaciones venosas. Pensé que, a través de las manos, la mujer del dibujo estaba conectando con dos tiempos diferentes, sumergida en el agua, el principio de la vida, el origen de todo y uno de los mejores conductores de energía. Cerré los ojos y me visualicé en su posición, con los brazos abiertos y mis manos entrando en dos enormes agujeros de gusano que me vinculaban con dos realidades distintas. Sentí el agua en las piernas y cómo la energía corría a través de ella y ascendía por mi cuerpo hasta salir por la yema de los dedos.

Durante unos segundos el tiempo pareció detenerse. La oscuridad y el silencio eran tan absolutos como sobrecogedores. Abrí los ojos al sentir una especie de latigazo semejante a una pequeña descarga eléctrica. Bajé los brazos, miré el dibujo y leí las grafías situadas en los márgenes de la página. Hojeé el manuscrito y comprobé que los caracteres tenían significado y que podía leerlos sin dificultad a pesar de no saber en qué lengua estaban escritos. Al llegar a la sección de astrología tomé el manuscrito que Desmond me había dejado y saqué las páginas que correspondían a los signos zodiacales de Acuario y Capricornio para colocarlas junto al libro de Claudia. Cuando las hojas sueltas rozaron el manuscrito resbalaron hasta incorporarse al de Claudia, justo donde debían estar, en la sección correspondiente. Cerré el libro y lo devolví a su lugar, bajo el mostrador.

Capítulo 25

Aquella noche esperé a Desmond en la terraza, sentada sobre la vela roja de mi ala delta mientras observaba como *Senatón* daba caza a las polillas que, incautas, entraban en su territorio, atraídas por la luz del farolillo de gasolina que había en el suelo.

Desmond saltó la valla cuando el silencio había tomado las calles, cuando la noche comenzaba a marcharse. Se acercó y me besó en los labios. Al sentir su beso en la piel, las lágrimas comenzaron a correr por mis mejillas.

—¿Qué sucede? —me preguntó secándolas con los dedos y evitando así que se convirtieran en pétalos de rosa.

—Sabes lo que ocurrirá, lo has sabido siempre, ¿verdad? —le dije con la voz tomada por el llanto.

—No seremos los primeros ni los últimos. Tal vez si nuestro amor no fuese tan esquivo, tan difícil de mantener en el tiempo, no sería tan apasionado. Pocos gozan de sentimientos como los nuestros, que mueren y renacen por encima del tiempo cada vez con más fuerza. Que permanecen vivos a través de los siglos. En realidad, somos muy afortunados —respondió, sentándose en el suelo frente a mí.

—Podrías haber evitado todo esto. No censuro que no me hayas contado lo que sabes sobre nosotros, pero te habría bastado con no acercarte a mí. Al menos no me habría dolido tanto saber quién eres y que tu destino está en mis manos —le dije mirándolo fijamente a los ojos.

—Ya veo que no has leído el libro que te di, que ni siquiera le has echado un vistazo por encima. Te dije que era tuyo, que siempre lo había sido, pero al parecer no prestaste atención a mis palabras. Las páginas sueltas del libro de Claudia te cegaron. Me refiero al manuscrito donde estaban las páginas de los signos zodiacales de Capricornio y Acuario. Nuestros signos. Tú eres Capricornio y yo Acuario. Nacimos bajo la influencia de sus constelaciones. Tal vez por ello, llevada por tu sexto sentido, elegiste el día de la apertura de El desván, un día en que el signo zodiacal lunar era Capricornio.

»Tú misma escribiste ese libro. Entonces tenías otra identidad y otra letra, por eso no reconociste la caligrafía como tuya. Vivías con una familia adinerada que no pudieron tener hijos naturales y te adoptaron. Te conocí a la misma edad que tienes ahora. Siempre terminamos encontrándonos a esta edad, cuando tú comienzas a aceptar quién eres, porque una y otra vez, en todas tus vidas, te niegas a ello. Tal vez inconscientemente sabes que tras tu identidad real se esconde una condena: la restauración del evangelio y nuestra separación definitiva.

—¿Qué contiene el libro? —le pregunté, recordando que lo había dejado en la tienda.

—Me lo entregaste después de que ambos viviésemos juntos durante medio año, cuando nuestro tiempo estaba a punto de agotarse, como sucede ahora. En él relatas los días que vivimos el uno al lado del otro, cuentas quién eres y cómo sucedió todo. Hablas del evangelio, de Endora, de Salomón y de cómo Alice Kyteler te visitó pocos días antes de que todo terminase. Me pediste que te lo entregase cuando nos volviésemos a encontrar. Así, con la crónica de lo que te había sucedido tres siglos atrás, te costaría menos entender, recordarías todo lo que olvidaste al morir.

»Debería habértelo dado mucho antes, pero fui egoísta y también tuve miedo. Si lo hubiera hecho en su momento, la primera vez que viniste al ático, cuando pinté para ti la vela roja sobre el cabecero de tu cama, el tiempo que habríamos permanecido juntos habría sido aún más corto de lo que ya es. Cada vez que volvemos a encontrarnos el tiempo que permanecemos juntos se reduce.

—¿Sabes quién cometió el sacrilegio con el evangelio? ¿Escribí su nombre en esa especie de diario? —le pregunté alterada, pensando que la persona que lo cometió era como nosotros y que tarde o temprano yo podría dar con ella y, quizás, resolver de otra forma el sacrilegio que cometió.

—Sí —me respondió sin mirarme a los ojos.

—¿Quién fue? Tú lo sabes. Si tenías el libro has debido de leerlo más de una vez —lo apremié, pero él no me respondió—. Tuvo que ser alguien que te amaba u odiaba con toda su alma, solo en ese caso habría quebrantado una ley tan importante y cometido semejante sacrilegio. Bien para tenerte siempre a su lado o para castigarte a vagar eternamente. Necesito saber quién fue. Necesito saber qué nos sucedió entonces y quién fue la culpable de que ambos estemos condenados a vagar en el tiempo, a separarnos. ¿Quién me ha impuesto expiar su delito? —exclamé alzando el tono de voz, pero él no me respondió, siguió en silencio—. Como quieras —dije enfadada y me marché dejándolo allí, sentado en el suelo de mi terraza, con *Senatón* en su regazo.

Ofuscada, cogí las llaves de casa y, aunque era madrugada, bajé a la tienda dispuesta a leer el manuscrito que, según Desmond, era obra mía. Estaba segura de que en sus páginas encontraría el nombre de quien había cometido el sacrilegio con el evangelio.

—¿Estás segura de lo que vas a hacer? —me preguntó Alice Kyteler, que me esperaba en la puerta de El desván.

—¿Qué haces aquí? —le dije indignada—. No creo que sean horas para traer género —puntualicé, irónica—. Ah, sí, claro, has olvidado contarme algo y vienes a enmendar tu negligencia. Estoy cansada de todo esto, de vuestras verdades a medias, de las de todos —declaré con aire desafiante.

—No deberías haber escrito ese diario. Tampoco deberías leerlo. Los recuerdos de otras vidas son peligrosos, a los humanos les enloquecen y les distraen porque no los entienden, a nosotros pueden confundirnos y cambiar nuestro destino, truncarlo. Lo idóneo sería que lo destruyeras. Cuando se conoce el destino, este suele volverse contra nosotros y a veces nos destruye, devasta nuestra identidad y lo que hemos construido. Ya sabes lo que necesitabas saber, lo que has deseado averiguar toda tu vida. Las respuestas que buscabas incesantemente.

—¿En serio? —repliqué con sarcasmo—. ¿Crees que tus lecciones de moralina van a calmar la rabia que siento? ¿No has oído lo que te he dicho?

—Sigues sin fiarte de mí. Vuelves a tener dudas, como las que has tenido con Endora y Claudia, o con la mayoría de personas con las que te has ido cruzando hasta llegar aquí, pero yo soy diferente a ellas. Mi única intención es protegerte.

—No necesito tu protección, ni la tuya ni la de nadie. La mayor parte de mi vida la he pasado en soledad.

—Lo sé —admitió en tono afligido.

—Si fuera cierto lo que dices, en más de una ocasión deberías haber estado ahí. Sin embargo, no hubo nadie a mi lado. No me menosprecies, Alice. No olvides que soy Diana, hija de Aradia. Vuestra diosa. El evangelio de las brujas lo escribió mi madre. Tal vez no sea yo quien necesite tu protección, sino vosotras de la mía. Por eso estás aquí. Tú, Endora y ese estúpido nigromante deberíais tener cuidado, mi paciencia tiene un límite —le dije rabiosa, dejándome llevar por la ira que sentía.

—No te protejo de nada ni de nadie, solo de ti misma. Sigues siendo igual de libertaria que en tu primera vida. No olvides que en cada encuentro el tiempo que Desmond y tú tendréis para estar juntos será menor. Son ya muchos los siglos en los que vuestro amor ha renacido y en cada uno de ellos los días de que disponéis disminuyen. Renaces solo para devolverle al evangelio lo que se le sustrajo y las oportunidades fallidas hacen que la siguiente sea de menor duración. Apenas te quedan unas semanas. Tu tiempo terminará el veintitrés de septiembre a las tres de la madrugada, durante el equinoccio. Esa noche deberás tomar una decisión: morir de nuevo y volver a regresar, quién sabe cuándo, o restaurar el evangelio.

»Te dejaré el material que vas a necesitar tras la puerta que Claudia cegó con cemento. Deberás utilizar tus poderes para que la trastienda vuelva a ser lo que era. Pero recuerda que las puertas dejan entrar y salir, y que dependiendo de la dirección en que sean abiertas darán paso a un lugar o a otro. ¡Hasta pronto, Diana!

No me moví, ni siquiera me volví para ver cómo se alejaba. Introduje la tija en la cerradura y entré en la tienda. Tomé el manuscrito y me senté junto al escaparate, en el suelo. Lo abrí y comencé a leerlo. Desperté cuando los primeros rayos del sol entraron por el ventanal, me rozaron la cara e iluminaron la última página del manuscrito, del diario que escribí siglos atrás.

Durante su lectura, los días, los lugares y los sentimientos que viví la última vez que Desmond y yo volvimos a reencontrarnos en otra vida fueron desfilando uno tras otro ante mí. Nuestro último encuentro sucedió en el siglo XVIII, pero habíamos habitado juntos otras veces, siglos atrás, tal y como Alice había dicho.

En mi escrito describía el hospicio, un triste, frío y desamparado lugar de donde me había rescatado el matrimonio que se convirtió en mi única familia en aquella otra existencia que ya había consumido, anterior a la que vivía en ese momento. Hablaba de la búsqueda incansable de mis padres biológicos, de la necesidad de conocer el motivo por el que me habían abandonado, de saber quién era yo y de dónde procedía. También exponía el temor que sentía hacia la magia y a las consecuencias que ella me podía acarrear si alguien descubría las habilidades extrasensoriales que poseía. El relato se demoraba en una trastienda del centro de Madrid en la que, siglos atrás, yo había trabajado bordando telas de seda y por la que pasaban mujeres y hombres que no pertenecían a aquella realidad, que buscaban un hilo especial para las flores de sus mantones o las iniciales de los pañuelos de los hombres, un hilo que poseía las mismas propiedades mágicas que las cuentas que yo vendía en la actualidad en El desván de Aradia. Se describía un Madrid que olía a carbón, leña y pan recién horneado, donde el silbato del sereno era el único ruido alarmante del anochecer, donde aún habitaba más de un zapatero remendón y Desmond y yo podíamos contar estrellas sin tener que abandonar la ciudad. Aquel Madrid del siglo XVIII, como el del siglo XXI, estaba repleto de leyendas ciertas e inciertas, de fantasmas, de brujas y nigromantes, seres de otras dimensiones y gentes que simplemente buscaban la felicidad, aun sabiendo que esta siempre es efímera y que, tal vez por ello, la valoramos demasiado.

Aquel Madrid era también el mío, el mismo que corría por mis venas, ese en el que la vida, a veces, resultaba dolorosa, pero al que irónicamente extrañabas cuando estaba lejos. Después de tres siglos, mantenía su esencia, su idiosincrasia. Allí, en mi ciudad, arropados por la magia sobre la que fue construida, seguían cobijándose los desheredados, los soñadores, los artistas e intelectuales y muchos de los que eran como yo.

Era un cruce de caminos entre cuyos innumerables túneles, que a partir del siglo XIX sirvieron de recorrido para el misterioso metro, se ocultaban millones de pasadizos a otra dimensión, a otras realidades que muchos jamás podrían habitar. Un lugar donde la magia se palpaba en cada esquina, en las azoteas, los subterráneos, a pie de calle y en algunas de las gentes que lo transitaban. Allí, donde regresa siempre el fugitivo, como reza parte de la canción *Pongamos que hablo de Madrid*, de Joaquín Sabina, también regresaba yo siglo tras siglo, vida tras vida, porque era una fugitiva. Huía del destino y solo podía hacerlo allí, en Madrid, oculta entre el tumulto de una ciudad que pertenecía a todos los que la pasean, habitan o añoran.

Cuando terminé la lectura me arrepentí del trato que le había dado a Alice Kyteler; el mismo que recibió cuando me abordó en el siglo XVIII, según yo misma relataba en el diario. Entonces también rechacé su ayuda. Debería haber medido mis palabras, no interrumpirla, pero, contrariamente a lo que había sido mi forma de actuar antes de que ella apareciese en mi vida, me había mostrado soberbia e incrédula. Cuando cerré el manuscrito, el diario que había escrito tres siglos atrás, ya había tomado una decisión. Debía volver a escribir la crónica de mi vida, de lo que me había ocurrido hasta aquel día. Tenía que hacerlo de nuevo. Le entregaría a Desmond los dos libros, el que había guardado él durante tres siglos y el que escribiría yo a partir de ese momento.

Abrí el texto de Claudia y busqué el conjuro que haría desaparecer el cemento de la puerta. Pronuncié las palabras y, mientras lo hacía, un pequeño temblor sacudió el suelo bajo mis pies. El cemento se desprendió en pedazos desiguales que fueron cayendo uno tras otro frente a mí, como si alguien estuviera picando desde el otro lado. Cuando el último fragmento cayó comprobé que tras la puerta imperaba una oscuridad profunda y silenciosa que identifiqué como la nada absoluta. Sobrecogida, volví a cerrarla y, tras unos segundos, la abrí de nuevo. Esta vez vi la trastienda a la que Alice Kyteler se había referido.

El habitáculo tenía las paredes cubiertas de estanterías de madera, sobre las que descansaban cientos de cajas llenas de cuentas de cristal de todos los colores, botes con flores, plantas secas, cristales de colores, hilos de seda y metálicos, semillas desconocidas para mí y botellas con una etiqueta en la que ponía: «Lágrimas perdidas». Sonreí al leerla recordando a Claudia. Sobre una pequeña mesa de madera había un astrolabio y dibujos que representaban sistemas solares, galaxias y constelaciones zodiacales. Aquel lugar, sin duda, me dije sonriendo entusiasmada, absorta en los colores, las formas y las peculiaridades de todo lo que había, era el laboratorio de Claudia, donde realizaba sus conjuros y pócimas medicinales. Todas y cada una de las plantas y semillas que allí se encontraban también aparecían en el libro, en la copia del evangelio de las brujas. Una copia que yo misma había realizado antes de que el original fuese objeto del sacrilegio y el contenido de sus páginas desapareciese.

Según yo misma relataba en el libro que Desmond me entregó, fui yo quien realizó dos copias del evangelio en el siglo xv, antes de que este fuese profanado. Una se la entregué a Alice Kyteler para que ella la protegiese y fuese pasando el conocimiento que contenía a las brujas de la orden, manteniendo así nuestro credo y conocimientos vivos a través de los siglos. Cuando llegó el momento de abandonar mi custodia, Alice Kyteler le entregó la copia a la siguiente bruja encargada de mi protección. Y así, sucesivamente, la copia del evangelio llegó a las manos de Claudia.

La otra copia era el libro conocido como Manuscrito Voynich y la hice para mí. Me lo robó un alquimista, un nigromante que se lo vendió a Rodolfo II de Bohemia por 600 ducados. A partir de ahí el texto fue pasando de mano en mano, siglo tras siglo, sin que nadie fuese capaz de descifrarlo, hasta que en 1912 Wilfred Voynich compró treinta manuscritos a los jesuitas de Mondragone. Entre esos volúmenes estaba el Voynich, mi copia, que continuó su periplo de mano en mano, conservando su misterio, lo que le dio el valor enigmático que tenía en aquel momento.

Cerré la trastienda evocando las últimas palabras de Kyteler: «Recuerda que las puertas dejan entrar y salir, y que dependiendo en la dirección en que sean abiertas darán paso a un lugar o a otro». Me aproximé y tiré del pomo en la dirección contraria, hacia mí. La puerta se abrió como lo había hecho anteriormente, pero ya no conducía a la trastienda de El desván, sino a aquella calle gris, cenicienta, lluviosa y sin color que había visto el día que intenté introducir mi mano. Durante unos minutos observé el trasiego de mujeres vestidas con capas de un rojo aterciopelado, su ir y venir de tienda en tienda, la lluvia que no cesaba y aquel cielo sin color y sin estrellas. Finalmente la cerré, cogí el diario y subí a casa dispuesta a comenzar la escritura del segundo texto, preparada para narrar lo que me había sucedido hasta aquel momento. Fue entonces, al colgar el letrero de CERRADO en la cristalera del escaparate de El desván, cuando recordé que ya había escrito parte del diario, de lo que me había sucedido en aquel tiempo. Lo hice antes de colocar el pentagrama en mi gaveta y regresar al pasado, en un libro de cubiertas de piel roja. Aquel que destruyeron y al que, probablemente, confundieron con mi evangelio. Esta vez no me sucedería, me dije. Lo guardaría junto al evangelio de las brujas, protegido por los nombres que figuraban en la gaveta, por las brujas que me habían protegido siglo tras siglo y que aún estaban mi lado.

Al llegar a casa me encaminé directamente al dormitorio dispuesta a tomar la gaveta y guardar en ella, junto al evangelio, el diario que escribí en el siglo XVIII. Subí la persiana sin dar la luz, casi a tientas. El sol iluminó la habitación y, al girarme, vi las alas sobre el cabecero de la cama. Las alas de madera de mi padre que Desmond, sin ningún tipo de duda, había colocado allí mientras yo me encontraba en El desván. Me acerqué, apoyé la espalda en ellas, como si pudieran a adaptarse a mi piel, y cerré los ojos. Durante unos minutos imaginé que sobrevolaba los campos verdes de Escocia, junto a mi padre y a Desmond. No podía cumplir mi destino, me dije llorando al recordar las últimas palabras del diario en las que se decía que yo había sido la artífice del sacrilegio cometido con el evangelio de las brujas y que, por ese motivo, nadie más que yo podía restaurar el daño. Ello suponía arrebatarle a Desmond su inmortalidad, robarle la vida, su existencia en el siglo en el que se encontraba en ese momento y también su paso por los anteriores. Si lo hacía, Desmond dejaría de existir; desde siempre y para siempre.

Dejé que las lágrimas cayeran sin control por mis mejillas, que cubriesen la cama de pétalos de rosa, de cientos de pétalos rojos que me taparon los pies, mientras seguía con la espalda apoyada sobre las alas de madera de mi padre.

No era capaz de hacerlo. No había sido capaz antes y nunca lo sería, pensé. No le quitaría a Desmond el péndulo que yo misma le había regalado, ni le privaría de la inmortalidad que le había concedido al profanar el evangelio de las brujas días antes de que mis alas dejasen de volar y me precipitara contra las montañas, perdiendo la vida por primera vez. No podía hacerlo porque me resultaba imposible renunciar a él, no podía soportar el hecho de no volver a verlo nunca más. Porque si le desposeía de la inmortalidad que yo misma le había dado, Desmond desaparecería de mi vida, de mi destino. Él, como tal, no existiría; no habría existido jamás.

Volvimos a encontrarnos esa misma noche. Lo esperé en la terraza, sentada en la penumbra, con el diario que narraba parte de lo que había vivido hasta el momento junto a él. Cuando saltó la valla y vino hacia mí, levanté la mano y me llevé un dedo a los labios, indicándole que guardase silencio.

Aquella noche no hablamos. Nos habitamos en silencio, como habíamos hecho siglos atrás, como si fuese la última vez, porque para nosotros siempre, desgraciadamente, podía ser la última vez.

—Tendrás que volver a guardar los diarios, porque ahora serán dos —le dije al amanecer, sentada sobre la cama, frente a él—. Y también habrás de esperarme otra vez. No sé en qué momento regresaré, en qué época o si será en el mismo lugar. Cuando me encuentres, debes entregármelos. Esta vez no puedes perder tiempo, no creo que cuando renazca de nuevo dispongamos del mismo que ahora. Los dos sabemos que será mucho menos. Cuanto antes me los entregues, antes recordaré, y eso nos permitirá disponer de más días para amarnos y quizás encontrar juntos una solución a nuestro estigma, algo que nos permita no tener que volver a separarnos jamás.

—Te quiero, escocesa. Siempre te he querido y siempre te querré. Incluso el día que ya no puedas eludir tu destino, cuando yo deje de existir, seguiré queriéndote. No lo puedo evitar —me dijo sonriendo mientras dos lágrimas escapaban del azul de sus ojos…

***

Los días que restaban de aquel mes de agosto y septiembre hasta el equinoccio de otoño trascurrieron dentro de una calma inusual. La madre de Amaya encontró el cemento con el que estaba tapiada la puerta que comunicaba su floristería con el sótano hecho pedazos, como si alguien lo hubiese picado desde el otro lado. El suelo estaba cubierto de cientos de cristales malvas que ella supuso había dejado el *yürei* al marcharse, porque Salomón se esfumó la misma noche que yo abrí la puerta cegada de El desván. Se fue de la floristería, pero no de mi vida ni de mi destino. Yo sabía que nos volveríamos a encontrar, en esa o en otra realidad.

Finalmente, Alán mandó una empresa de mudanzas a recoger sus muebles y el ático recobró el aspecto que había tenido la primera vez que me instalé allí, decorado con lo que Ecles y Desmond iban recogiendo de las aceras. Las cenas en mi terraza y en la de ellos se sucedieron, ya con la compañía de Amaya, que adoraba a Ecles pero seguía enamorada de Desmond. Ígor siguió igual de cauto a la hora de mostrar sus sentimientos hacia Elda, esos que, como parásitos, se aferraban a su cicatriz impidiéndole manifestar el amor que sentía. Elda continuó esperando una palabra, un gesto, una mirada que le indicara que Ígor sentía la misma atracción, el mismo deseo, la misma necesidad.

Me habitué a ver más allá, a convivir con mi condición de bruja, a aceptar que las personas que eran como yo, que pertenecían a otra dimensión y con las que me cruzaba en el metro o las calles de Madrid existían. Asumí las dos realidades y esperé, como todos, la llegada de la fiesta del equinoccio, cuando el día y la noche tenían la misma duración. Aquella noche mágica en la que podía ocurrir cualquier cosa, en la que Ecles soñaba con conquistar a Amaya, Elda con besar a Ígor y yo… Yo solo podía soñar con regresar una vez más junto a Desmond.

Trasladé mi ala delta a un club de vuelo porque había decidido volver a volar. Lo haría camino de las estrellas, tomando la segunda a la derecha, como había hecho en mis anteriores vidas, como hizo Peter Pan.

El 23 de septiembre quedé con Ígor para que me recogiese en el club. Quería volar ese día y él era el único disponible para acudir a buscarme al atardecer. Desde allí iríamos directamente a la fiesta de Ecles. Retiré las alas de madera del cabecero de mi cama, las dejé sobre la colcha y sobre ellas coloqué los dos diarios, el de tres siglos atrás que me había entregado Desmond y el que había acabado de escribir esa misma tarde. Sobre ellos cayeron cientos de pétalos de rosa rojos que los cubrieron como si de un manto se tratase. Recogí mis gafas, el mono de vuelo y las botas y me marché.

Sabía que Ígor vendría a buscarme sobre las ocho de la tarde, cuando había previsto terminar el vuelo. Pero no regresé a la base. A pesar de ello, Ígor siguió esperándome hasta que se dio el aviso de mi desaparición. Entonces llamó a Desmond y después se unió a los equipos de rescate. Me localizaron pasadas las tres de la mañana.

Había volado demasiado alto, como Peter Pan, y en aquel momento, cuando hallaron mi cuerpo, yo estaba tomando la segunda estrella a la derecha, camino del País de Nunca Jamás.

Epílogo

Me llamo Diana. Regento una librería en el centro de Madrid, una de las pocas que han sobrevivido a la publicación electrónica y a la tecnología, y que para los amantes de las letras, en el siglo XXII, es casi un santuario. La heredé de mi madre adoptiva, una mujer introvertida que apenas se relacionaba con nadie. Tiempo atrás, la librería fue un local sobre el que circulaban variadas leyendas, en el que se vendían cuentas de cristal y piedras semipreciosas. Se llamaba El desván de Aradia. Hace años que el edificio bajo el que se asienta fue remodelado en su totalidad. Ahora es un bloque de apartamentos turísticos en el que ningún huésped pernocta más de una semana y donde, por lo que aseguran algunos inquilinos, suceden fenómenos extraños. Según mi madre adoptiva me contó, me encontró dentro de una gaveta de madera de haya negra en cuyos laterales había ocho nombres grabados, arropada por un libro de páginas en blanco y cubiertas rojas. Solía relatarme como oyó mi llanto en la puerta de la tienda un anochecer del equinoccio de otoño y que desde entonces ya no quiso separarse de mí. A mi lado, como si de un perro guardián se tratase, estaba un gato egipcio que desapareció ante sus ojos cuando ella se agachó a recoger la gaveta. Me crie con ella, sin saber quién era en realidad y por qué me habían abandonado. Ella me transmitió la pasión por los libros, sobre todo por los manuscritos, un gusto que, en realidad, forma parte de la herencia familiar. Mi madre procedía de una estirpe de anticuarios de la que conservó un cuadro que en su día perteneció a Gerald Farid Fischer, un antepasado suyo. Es el retrato del vampiro más famoso y escurridizo de todos los tiempos. Según me contó, el lienzo marcó la vida de Gerald Farid cuando una meiga le hizo creer que el vampiro poseía la inmortalidad y que la forma de robársela era encontrar también a la bruja que se la había dado por amor y el evangelio de esta. Tras la muerte de mi madre heredé el retrato junto a un sinfín de manuscritos, entre los que se encuentra una copia exacta del Manuscrito Voynich, un texto que perdió su valor hace años, cuando un experto en códices antiguos, ayudado por un programa informático y un doctor en lenguas muertas, afirmó descifrar su contenido.

Hace un mes recibí dos manuscritos junto con un gran paquete que, para mi asombro, contenía dos alas talladas en madera y que me parecieron piezas de un incalculable valor. Uno de los textos está fechado en el siglo XVIII y el otro es del siglo pasado, el XXI. A simple vista me parecieron auténticos, pero no solo me llamó la atención su posible valor histórico, lo que hizo que me sentase a leerlos rápidamente fue el nombre de la escritora, Diana, y sobre todo el del remitente del paquete, Desmond. El mismo que el del vampiro del cuadro de mi madre.

Ayer, después de leer el final del segundo texto, el suelo de mi casa quedó cubierto de pétalos rojos de rosa.

Hoy he quedado con del vampiro más famoso y escurridizo de todos los tiempos. Se llama Desmond. Reside lejos de la ciudad, porque aquí ya no queda ni una sola estrella que contar.

Agradecimientos

La magia está en la gente que acompaña tus pasos, que te tiende la mano, te dedica una sonrisa o un minuto de su tiempo, que emprende contigo un proyecto y te ayuda a hacerlo realidad.

Mi agradecimiento a Paola Luzio, por creer en mí. A mi editora, Sara Bellver Mares, mi voz al otro lado de la pantalla, esa voz tan necesaria para un escritor. A Ana Alcaina, por estar siempre ahí. A Sergi Orodea, por su vista de halcón y su profesionalidad. A Roberto Falcó, por estar alerta y no dejar pasar ni un detalle. A Roser Ruiz, con quien, yo y Diana, la protagonista de esta historia, tenemos un vínculo muy especial. Gracias por tu magia, queridísima Roser. A todo el equipo de Amazon Publishing: gracias, muchas gracias por haber formado parte de esta trilogía, que ya es de todos.